Die abenteuerliche Reise
des Leopold Morsch

Für meine Kinder,

Nichten und Neffen.

– G. W.

MIX
Papier aus verantwortungsvollen Quellen
FSC® C105694

Vollständige Taschenbuch-Ausgabe der 2019 in der
Ueberreuter Verlag GmbH, Berlin, erschienenen Buchausgabe

1. Auflage 2022

ISBN 978-3-7641-2004-7

ISBN 978-3-7641-5150-8

Lektorat: Angela Iacenda
Umschlag- und Innenillustrationen: Cornelia Haas
Druck und Bindung: Brüder Glöckler GmbH, Wöllersdorf
Gedruckt auf Papier aus geprüfter nachhaltiger Forstwirtschaft.

www.ueberreuter.de

Gregor Wolf

Die abenteuerliche REISE des Leopold Morsch

ueberreuter

Ein merkwürdiges Ereignis

Irgendwo zwischen hier und dort lag inmitten dicht bewaldeter Hügel ein kleines Tal, das von einem Bach geteilt wurde. Am Ufer des Baches führte ein Weg entlang, an dem sich genau in der Mitte des Tals ein kleines, karg eingerichtetes Haus in einen wilden Garten voller Apfelbäume, Rosenbüsche, Himbeersträucher und Lavendel duckte. Hier lebte Leopold Morsch. Sein Haus war das einzige weit und breit und der Weg, der an seinem Gartentor vorbeiführte, war alt und verwildert. Woher er kam? Wohin er führte? Morsch wusste es nicht mehr. Er hatte es längst vergessen. Wenn Morsch sich nicht gerade um seinen Garten oder die Bienenstöcke am Waldrand kümmerte, dann streifte er am liebsten durch sein Tal oder saß auf seiner Bank vor dem Haus, lauschte den Vögeln und sah den Mauerflechten beim Wachsen zu. Alles, was er brauchte, hatte er hier. Hier war sein Zuhause. Hier war er zufrieden. Und hier war es, wo alles begann.

Es war an einem sonnigen Herbsttag. Die Luft war warm und die Bienen summten. Morsch kniete am Fuß eines Apfelbaums, der nur wenige vertrocknete Früchte trug. Er drückte sein Ohr an den Stamm, hatte die Hände auf die Wurzeln gelegt und die Augen geschlossen. Er wagte kaum, zu atmen. So verharrte Morsch einen Moment. Dann öffnete er langsam die Augen, seufzte, stand auf und drehte sich zu Hainwart um: »Ich spüre nicht, was ihn plagt, und weiß nicht, wie ich ihm helfen kann. Vögel und Bienen zu verstehen ist einfach, aber dieser Baum ist mir ein Rätsel. Ich höre ihn nicht.«

Hainwart – ein wandelnder Baum, kleiner, knorriger und stämmiger als die verwurzelten Bäume – verzog sein Astlochgesicht zu einem Lächeln. Sein Laub fiel nicht und war nie grün. Das ganze Jahr war es rot-golden und schön wie der Herbst. Jetzt verschränkte er zwei kräftige Äste wie Arme vor seinem Stamm und entgegnete mit tiefem, ruhigem Knarzen: »Du hast auch für die Vögel und Bienen viele Jungblüten gebraucht, bis dir ihr lautes Zwitschern und Summen nicht mehr fremd war. Verwurzelte sind ruhiger, schwer zu hören. Versuch's noch mal. Spüre die Wurzelkraft, die durch ihn strömt. Wie sie sanft die jungen Triebe treibt und wachsen lässt. Wenn du sie fühlst, weißt du, was er braucht.« Hainwart sprach immer etwas getragen. Das gab jedem seiner Worte eine besondere Bedeutung.

Morsch nickte. Gerade wollte er sich wieder dem Apfelbaum zuwenden, als eine aufkommende Brise die Blätter rascheln ließ und ihn ablenkte. Morsch spürte ein Kribbeln im Bauch. Unruhe ergriff ihn. Er ging zum Gartentor und blickte den Weg entlang, konnte aber nichts Ungewöhnliches entdecken. »Spürst du es auch?«

»Entwurzelte Unrast«, knarzte Hainwart langsam. »Wie wenn ein Trieb keine Erde findet, nicht wurzeln kann.«

Mit dem Wind zog ein Gefühl von Rastlosigkeit durch das kleine Tal. Und noch etwas brachte der Wind: einen fremden, süßlichen Geruch und Wolken. Schnell wurde es dunkler. Die Vögel flatterten auf, das Wasser des Baches kräuselte sich und die Bienen suchten Schutz zwischen den Blumen. Morsch atmete tief ein. Dann wandte er sich an Hainwart: »Seltsamer Geruch, findest du nicht?«

»Feucht und anders, nicht so herb wie die Erde, die die Wurzeln schmecken«, ächzte der wandelnde Baum.

Mit einem Mal ließ die Brise wieder nach. Die Sonne kehrte zurück, die Bienen summten weiter und der Bach floss ruhig dahin. Langsam verflog auch der süßliche Geruch. »Es zieht fort. Die Verwurzelten beruhigen sich«, knarzte Hainwart.

Morsch strich sich nachdenklich über den Bart und sah noch einmal den Weg auf und ab. Dann ging er zurück zu dem kranken Apfelbaum, legte sein Ohr an den Stamm, die Hände auf die Wurzeln und konzentrierte sich. Langsam wich das Gefühl der Unruhe und bald hatte Morsch die fremde Brise vergessen. Aber es sollte nicht lange dauern, bis sich ein weiteres merkwürdiges Ereignis in seinem Tal zutrug.

Noch ein merkwürdiges Ereignis

»Heda, Morsch!«

Morsch horchte auf. Das Knarren und Poltern eines sich nähernden Wagens begleitete den Ruf. Morsch legte die Holzscheite neben den Kamin und ging lächelnd durch die Tür nach draußen. Im goldenen Licht des kühlen Herbstnachmittags hielt vor seinem Gartentor ein kleines, von einem Esel gezogenes Fuhrwerk. Töpfe, Pfannen und allerlei anderer Kram schepperten und schaukelten an seinen Seiten langsam aus. Stoffbahnen, Kisten und Säcke drohten über die Ränder zu kippen, so vollgestopft war der Wagen. Auf dem Kutschbock saß ein wettergegerbter Kerl, der grüßend die Hand hob. »Na, mein Freund, hast du heißen Tee für einen alten Rumtreiber?«, hustete er und klopfte sich gegen die Brust, dass der Mantel nur so staubte.

»Willkommen, Landrich. Schön, dich zu sehen. Komm nur rein«, antwortete Morsch und sah zu, wie der Kutscher vom Wagen sprang, seinem Esel den Fuhrmannshut mit der breiten Krempe aufsetzte und das Langohr an den Gartenzaun band. Dann trat er durch das Gartentor, umarmte Morsch herzlich und ging in das Haus. Morsch wollte ihm folgen, als ihn ein Gurren zurückhielt. Auf dem Hausdach saß eine schwarze Taube. Freundlich nickte er ihr zu. »Na? Du bist aber nicht von hier. Hattest eine weite Reise und ruhst dich aus, was? Nur zu.« Die Taube beäugte Morsch. Dann flatterte sie auf, drehte eine Runde um das Haus und flog fort, Richtung Süden. Morsch blickte ihr nachdenklich hinterher. Nie zuvor hatte er eine schwarze Taube gesehen und ihr Gurren klang fremd.

»Morsch, alter Junge, wo bleibst du?«, riss ihn Landrich aus seinen Gedanken.

»Ich komme.«

Im Haus schürte Morsch den Ofen an und setzte Wasser auf. Bald war es angenehm warm in der Stube. Landrich hatte am Tisch Platz genommen und stopfte sich seine Pfeife. Morsch stellte zwei Becher aus gebranntem Ton vor seinen Gast.

»Wie geht es dir, alter Freund? Immer noch nicht einsam?«, begann Landrich, nachdem er einige kräftige Züge aus der Pfeife genommen hatte.

Morsch zuckte mit den Schultern. »Ich bin zufrieden. Das weißt du doch.«

»Na komm. Auch du musst mal was anderes sehen. Die Welt hat so viel zu bieten. Schau mich an. Ich erlebe fast täglich ein Abenteuer.«

Morsch schüttelte den Kopf. »Draußen? Was gibt es da schon?« Er goss den Tee auf.

»Was es da gibt?« Landrich blies einen Rauchring in die Luft. »Morsch, da draußen gibt es Berge, so hoch, dass sie die Wolken durchstoßen. Mit Blumen übersäte Ebenen, so weit, dass du in keiner Richtung einen Hügel siehst. Und es gibt das Meer, das in der Sonne glitzert wie tausend Diamanten. Kannst du dir das vorstellen? Ganz zu schweigen von den vielen Städten und Menschen mit ihren Geschichten und Geheimnissen. Reizt dich das nicht?«

Morsch brauchte seinen Freund gar nicht anzusehen. Er wusste, dass Landrich ihn herausfordernd anlächelte. »Ich habe hier genug zu tun und alles, was ich benötige«, entgegnete er ruhig und stellte den Kessel auf den Ofen zurück.

»Ich habe dir was mitgebracht«, wechselte Landrich das Thema. »Schau.«

Morsch setzte sich und beobachtete gespannt, wie der Händler ein Kästchen aus edlem Holz unter seinem Mantel hervorzog. Den Deckel zierte ein Wappen, das einen bekrönten Kranich auf zwei gewellten Linien zeigte.

»Die habe ich eingetauscht, tief im Wald, bei zwei Kerlen.« Landrich stellte das Kästchen auf den Tisch und strich nachdenklich mit dem Finger darüber. »Vermutlich Halunken. Sei's drum«, murmelte er leise vor sich hin.

»Und das Wappen?«, fragte Morsch.

Landrich zuckte nur mit den Schultern. »Keine Ahnung.« Er öffnete das Kästchen, nahm behutsam einen in weiche Stoffe gewickelten Gegenstand heraus, legte ihn auf den Tisch und schob ihn zu Morsch. Was es wohl diesmal war? Die Dinge, die Landrich mitbrachte, waren immer besonders. Sorgsam wickelte Morsch das Bündel auf, bis eine silbrig-weiße Muschel zum Vorschein kam, gedreht wie ein Horn. Sie sah zerbrechlich aus und schillerte geheimnisvoll im Kerzenlicht, als er sie in die Höhe hielt.

Landrich zog an seiner Pfeife und lächelte: »Ich hatte so ein Gefühl, dass sie zu dir passt. Gefällt sie dir?«

»Natürlich. Sie ist wunderschön.« Morsch drehte die Muschel vorsichtig in den Händen. Glatt und weich fühlte sie sich an, mit feinen und gleichmäßigen Windungen.

»Halte sie ans Ohr«, sagte der Händler.

Morsch folgte dem Rat. Das Prasseln des Herdfeuers wurde dumpfer und leiser. Angenehme Stille umfing ihn und kurz darauf hörte er ein sanftes Rauschen. Ein Auf und Ab, wie tiefer Atem, ab und zu unterbrochen von einem Glucksen und Plätschern. Plötzlich spürte er eine warme Brise, und in der Ferne konnte Morsch den Schrei eines Vogels hören. Der Schrei klang nicht wie die Vögel aus Morschs Tal oder dem nahen Wald mit ihrem Zwitschern und Trällern. Er war fremd. Morsch war gebannt. Er konzentrierte sich. Ganz langsam wurde der Schrei lauter, als würde er näher kommen. Erstaunt setzte Morsch die Muschel ab.

»Faszinierend, nicht wahr?«, hörte er Landrich murmeln.

Morsch nickte und legte die Muschel vorsichtig auf den Tisch zurück. »Ein seltsamer Vogelschrei. Hast du so einen schon mal gehört?«

»Ein Vogelschrei? In der Muschel?« Landrich wirkte überrascht.

Morsch nickte. »Hast du ihn nicht gehört?«

Landrich schüttelte den Kopf und zog an seiner Pfeife. »Wellenrauschen, aber kein Vogelschrei«, sagte er und blies Tabakrauch in die Luft. »Behalte sie. Die gehört zu dir.«

Draußen war es Nacht geworden. Das Feuer war nur noch ein glühendes Nest und die beiden aßen und plauderten. Die Muschel lag die ganze Zeit in der Mitte des Tisches. Immer wieder blickte Morsch sie an und wunderte sich still, warum er den Vogelschrei hören konnte, Landrich aber nicht.

Der Ruf des Vogels

Der Morgen war grau und nebelig und atmete den nahen Winter, als Landrich den Esel anspannte, auf den Kutschbock stieg und Esel und Wagen sich schnaufend und klappernd in Bewegung setzten. Morsch sah ihnen lange nach. Dann schloss er das Gartentor und ging zu seinem Haus. Wieder saß die schwarze Taube auf dem Dach.

Sie hatte ihr Federkleid aufgeplustert und schmiegte sich eng an den Kamin.

»Da bist du ja wieder. Wärm dich nur auf.«

Die Taube fixierte Morsch mit ihren schwarzen Augen.

»Warte, ich bringe dir etwas.« Im Haus füllte Morsch eine kleine Schale mit Körnern und Samen. Als er wieder hinausging, war die Taube nicht mehr da. Kopfschüttelnd stellte er die Schale auf das Mäuerchen und ging zurück ins Haus.

Auf dem Tisch stand das Kästchen und daneben lag die Muschel. Er hielt sie ans Ohr und lauschte: sanftes Rauschen, Glucksen und Plätschern. Wieder umfing ihn eine warme Brise, und dann – der Vogelschrei. Kein Zweifel: Es war der Schrei eines Vogels. Immer wieder war er zu hören, rhythmisch, als würde er ein langes klagendes Lied singen. Morsch schloss die Augen und hörte aufmerksam zu. Jetzt nahm er einen würzigen, süßlichen Duft wahr, ganz fein, nur wie ein Hauch. Er hielt inne. Diesen Duft, woher kannte er ihn? Morsch öffnete die Augen, roch an der Muschel, und tatsächlich: Der Duft ging von ihr aus. Erneut hielt er sie an sein Ohr. Das Lied war noch nicht verklungen. Morsch spürte ein Kribbeln im Bauch. Schnell legte er die Muschel auf den Tisch. »Wieso habe ich das Gefühl, dass du mir etwas sagen willst?«, flüsterte er.

Morsch ging zum Fenster. Golden begann die Sonne die Nebelschwaden zu zerreißen, als zwei Wanderer am Waldrand auftauchten und geradewegs auf Morschs Haus zuhielten. Morsch trat vom Fenster weg. Fremde Menschen in seinem Tal. Von der Welt da draußen kam selten Gutes. Und hatte nicht Landrich von zwei Halunken gesprochen, von denen er das Kästchen mit der Muschel bekommen hatte?

»Hallo!«, donnerte es von draußen. »Jemand zu Hause?«

Morsch spähte vorsichtig durchs Fenster. Vor seinem Gartentor standen zwei hochgewachsene Kerle mit sonnengebräunten Gesichtern, gehüllt in warme Mäntel. Sie hatten Rucksäcke geschultert, und ihre langen Wanderstäbe lehnten an Morschs Mäuerchen. Wie Halunken sahen sie nicht aus, eher wie Leute aus dem Süden. Morsch kratzte sich am Kopf. Vielleicht waren sie ja ganz höflich? Er musste einfach nur mit ihnen sprechen. Da war doch nichts dabei. Er ging zur Tür und öffnete sie.

»Habt Ihr Wasser? Wir möchten unsere Flaschen füllen«, sagte der eine. »Sind lang unterwegs.« Seine Stimme war hart und forsch.

Auch wenn die beiden sich anders kleideten, ihre stramme Haltung, ihr wacher Blick und der Klang der Stimme des einen verrieten Morsch, dass sie Soldaten waren. Vor langer Zeit, als er noch nicht in seinem Tal lebte, hatte er oft Soldaten gesehen. Hier, im Tal, waren bis jetzt nie welche gewesen. Was hatte das zu bedeuten? Er trat vor die Tür und zeigte auf den Bach.

»Hm«, brummte der andere. »Ist hier ein fliegender Händler durchgekommen? Mit Eselskarren?« Seine funkelnd schwarzen Augen musterten Morsch.

»Warum wollt Ihr das wissen?«, fragte Morsch.

»Wir suchen ihn«, sagte wieder der Erste und nickte seinem Gefährten zu. Der fuhr ruhig, fast beiläufig fort: »Er hat eine kleine Kiste mit einem Wappen darauf. Hat er sie Euch feilgeboten?«

Morsch wurde heiß und kalt. Er dachte an das Kästchen auf seinem Tisch. Was hatte es nur damit auf sich, dass zwei so weit gereiste Soldaten es suchten? Ein dumpfes Gefühl beschlich ihn, dass diese Kerle Muschel und Kästchen nicht in die Finger bekommen sollten. »Nein«, sagte er bestimmt. »Der Händler war nicht hier.«

Der zweite Wanderer blickte auf den Boden. »Hier sind doch Wagenspuren.«

»Vielleicht ist er vorbeigefahren.« Morsch hoffte fieberhaft, dass sie seine Lüge nicht durchschauen würden.

»Und das habt Ihr nicht bemerkt?«, fragte der Erste grimmig.

»Ich war wohl bei den Bienenstöcken am Waldrand. Da habe ich viel zu tun.«

»Wirklich?«, fragte der erste Wanderer und blickte Morsch einen Augenblick prüfend an. »Würden uns gerne aufwärmen. Dürfen wir reinkommen?«

Morsch schüttelte den Kopf. »Tut mir leid. Das … das geht nicht.«

»Warum?«, fragte der Zweite harsch und legte seine Hand an das Gartentor, aber sein Gefährte hielt ihn zurück.

»Ihr solltet gastfreundlicher sein«, sagte dieser und griff zu seinem Wanderstab. »So alleine und schutzlos hier draußen im Nichts. Da kann schnell mal was passieren.«

»Ich bin nicht allein«, antwortete Morsch. Und das war die Wahrheit. Er hatte schließlich Hainwart. Aber das würde er diesen Kerlen niemals sagen. Morsch richtete sich zu seiner vollen Größe auf. »Und nun, gute Reise!«

Die beiden sahen ihn noch einmal an, dann nickten sie einander zu und gingen den Weg weiter, immer den Wagenspuren nach. Morsch atmete schnell. Sein Herz schlug ihm bis zum Hals. Er hielt sich einen Augenblick am Türrahmen fest, dann ging er ins Haus und verriegelte die Tür.

Morsch wollte Tee aufsetzen, aber seine Hände zitterten so stark, dass er kaum Wasser in den Kessel füllen konnte. Auf dem Tisch lagen das Kästchen und die Muschel. Er starrte sie an. »Was hat es nur mit euch auf sich? Warum suchen sie euch?« Sorgsam nahm er das Kästchen und betrachtete das Wappen. Ein bekrönter Kranich, der auf zwei Wellenlinien stand. War es falsch, das Kästchen samt Muschel nicht herausgegeben zu haben? Nein. Morsch war sich sicher. Diese Wanderer waren seltsam und unheimlich, und sein Bauchgefühl trog ihn nie. Er stellte das Kästchen ins Regal. Dann nahm er die Muschel, hielt sie ans Ohr und lauschte dem sanften Rauschen. Die warme Brise umfing ihn und er roch den würzig-süßen Duft, der der Muschel entströmte. Dann sang der Vogel, lang und klagend. Erst fern, dann immer näher. Morsch schloss die Augen. *Komm mit mir heim.* Er hielt den Atem an. Hatte er etwas vom Vogelruf verstanden? Morsch konzentrierte sich, aber die Worte kehrten nicht zurück. Er legte die Muschel wieder auf den Tisch. Lange saß er da und betrachtete sie. »Was ist das für ein Vogel, der da in dir singt?«, flüsterte er. »Und was singt er?« Aber die Muschel antwortete nicht. »Hainwart wird Rat wissen.« Behutsam wickelte er die Muschel in ihr Tuch und griff seine Weste.

Er spähte zur Tür hinaus. Von den Wanderern war nichts mehr zu sehen. »Gurr, gurr«, klang es vom Dach herab. Da war sie wieder, die schwarze Taube. Morsch lächelte ihr zu, dann machte er sich auf zu Hainwart.

Es war kühl. Die Luft roch frisch und das feuchte Gras glitzerte in der Herbstsonne. Morsch stapfte dem Waldrand entgegen. Schon bald entdeckte er Hainwart zwischen einigen Farnen. Er erzählte ihm von Landrich, den Wanderern, der Muschel, von dem fremdartigen Vogelgesang, und merkte erst da, dass der wandelnde Baum ihn kaum verstand. Wie sollte er auch wissen, was Muscheln sind? Also streckte er ihm die silbrig schimmernde Kostbarkeit entgegen: »Versuch's mal.«

Hainwart nahm sie in seine Armäste und umschloss sie fest mit seinen feinen Zweigen. So verharrte er einen Augenblick und das rot-goldene Laub auf seiner Krone raschelte leicht. Dann gab er Morsch die Muschel zurück. »Ist nicht von hier. Fremde Salze. Ich spüre keinen Vogel, kein unruhiges Zwitschern.«

Morsch sah ihn überrascht an. Konnte wirklich nur er den Ruf des Vogels hören? »Der Schrei ist fremd und lang und klingt klagend, wie ein trauriges Lied«, sagte er.

Hainwart schüttelte seine Krone. »Vogelzwitschern ist unruhig und laut, leicht zu fühlen. Du spürst es in jedem Trieb.« Er sah Morsch einen Moment lang schweigend an, dann knarzte er: »Wenn nur du das Zwitschern fühlst, singt der Vogel für dich. Lerne, seinen Gesang richtig zu spüren.«

»Vielleicht hast du recht«, sagte Morsch nachdenklich.

»Lass die Triebe wachsen«, brummte Hainwart. »Und du wirst mehr spüren.«

Schnatternd zogen Wildgänse über den grauen Himmel Richtung Süden. Morsch sah ihnen nach. War er wirklich der Einzige, der den Vogel hören konnte? Und wenn ja, was wollte ihm der Ruf sagen? Er musste diesem Geheimnis auf den Grund gehen. Und er wusste, dazu brauchte er Zeit und Ruhe.

Der Tag war schon weit vorangeschritten und der Abend kündigte sich an. Morsch verabschiedete sich von seinem Freund und stapfte zurück zum Haus. Er fachte den Kamin an, setzte sich aufs Bett, wickelte die Muschel aus und drehte sie in seinen Händen. Morsch konzentrierte sich und hielt die Muschel an sein Ohr, aber sie verriet ihm nichts Neues. Enttäuscht legte er sie auf sein Bett.

Draußen war es bereits dunkel. Morschs Magen knurrte. Eine Suppe würde ihm guttun. Er setzte Wasser auf und schnitt Gemüse. *Komm mit mir heim.* Der Ruf des Vogels klang immer noch leise in ihm nach. Meinte er ihn? Ihn, Leopold Morsch? Landrich und Hainwart hatten den Ruf nicht gehört. Morsch legte das Messer beiseite und blickte zur Muschel.

Er nahm sie und wollte sie wieder an sein Ohr halten, als er durch das Fenster einen flackernden Lichtschein entdeckte. Morsch sah genauer hin. Es brannte. Am Waldrand!

Winter, Herbst, Sommer, Frühling

Morsch ließ vor Schreck die Muschel auf sein Bett fallen. Feuer am Waldrand, bei den Bienenstöcken! Er stürzte zur Tür, packte draußen zwei Holzeimer, riss das Gartentor auf und eilte den Bach entlang, immer auf das lodernde Feuer zu. Laub und Büsche standen in Flammen. Das Feuer drohte auf die Bienenstöcke und die umliegenden Bäume überzugreifen. Im rötlichen Schein sah Morsch, wie Hainwart seine Armäste in den Waldboden grub, um im nächsten Moment stöhnend Erde auf die Flammen zu werfen. Morsch füllte die Eimer am Bach, stürzte zum Feuer und leerte das Wasser über die brennenden Büsche. Es zischte und qualmte und schon rannte Morsch durch aufgebracht brummende Bienen zurück zum Bach. »Wasser an die Verwurzelten«, hörte er Hainwart ächzen, während er die nächste Ladung über die Büsche goss. Schweiß stand ihm auf der Stirn und der Rauch biss in seinen Augen. Wieder und wieder füllte er die Eimer und löschte, wo er konnte. Und dann, endlich, züngelten keine Flammen mehr. Keuchend ließ Morsch die Eimer fallen. Hainwart bedeckte die letzten Glutnester mit feuchter Erde. Beißender Rauch erfüllte die Nachtluft. Morsch hustete vor Anstrengung. »Wie kann der Wald im Herbst Feuer fangen?«

»Feuer frisst immer«, knarzte Hainwart dumpf und stützte sich gegen einen Baum.

»Nein, ich meine«, Morsch atmete tief durch. »Ich meine, das Laub und die Büsche sind feucht, gerade jetzt im Herbst. Wie kann …?«

Er verstummte und blickte zu seinem Haus hinüber. »Die Wanderer.«

»Die Wanderer?«, stöhnte Hainwart.

Morsch rannte, so schnell er konnte, zu seinem Haus zurück. Die Tür stand weit offen. Der Tisch war umgestoßen, seine Kiste geöffnet und die Kleider herausgezerrt worden. Teller, Tassen, alles lag auf dem Boden. Nichts stand mehr im Regal. Selbst seine Matratze hatten sie aus dem Bett geworfen. Die Muschel! Morsch suchte den Boden ab. Er schob die Matratze beiseite und fand darunter seine Decke. Er schlug sie auf und da lag die Muschel, unversehrt. Und das Kästchen? Das war weg. Morsch eilte nach draußen und spähte in die Dunkelheit. Der wolkenverhangene Nachthimmel war aufgerissen und der bleiche Mond schien auf zwei dunkle Gestalten, die im Wald verschwanden.

Hainwart war ihm nachgestapft. »Warum rast du wie ein Sturm?«

»Die Wanderer, Hainwart. Sie haben das Feuer gelegt, um mich aus dem Haus zu locken. Sie waren hier und haben alles durchsucht. Das Kästchen haben sie gefunden, aber nicht die Muschel. Was ist, wenn sie merken, dass sie nicht mehr im Kästchen ist?« Morsch setzte sich auf seine Bank und starrte auf den Boden. »Am liebsten würde ich sie einfach in den Bach schmeißen, damit sie fortgespült wird.«

»Aber das kannst du nicht«, knarzte Hainwart langsam.

»Nein, das kann ich nicht«, flüsterte Morsch. »Diese Muschel birgt ein Geheimnis. Warum sollten die Wanderer sonst so weit reisen? Nur um nach einem hölzernen Kästchen zu suchen?« Er schüttelte den Kopf. »Sie ist zu mir gekommen, Hainwart, um mir etwas zu sagen. Sie möchte, dass ich ihr in ihr Zuhause folge. Aber warum? Und wo soll dieses Zuhause sein?« Er sah seinen Freund ernst an. »Ich muss wissen, was sie mir mitteilen will. Und jetzt habe ich keine Zeit und auch keine Ruhe mehr, um den Vogelgesang zu verstehen. Die Wanderer kommen sicher zurück, sobald sie das Kästchen öffnen und die Muschel nicht vorfinden.«

Der wandelnde Baum schloss die Astlochaugen. »Ich kann dir nicht helfen, das Fremde richtig zu spüren. Mit hundertelf Ringen unter der Borke bin ich kaum mehr als ein Jungtrieb und kenne nur diesen Wald.« Er öffnete seine Augen und blickte zurück zum Waldrand, dorthin, wo es gebrannt hatte. Nach einer Weile wandte er sich knarzend wieder Morsch zu und stöhnte zögerlich: »Es gibt eine Erde, reich an Triebkraft. Da kannst du alles spüren.«

»Kann sie mir sagen, was die Muschel singt?«, fragte Morsch hoffnungsvoll.

Hainwart schüttelte seine Laubkrone. »Nein. Aber sie gibt dir Kraft zu spüren. Richtig zu spüren.«

»Was ist das für ein Ort?«

»*Die Wurzel des Waldes*. Aber Zweibeiner sind dort nicht willkommen.«

Morsch seufzte und blickte wieder zu Boden. »Dann bleibt mir nur, mich zu verstecken«, sagte er niedergeschlagen. »Vor den beiden kann ich mich vielleicht eine Weile verbergen. Aber was ist, wenn sie mit Verstärkung zurückkommen?«

»Mehr Zweibeiner?«, ächzte Hainwart langsam. »Mehr Feuer?«

Morsch rieb sich erschöpft über die Stirn. Sehr lange hatte er niemanden außer Landrich gesehen, aber er kannte die Menschen. Wenn sie etwas wollten, dann nahmen sie es sich, ohne Rücksicht. Einige Atemzüge lang war kein Laut zu hören außer dem Rauschen des kleinen Baches. Als Morsch gerade zu einer Antwort ansetzen wollte, knarzte Hainwart: »Gut. Komm, aber es ist weit von hier.«

Morsch blickte Hainwart einen Moment ungläubig an, dann sprang er auf. »Warte, ich packe schnell ein paar Sachen.« Er eilte ins Haus, räumte notdürftig auf, wickelte die Muschel ein, steckte sie in eine Ledertasche und legte hastig frische Unterwäsche, seine Brille, ein kleines Buch mit leeren Seiten, ein paar Bleistifte, eine kleine Klinge zum Anspitzen und zwei Kerzen dazu. Dann schmierte er sich Butterbrote und füllte Wasser in eine Flasche. Zu guter Letzt löschte er das Feuer im Kamin, nahm seine Weste, hängte sich die Tasche um, trat hinaus und verschloss die Haustür. Den Schlüssel schob er in seine linke Hosentasche. »Bereit.«

Hainwart nickte und stapfte los.

Morsch schloss das Gartentor, sah noch einmal zu der Stelle, wo die Wanderer verschwunden waren, und folgte dem wandelnden Baum querfeldein in den Wald.

Der Wald war alt. Er roch nach feuchter Erde und Moosen. Stämmige Birken, Buchen und Eichen standen eng beieinander und das Blätterdach war so dicht, dass schon bei Tag die Sonne nur selten ihren Weg zum kühlen Waldboden fand. Jetzt, bei Nacht, machte der Wald seinem Namen alle Ehre: *Finsterforst*.

Morsch konnte kaum die Hand vor Augen sehen. Dumpf knackten

die Äste unter seinen Schritten. Er stolperte über Wurzeln und versuchte, mit Hainwart Schritt zu halten. »Warte doch«, raunte er. »Ich sehe nicht, wo ich hingehe. Lass mich eine Kerze anzünden.«

»Kein Feuer«, stöhnte Hainwart. »Ich trage dich.« Er packte Morsch und hob ihn in seine Laubkrone.

Immer tiefer und tiefer drangen die beiden in den Wald vor. Morsch hielt sich in Hainwarts schwankenden Ästen fest. Zwischen den Bäumen hallte das Trommeln eines Spechtes wider. Morsch lauschte. Aber er hatte jegliches Gefühl für die Richtung verloren. Und im Dunkel des nächtlichen Waldes war nichts zu erkennen, egal wie sehr er seine Augen zusammenkniff. Wo Hainwart ihn wohl hinbrachte? »Was ist die *Wurzel des Waldes*?«

»Sie ist der Trieb, aus dem alles treibt«, knarzte Hainwart. »Mit ihr ist alles verbunden, Baum, Pilz und Strauch. Die Erde dort gibt Kraft, mehr als sonst. Ohne die Wurzel wäre alles welk, trocken, tot. Aus ihr wuchs ich, und sie war schon immer da.«

»Der Ursprung des Waldes«, staunte Morsch. »Du hast mir noch nie davon erzählt.«

»Zweibeiner gehören nicht dorthin«, ächzte Hainwart. »Zweibeiner zerstören.«

»Und trotzdem hilfst du mir?«

»Du bist anders, Morsch. Du zerstörst nicht. Der Wald erlaubt dir einen Besuch, aber jetzt will er, dass du ruhst.«

Morsch wollte noch mehr fragen, aber er schwieg. In den moosig erdigen Waldgeruch mischte sich etwas harzig Herbes, wie Tannenzapfen oder frische Rinde. Morsch sog die Luft ein und musste gähnen. Ihn fröstelte. »Jetzt nicht müde werden«, murmelte er und ließ seinen Kopf auf Hainwarts weiches Laub sinken. Das Dunkel wurde tiefschwarz und Hainwarts Rascheln immer leiser und ferner.

Als Morsch erwachte, war die Luft trocken und klar. Er blinzelte und öffnete die Augen. Noch immer saß er in Hainwarts Krone, aber es war taghell. Sein Atem formte kleine Wölkchen vor seinem Gesicht, und er fror. Hainwart stieg einen Hügel hinauf. Morsch blickte durch die rot-goldenen Blätter. Wo war er? Die Pflanzen und Bäume trugen keine Blätter. Sie waren kahl. Eisiger Reif überzog sie. Rundherum war alles still.

»Lieber Hainwart. Lass mich herunter. Jetzt sehe ich ja, wohin ich laufe. Dann falle ich dir nicht zur Last.«

Der wandelnde Baum setzte Morsch ab. Der Boden fühlte sich hart an, als wäre er gefroren. Morsch trat fest auf, dann bückte er sich und klopfte gegen die Erde. »Was ist hier los?« Es begann zu schneien. Morsch knöpfte seine Weste zu. »Wie lange sind wir gelaufen? Es kann doch nicht plötzlich Winter sein.«

»Die Sonne ist nur zweimal aufgegangen in deinem Tal.«

»Zwei Tage sind wir unterwegs? Warum habe ich so lange geschlafen?« Morschs Magen knurrte. Er holte ein Butterbrot aus seiner Tasche.

»Damit du nicht siehst, wohin wir wandeln«, knarzte Hainwart. »*Die Wurzel des Waldes* ist ein Geheimnis und so soll es bleiben.«

»Warum ist es hier so k-k-kalt?« Morschs Zähne klapperten.

»Das ist das Ende. Wir müssen zum Beginn, zur Wurzel, den Hügel hinauf«, knarzte Hainwart. »Komm, bald wird es wärmer.« Er stapfte weiter.

Hainwart hatte recht. Es dauerte nicht lange, dann schmolz der Schnee. Kristallklar tropfte er von den Ästen der Bäume, die mit jedem Schritt immer mehr rote, braune und gelbe Blätter trugen. An den Stämmen wuchsen Moose und aus dem Boden sprossen Pilze. Bald musste Morsch aufpassen, nicht die großen Pilzteppiche zu zertreten. »Wirklich seltsam. Jetzt wird es wieder Herbst. Winter, Herbst, als würde die Zeit rückwärtslaufen«, murmelte er. Überall lagen Kastanien und Nüsse, und in den Bäumen sprangen Eichhörnchen, die Morsch für einen Augenblick musterten.

Immer weiter stiegen die beiden bergauf. Morsch war froh, dass die winterliche Kälte angenehmeren Temperaturen gewichen war. Er knöpfte seine Weste auf und bald wurde es so warm, dass er sich den Schweiß von der Stirn wischen musste. Morsch krempelte seine Ärmel hoch. Es roch nach würzigem Harz, nach Sommerwald. Grillen zirpten, dicke Falter und Bienen brummten durch die Luft. Die Blätter der Bäume wurden jetzt immer grüner, und an den Ästen hingen Kirschen, Äpfel und Birnen. »Das ist ja wie ein schöner Sommertag in meinem Garten«, rief Morsch. »Wenn mich nicht alles täuscht, dürfte es bald Frühling werden?«

»Anfang aller Triebe, der Beginn«, knarzte Hainwart und stapfte immer weiter den Hügel hinauf.

Mit der Zeit wurde es wieder kühler. Die Früchte wichen bunten Blüten, die ihren frischen Duft verströmten und allmählich zu Knospen wurden. Die Vögel zwitscherten, als würden sie das neue Jahr begrüßen, und überall hingen Nester in den Bäumen. Am Boden blühten Buschwindröschen, Waldveilchen und Lerchensporn. Morsch krempelte seine Ärmel wieder herunter und versuchte Hainwart zu folgen. Aber das Unterholz wurde mit jedem Schritt dichter und dichter. Hainwart schritt mühelos hindurch, aber vor Morsch verschloss es sich sofort und zerrte an seiner Kleidung und Tasche, als wolle es ihn zurückhalten. Morsch hob schützend seine Arme vors Gesicht und schob sich mit ganzer Kraft voran. »Hainwart, warte! Ich …« Plötzlich ließ das Unterholz von Morsch ab und er fiel nach vorne in weiches blühendes Moos. Aber im nächsten Moment riss Hainwart ihn wieder hoch. »Schau, Morsch, die *Wurzel des Waldes*.«

Die Wurzel des Waldes

Auf der Hügelkuppe stand ein Baum mit einer mächtigen Krone, die in allen Farben blühte und viele verschiedene Nüsse und Früchte trug. Vögel nisteten in ihr. Käfer, Bienen und Schmetterlinge schwirrten zu den Blüten und von dort in alle Richtungen des umliegenden Waldes. Die Luft war erfüllt von Zwitschern, Trällern, Brummen und Summen. Moose und Pilze kletterten den Stamm hinauf, der breiter war als Morschs Haus und Garten. Sein Fuß bestand aus dickem Wurzelwerk, das sich hier hoch auftürmte und dort einfach in sich verflochten übereinanderlag. Dazwischen versteckten sich Ameisen, Schnecken und Würmer. Manche Wurzeln waren dicker als Morsch und sogar dicker als Hainwart. Der Baum bekrönte die gesamte Hügelkuppe. Es wirkte, als würden der Hügel und alles rundherum aus seinen Wurzeln wachsen. Morsch hielt sich an Hainwarts Armast fest. Er wusste nicht, was er sagen sollte.

Hainwart stapfte möglichst nah an den Baum heran. Dann blieb er stehen, blickte Morsch an und knarzte: »Such dir einen Platz zum Wurzeln und nimm die Muschel fest in deine Äste.« Seine Astlochaugen schlossen sich und er erstarrte. Wie aus dem Nichts wuchsen ihm Knospen auf seiner Laubkrone, die im nächsten Moment zu leuchtend roten und goldgelben Blättern wurden.

»Hainwart! Sind wir hier sicher? Was ist, wenn uns die Wanderer gefolgt sind?«, rief Morsch, aber sein Freund regte sich nicht mehr. Morsch blickte sich um. »Die werden schon nicht hierher finden«, murmelte er. »Das ist ein geheimer Ort. Dann suche ich mir mal ein passendes Plätzchen.«

Die moosbedeckten Wurzeln waren angenehm warm. An einer Stelle bildeten sie eine einladend weiche Senke. Hier stellte Morsch seine Tasche ab, holte die Muschel heraus und machte es sich in einer Wurzelbeuge gemütlich. Bald kribbelte es an seinen Beinen. Ameisen, Tausendfüßler und Asseln krabbelten auf ihm herum, aber das störte ihn nicht. Er fühlte sich geborgen, wie in einem warmen Bett. Alle Sorgen waren wie fortgeblasen. Er schloss die Augen und hielt die Muschel ans Ohr. Da war es wieder, das sanfte Rauschen, Glucksen, das Plätschern, dann die warme Brise, der würzigsüßliche Duft und dann der Vogelgesang, *Komm mit mir heim*, lang gezogen und klagend. Morschs Atem wurde ganz ruhig. Schwer sank er in das weiche Moos und lauschte dem Gesang:

…

Nun ersticke ich am Gift,
das langsam in die Ader dringt,
und alles Leben niederringt …

…

Damit die Ader weiterfließt,
damit das Leben wieder sprießt …

…

Ich bitte dich, komm mit mir heim.
Ich kann es nicht, so ganz allein …

…

Morsch öffnete die Augen. Über ihm surrten und brummten die Insekten in der Krone des mächtigen Baumes. Er setzte sich auf, streifte vorsichtig die krabbelnden Tiere von sich und betrachtete die Muschel. Sie hatte ihm weitere Teile des Gesangs offenbart. »Aber wie kann man eine Muschel vergiften?«, dachte er. Oder ist es der Vogel, der am Gift erstickt? Die Muschel rief ihn. So viel war sicher. Er, Leopold Morsch, sollte sie nach Hause begleiten, um den Tod aufzuhalten. »Wie viel Zeit bleibt uns?«, murmelte er und hielt die Muschel wieder an sein Ohr. Aber mehr als die Worte, die er verstanden hatte, offenbarte die Muschel nicht. »Also gut, wenn du mich rufst, will ich dir helfen, versprochen«, sagte Morsch. »Du bist nicht allein. Nur, wohin soll ich mit dir kommen? Wo ist dein Heim?«

»Du konntest die Muschel also spüren?«, knarzte Hainwart.

Morsch sah auf. »Nicht alles«, sagte er nachdenklich. »Aber die Muschel oder der Vogel, der in ihr singt, sind in Gefahr, und wenn niemand etwas unternimmt, sind sie dem Tod geweiht.« Er atmete tief ein und fuhr dann fort: »Ich bin derjenige, der etwas unternehmen muss, Hainwart. Sie rufen mich. Ich muss sie nach Hause begleiten. Ich weiß nur nicht, in welche Richtung wir aufbrechen sollen?«

Knarrend stapfte Hainwart auf Morsch zu. »Ich habe die Pilze, Vögel und Schmetterlinge gefragt. Sie wissen nicht, was eine Muschel ist. Sie kann also nicht hier gewachsen sein. Ihre Heimat kennen nicht einmal die Vögel.«

»So etwas habe ich mir schon gedacht«, nickte Morsch. »Aber wer könnte etwas über Muscheln wissen?«

»Die Vögel zwitschern, dass dort, wo die Sonne am höchsten steht, hohe Steine liegen.« Hainwart streckte seinen Armast Richtung Süden. »In diesen Steinen leben Zweibeiner, die alles sammeln und ansehen. Vielleicht kennen die deine Muschel.«

»Hohe Steine?« Morsch stand auf und verpackte die Muschel sicher in seiner Tasche.

Hainwart nickte. »Komm mit, ich zeige es dir«, ächzte er und stieg über die Wurzeln um den Baum herum zur anderen Seite der Hügelkuppe. Zum Dank für ihre Hilfe verneigte sich Morsch tief vor der *Wurzel des Waldes*, hängte sich seine Tasche um und kletterte ihm nach.

Sie blickten über die Wipfel des weiten Laubmeeres hinweg. In der Ferne schimmerte vage ein blauer Gebirgszug. »Berge«, murmelte Morsch. »Du sprichst von Bergen?«

Hainwart brummte zustimmend.

»Dann lass uns aufbrechen. Wir haben noch Zeit, bis es dunkel wird. Auf zum Waldrand!«

»Da, wo fremde Erde liegt und keine Verwurzelten mehr stehen?« Der wandelnde Baum klang besorgt.

Morsch nickte. »Wenn wir zu den Bergen wollen, müssen wir den Wald verlassen.«

»Aber ich nicht«, knarzte Hainwart und schüttelte seine Krone. »Zum Waldrand, aber nicht weiter.«

»Zum Waldrand«, lächelte Morsch. »Dann sehen wir weiter.«

Salzfass

Diesmal durchschritten Morsch und Hainwart die Jahreszeiten in der richtigen Reihenfolge, erreichten den südlichen Fuß des Hügels und tauchten wieder in das düstere Zwielicht des Finsterforstes. Und diesmal schlief Morsch nicht ein. Hainwart versicherte ihm, dass der Wald Morsch traue.

Umgestürzte Bäume, riesige Farne und dichtes Unterholz zwangen Morsch zu klettern, zu kriechen und sich vorwärtszuschieben, so gut es ging. Nach einer Weile wurde es endlich leichter. Morsch klopfte sich die Äste und Blätter aus der Kleidung, zog einige Dornen aus ihr heraus und spazierte neben Hainwart her. Seit sie wieder tief in den Finsterforst eingedrungen waren, hatte Morsch kein Gefühl mehr für die Richtung. »Ist es noch weit bis zum Waldrand?«

»Ja«, brummte Hainwart.

Morsch wusste nicht, wie spät es war, aber sie mussten schon einige Zeit unterwegs sein, als sie plötzlich auf einen Weg stießen. Er hielt inne. »Wo führt der hin?«

»Zum Rand, wo die Sonne wächst«, knarzte Hainwart. »Wir müssen ihm ein Stück folgen. Da lang.«

Plötzlich vernahm Morsch Stimmen. »Hörst du das auch?«

Hainwart nickte. »Zweibeiner.«

»Wer mag das wohl sein?«, flüsterte Morsch.

»Die mit dem Feuer?«, ächzte der wandelnde Baum.

»Du meinst …« Morsch wurde blass. »Die Wanderer? Schnell, versteck dich!« Er sah sich um.

»Gut«, brummte Hainwart, machte einen Schritt an den Wegesrand, schloss die Astlochaugen und erstarrte augenblicklich.

Morsch wollte es ihm am liebsten gleichtun. Er spähte ins Dunkel des Waldes. Noch war niemand zu sehen. Was, wenn es die Wanderer waren? Konnte das sein? Sie waren doch lange vor ihm in den Wald und in eine ganz andere Richtung gegangen. Und wenn sie umgekehrt waren, wie er befürchtet hatte?

Die Stimmen kamen näher und konnten jeden Augenblick hier sein. Morsch musste sich verstecken. Schnell kroch er neben Hainwart zwischen einige hohe Farne. Dort kauerte er und versuchte, so leise wie möglich zu atmen.

Jetzt waren die Stimmen in unmittelbarer Nähe – eine tiefe, ruhige und eine höhere, etwas aufgebrachte, die gerade fragte: »Wo zum wild gewordenen Waldfrosch sollen …?«

»Laubfrosch«, unterbrach die ruhige Stimme. »Es gibt keinen Waldfrosch.«

»Was?«, entgegnete wieder die aufgebrachte, höhere Stimme. »Was soll der Unfug? Wald-, Wiesen- oder Wasauchimmerfrosch! Frösche sind mir doch egal. Ich frage mich nur, wo zum –«

»Aber dann sag doch nicht Waldfrosch, wenn es keinen gibt und dir Frösche sowieso egal sind. Sag doch Kuckuck.«

Zwischen den Bäumen tauchten zwei Kerle auf. Der eine, etwa so groß wie Morsch, trug eine zerschlissene Hose mit Hemd und Weste. Seinen dicken Bauch umspannte ein breiter roter Ledergürtel mit einer großen, silbernen Schnalle und einem langen Messer darin. Die Füße steckten bis über die Knie in schwarzen Stulpenstiefeln, und auf dem Kopf thronte ein Dreispitz mit einer Fasanenfeder. Er war verärgert und sein großer Schnurrbart hüpfte auf und ab, als er seinem Gefährten antwortete: »Du machst mich wahnsinnig mit deinen Ideen. Aber bitte, dann eben, wo zum Kuck…«

»Zum *wild gewordenen*«, unterbrach ihn der andere. Er war groß und hager, trug eine kurze, blau-weiß gestreifte Hose, Sandalen und einen schweren Mantel. Seine schartige Axt hatte er wie ein Holzfäller über die Schultern gelegt. Morsch fiel ein Stein vom Herzen. Es waren nicht die Wanderer.

»Bitte schön, der Herr!«, entgegnete der Kleinere. »Wo zum wild gewordenen Kuckuck sollen wir hier in diesem Wald einen freundlichen Wandersmann treffen, der mehr an seinem Leben als an seiner Börse hängt, ohne wieder Tag um Tag an der Kreuzung warten zu müssen?«

Morsch stockte der Atem: Räuber! Er musste tiefer ins Unterholz. Sie durften ihn auf keinen Fall entdecken. Ganz vorsichtig schob er sich rückwärts, weg von ihnen.

Der Größere strich sich seine langen blonden Haare aus der Stirn. Mit müdem Blick sah er seinen Gefährten an.

»Dachte ich's mir doch«, fuhr der Kleinere fort und blickte in den Wald hinein, »dass du dazu keinen blassen Schimmer … Aber hallo, wer kriecht denn dort durchs Dickicht? Kommt nur hervor, werter Freund! Selten trifft man in diesen Gefilden auf jemanden, der im Farn wandelt. Warum macht Ihr das?«

Morschs Herz schlug ihm bis zum Hals. Sie hatten ihn entdeckt! Am liebsten wäre er aufgesprungen und weggelaufen, aber die Räuber waren zu zweit und kannten sich hier bestimmt gut aus. Langsam stand er auf und trat aus dem Farn. »Ich bin Leopold Morsch und auf dem Weg zum Südrand des Waldes und weiter zum Gebirge. Vielleicht wissen die Herren zufällig, wie weit es noch ist, und wären so freundlich, mir dies kundzutun?«

»Kundzutun?«, fragte der Kleinere.

Morsch nickte.

»Ihr wollt also zum Waldrand und weiter zu den Blaubergen? Das trifft sich ja hervorragend, denn …« Der Kleinere machte eine kurze Pause, und sah seinen Gefährten an. Der Hagere nickte, und der Kleinere fuhr fort: »… denn ich bin Willem Mortensen Salzfass, reisender Händler zwischen Süd und Nord, Ost und West. Und das ist mein Hofverwalter Hauke.« Er machte eine Verbeugung. »Wie es sich trifft, kommen wir eben vom Rand des Finsterforstes, und wie mir just einfällt, müssten wir noch einmal umdrehen, da ich meine Tabakdose dort in einem … ähm … einem Gasthaus liegen gelassen habe. Ihr könntet uns also begleiten, wenn Ihr wollt, werter Herr Morsch. Oder darf ich Leopold sagen?« Er legte Morsch den Arm um die Schulter. »Nennt mich doch in aller Freundschaft Herr Salzfass.«

Morsch war angespannt. Er beobachtete jeden Schritt der beiden. Eine schöne Lügengeschichte, die sie ihm da aufschwatzen wollten. Höflich löste er sich aus der Umarmung und sagte: »So viel Glück zu haben, hatte ich gar nicht zu hoffen gewagt. Ihr seid also Händler? Nur, wo sind eure Waren?«

»Verkauft«, sagte Salzfass schnell. »Komm, Hauke, nimm dem guten Leopold die Tasche ab, damit er nicht zu schwer tragen muss!«

Morsch trat einen Schritt zurück und schüttelte den Kopf: »Nein, nein, habt Dank.« Er sah sich nach Hainwart um, der nach wie vor am Wegesrand wurzelte. Es schien, dass die beiden Kerle ihn überhaupt nicht sahen. »Die Tasche ist nicht schwer«, fuhr er fort. »Ohne euch beleidigen zu wollen, aber ich reise gerne allein. Sagt mir doch einfach, wie weit es noch ist.« Er lächelte, so gut er konnte, und machte einen weiteren Schritt rückwärts, näher zu Hainwart.

Hauke stutzte und wirkte unentschlossen. Salzfass kniff die Augen zusammen und sah Morsch prüfend an: »Nun, wenn Ihr meint. Wenn Ihr es vorzieht, alleine zu reisen, dann immer in diese Richtung.« Er zeigte den Weg entlang. »So zwei Tage, schätze ich.«

»Vielen Dank«, sagte Morsch.

»Gute Reise, Herr Morsch«, entgegnete Salzfass. Seine Stimme klang kalt und sein Blick war düster. »Komm, Hauke, lass uns weiterziehen.« Er tippte sich an seinen Dreispitz. Dann setzten die beiden ihren Weg fort und verschwanden zwischen den Bäumen.

Morsch war froh, dieses Treffen so glimpflich überstanden zu haben. Er klopfte gegen Hainwarts Stamm. »Sie sind weg. Lass uns weitergehen.«

Bald wurde es dunkel, so dunkel, dass der Weg kaum noch zu sehen war. Über dem Wald musste die Sonne untergegangen sein. Morsch fror. »Wir könnten beide etwas Ruhe brauchen und sollten ein Lager für die Nacht suchen.« Hainwart stimmte knarzend zu. Abseits des Weges fanden sie eine Eiche, deren Stamm mit weichem Moos bewachsen war und sich fast wie ein Lehnsessel anfühlte. Hainwart verwurzelte sich. Morsch wünschte ihm eine Gute Nacht, dann legte er seine Tasche ab, hielt inne und horchte – nichts. Rundherum nur Stille. Morsch setzte sich zwischen die dicken Wurzeln, trank einen Schluck und aß eines seiner Butterbrote. Da! War da nicht ein Knacken, wie von einem brechenden Ast? Morsch hielt den Atem an, lauschte und spähte in die Dunkelheit. »Hainwart«, flüsterte er, aber sein Freund war längst tief verwurzelt. Kauend holte Morsch eine der Kerzen hervor, kramte in seiner Weste nach Streichhölzern und machte Licht. Die brennende Kerze steckte er in eine Wurzelgabelung und betrachtete einen Moment die Flamme. Dann atmete er tief ein und wieder aus, schüttelte den Kopf und machte es sich gemütlich. Schon bald wurden ihm die Lider schwer. Er blies die Kerze aus und schlief ein.

Ein Knacken ließ ihn aufschrecken. Da war es wieder, direkt neben ihm! Morsch sprang auf, wollte Deckung suchen, aber es war zu spät. Ein dumpfer Schlag ließ die Welt um ihn herum versinken und er fiel. Dass er auf dem Waldboden aufschlug, bemerkte er nicht mehr.

Waldwanzen und Teufelskumpane

Morsch fühlte sich elend. Er hatte einen fahlen Geschmack im Mund und sein Schädel brummte. Um ihn herum war es dunkel und stickig. Jemand hatte ihm einen Sack über den Kopf gestülpt und ihn gefesselt. Jetzt hörte er eine dumpfe Stimme: »Bran, unser Gast wird wach.« Schritte näherten sich, dann wurde ihm der Sack vom Kopf gezogen. Morsch blinzelte. Grau hing der Nebel zwischen den Bäumen, und es roch nach feuchtem Waldboden. Morsch sah sich um. Er war nicht mehr an der Stelle, wo er gestern eingeschlafen war. Vor ihm stand im morgendlichen Zwielicht Willem Mortensen Salzfass, der Räuber. Morsch ärgerte sich über seine Unvorsichtigkeit. Verruchte Kerle! Aber wo war Hainwart? Er konnte den wandelnden Baum nirgends entdecken.

Salzfass stemmte beide Hände in die Seiten und beugte sich grinsend zu Morsch runter: »Wieder wach? Tut der Schädel schön weh?«

»Herr Salzfass«, stammelte Morsch. »Was soll das? Ich habe Euch nichts getan.«

»Still! Lass das mit dem Salzfass. Ich bin«, der Kerl streckte stolz seine Brust heraus und zwirbelte seinen Bart, »Wilbort Weinfass, der Listenreiche, Mitglied der weithin bekannten und gefürchteten Finsterforstbande, und das ist mein Gefährte, Bran Bruch. Tja, und du bist nun unser Gast oder besser«, Wilbort räusperte sich, »unser Gefangener. Also fühl dich geehrt und sei gewiss, dass wir über deine Anwesenheit hoch erfreut sind. Ohne dein Kommen hätten wir vielleicht noch Tage an der Kreuzung auf ein lohnendes Opfer warten müssen. Und das kann mühsam und vor allem stinklangweilig werden. Obwohl«, Wilbort hielt inne, »lohnend bist du nicht gerade. Ein Buch mit leeren Seiten, Schreibzeug, eine Brille, ein paar Brote, eine Kerze und diese Muschel. Amüsant, dass sie bei dir gelandet und nun wieder in unsere Hände zurückgekehrt ist. Hat sie dir der fahrende Kauz verkauft?«

Morsch erschrak. Das waren die Halunken, von denen Landrich erzählt hatte.

»Was hast du mit dem Holzkästchen gemacht, Leopold?«, grinste Wilbort.

Vielleicht wussten die Räuber etwas über die Herkunft der Muschel, schoss es Morsch durch den Kopf.

»Wen kümmert es?«, fuhr Wilbort fort. »Mit deinem Kram lässt sich nichts anfangen, mal abgesehen von den Broten, die übrigens hervorragend waren. Stimmt's, Bran?«

»Ja, lecker! Selbst gebacken?«, schmatzte Bran und stopfte alles wieder zurück in Morschs Tasche.

Wilbort sah Morsch stirnrunzelnd an. »Nun, da du nichts von Wert bei dir hast, bist nur noch du selbst wertvoll für uns. Was kannst du denn besonders gut?«

Morsch schaute den feisten Räuber grimmig an und sagte kein Wort.

»Oho, du kannst schweigen und grimmig dreinschauen«, höhnte Wilbort. »Lass dir gesagt sein, dass wir davon schon ein paar haben. Aber wir werden dich einfach verkaufen. Wird schon jemand Verwendung für dich haben. Zunächst aber machen wir Rast. Auf zum Unterschlupf!«, dirigierte Wilbort und an Morsch gewandt: »Ein nettes altes Häuschen. Es wird dir gefallen. Darf ich nun die Fußfesseln lösen, damit wir dich nicht tragen müssen?« Er knotete die Stricke an Morschs Knöcheln auf, packte Morsch am Kragen und zog ihn hoch. Morsch wurde schwindelig. Er taumelte ein paar Schritte.

»Bran, gib unserem Gast einen Schluck. Sonst müssen wir ihn am Ende wirklich noch tragen.«

Bran, der gerade Morschs letztes Butterbrot in den Mund schob, tat wie ihm befohlen. Dann setzten sich alle in Bewegung, angeführt von Wilbort Weinfass, dem Listenreichen, Morsch in der Mitte und Bran Bruch hintendrein.

Bald hatten sie den Weg erreicht, auf dem Morsch und Hainwart schon gestern gewandert waren, und folgten ihm.

»Du, Wilbort?«, sagte Bran beiläufig.

»Was?«

»Ich dachte – «

»Du dachtest?«

»Ähm, ja. Unser Gast bringt ja nicht so viel ein, also Gold oder Tabak oder Schnaps oder alles zusammen. Da wäre es doch gut, wenn wir ihn mit dem Jungen verkaufen? Als Diener. Das könnte dann schon was einbringen. Vielleicht kann der hier kochen. Der Junge kann putzen.«

»Dachtest du?«, wiederholte Wilbort und schwieg einen Augenblick. »Hm, keine schlechte Idee! Muss der Hauptmann entscheiden. Wenn Morsch kochen kann, könnten wir ihn auch brauchen.« Wilbort drehte sich grinsend um. »Kannst du kochen, Leopold?«

Morsch schwieg, aber die Bemerkung über einen weiteren Gefangenen war ihm nicht entgangen.

Plötzlich schepperte es laut vor ihnen, und sie blieben abrupt stehen. Jemand in Kettenhemd und Ritterhelm war hinter einem Baum hervor- und den Räubern in den Weg gesprungen. Er fuchtelte mit einem Schwert herum. »Halt, ihr Spitzbuben!«, tönte es blechern aus dem Helm heraus. »Erzittert, ihr Taugenichtse, Halunken und Räuberpack, vor Ritter Griesberg vom Bert!«

Wilbort und Bran erstarrten.

»Schneidet dem Gefangenen die Fesseln durch und gebt ihm seine ureigene Freiheit zurück, derer ihr ihn so schändlich beraubt habt«, rief der Ritter lauter, »und sein Hab und Gut natürlich, ihr Waldwanzen und Teufelskumpane!«

Wilbort regte sich als Erster und entgegnete breit lächelnd: »Werter Herr Ritter, auch wenn die Szenerie wohl eindeutig erscheinen mag, so deutet Ihr sie leider völlig falsch. Dieser hier, der wie ein Gefangener wirken mag, das gebe ich gerne und unverblümt zu, ist doch in Wahrheit ein teurer Freund.« Wilbort wandte sich zu Bran, zwinkerte ihm zu und fuhr fort: »Mitnichten ist er unsere Geisel, sondern vielmehr liebt er es, in Handfesseln zu marschieren und das auch nur, um zu üben, falls er jemals in die Hände garstiger Räuber fallen sollte, die wir natürlich nicht sind. Wir sind vielmehr …«

Morsch schüttelte heftig den Kopf und wollte gerade protestieren, da rief Wilbort: »Jetzt, Bran!«, und stürzte zur Seite in den Wald. Bran flüchtete zur anderen Seite. Der Ritter machte einen Schritt nach vorne und wollte mit seinem Schwert zuschlagen, aber die Räuber waren schneller und verschwanden im Unterholz. Aufgebracht schaute der Ritter in die eine, dann unentschlossen in die andere Richtung, schließlich ließ er müde sein Schwert sinken, steckte es weg und nahm den Helm ab. Sein schmales Gesicht wurde von einem grauen, struppigen Bart eingerahmt. »Tut mir leid«, sagte er verdrossen. »Ich hätte den Halunken gerne das Handwerk gelegt und sie dingfest gemacht. Wartet, ich helfe Euch mit den Fesseln.« Der große, hagere Ritter ging um Morsch herum. Seine spitzen gelben Schnabelschuhe und die rote Hose passten so gar nicht zum Kettenhemd. Er befreite Morsch von seinen Fesseln. »Nennt mich Ritter Griesberg vom Bert … ich meine, Griesbert vom Berg. Seid Ihr wohlauf?«

»Ich bin Leopold Morsch, Herr Ritter. Und ja, vielen Dank, mir geht es gut. Nur meine Tasche und damit mein Hab und Gut sind verloren.«

»Aha, nun ja. Wie seid Ihr überhaupt in die Hände dieser Halunken geraten?«

»Ich bin auf Wanderschaft in Richtung des südlichen Waldrandes, und die beiden haben mich in der Nacht überfallen.«

»Aha, so, so. Nachtstreicher. Habt Ihr viel an sie verloren, Morsch?«

»Nun, meine Brote, mein Wasser, Kerzen, Bleistifte, ein Buch mit leeren Seiten, Unterwäsche und …«, Morsch zögerte. Sollte er dem fremden Ritter von der Muschel erzählen? Nein, lieber nicht. Er hatte das bestimmte Gefühl, dass nicht zu viele Menschen von ihr erfahren sollten. »… meine Brille«, beendete er seinen Satz.

»Ein Buch mit leeren Seiten, was hat das für einen Sinn?«, fragte Griesbert unwirsch.

»Ich dachte, dass ich meine Erlebnisse darin aufzeichnen könnte, als Erinnerung.«

»Na, dann habt Ihr ja nichts verloren, wenn da noch nichts geschrieben stand.«

»Nun ja, mein Hab und Gut möchte ich schon wiederhaben.« Morsch dachte vor allem an die Muschel.

»Na, wenn Ihr meint«, entgegnete der Ritter gelangweilt. »Was habt Ihr nun vor?«

»Ich werde versuchen, den Unterschlupf der Räuber zu finden, um meine Tasche zurückzuholen. Und dann möchte ich dort jemandem helfen. Die Räuber sprachen von einer gefangenen Person.«

Ritter Griesbert schaute Morsch plötzlich aufmerksam an. »Eine Gefangene, sagtet Ihr?«

Morsch wollte antworten, aber Griesbert rief: »Eine Prinzessin!«

»Das habe ich nicht –«

»Ha!«, unterbrach der Ritter. »Dann soll es sein! Das Schicksal wollte, dass wir uns treffen. Ein Geschichtensammler und ein Ritter«, schmetterte er. »Wir befreien die Prinzessin aus den Fängen der finsteren Halunken, wie es einem Ritter gebührt, und retten Euer unbeschriebenes Buch, auf dass die große Geschichte der Befreiung der liebreizenden Prinzessin durch den ehrenwerten Ritter Griesberg vom Bert und den Knappen festgehalten und erzählt werden kann. Was haltet Ihr davon?«

Morsch lächelte: »Wenn Ihr mich begleiten wollt, würde mich das sehr freuen.«

Auf der Räuberfährte

Das Unterholz zu beiden Seiten des Waldwegs war dicht. Wilbort oder Bran waren längst nicht mehr zu sehen. Der Wald hatte sie verschluckt. Ritter Griesbert sah ratlos in alle Richtungen. »Könnt Ihr Spuren lesen, Leopold?«, fragte er.

Morsch schüttelte den Kopf.

»Ich auch nicht«, seufzte er und ließ die Schultern hängen.

Morsch kratzte sich am Hinterkopf. »Die beiden Kerle wollten zu ihrem Unterschlupf, und zwar in diese Richtung.« Er zeigte den Waldweg entlang. »Ich denke, wir sollten dem Weg einfach folgen. Mit etwas Glück stoßen wir auf ihr Versteck. Aber ich muss erst noch einen Freund suchen, und ich hoffe, dass die Räuber ihm nichts zuleide getan haben.«

»Einen Freund?« Griesbert blickte Morsch fragend an. »Was ist das für ein Kerl? Ist er schlagkräftig und wertvoll für unsere Mission?«

Morsch überlegte, wie er dem Ritter von Hainwart erzählen sollte. Griesbert hatte wahrscheinlich noch nie einen wandelnden Baum gesehen. »Nun, er ist etwas hölzern«, begann Morsch, »aber von breiter Statur und –«

Plötzlich raschelte es im Unterholz und als hätte er gehört, dass Morsch von ihm sprach, trat Hainwart auf den Weg. Griesbert erschrak, stolperte ein paar Schritte zurück und riss sein Schwert abwehrend hoch. »Ein Monstrum. Lauft, Knappe Morsch, lauft!«, rief er heiser.

Hainwart blieb vor Morsch stehen und knarzte: »Warum hast du deinen Weg ohne mich fortgesetzt?«

»Hainwart, ein Glück, dass du mich gefunden hast! Ich wurde überfallen«, sagte Morsch. »Gerade wollte ich aufbrechen, um dich zu suchen. Ich bin so froh, dass du wohlauf bist.«

Griesbert fiel die Kinnlade herunter.

»Die zwei Kerle, die wir gestern getroffen haben«, fuhr Morsch fort. »Der kleine Dicke und der große Hagere, die haben mich ohnmächtig geschlagen und fortgeschleppt. Aber dieser Ritter hat mich befreit.« Er zeigte auf Griesbert, der sein Schwert sinken ließ. »Darf ich vorstellen: Griesbert vom Berg.«

»Hm«, brummte Hainwart. »Ein guter Zweibeiner?« Als Morsch nickte, streckte er Griesbert langsam seinen Armast hin.

Der Ritter zuckte zusammen. »Ist das Euer Gefährte?«

»Das ist Hainwart«, antwortete Morsch. »Mein guter Freund.«

Griesbert nahm zögerlich den Ast und schüttelte ihn. »Wohlerzogen, der Baum, und wahrlich ein schlagkräftiges und formidables Kampfross, Morsch.«

»Hainwart, sie haben die …« Morsch zögerte.

»Muschel?«

Morsch zuckte zusammen und schielte zu Griesbert. Aber der Ritter zeigte keine Regung bei dem Wort *Muschel*. Stattdessen betrachtete er immer noch fasziniert den wandelnden Baum.

»Dann müssen wir sie zurückholen«, brummte Hainwart.

Erleichtert strich sich Morsch über den Bart. »Aber wie sollen wir die Räuber finden? Sie sind im Wald verschwunden.«

Hainwarts Gesicht verzog sich zu einem Lächeln. »Der Wald kennt jeden seiner Bewohner. Was suchen wir?«

Morsch überlegte. »Sie sprachen von einem alten Haus.«

Hainwart verwurzelte sich, schloss die Astlochaugen und erstarrte. Wenige Augenblicke später kam wieder Leben in den wandelnden Baum. »Der Wald kennt es«, knarzte er und verschwand ins Unterholz.

»Kommt, Herr Ritter«, lächelte Morsch.

»Ja … aber …«, stammelte Griesbert.

Zielstrebig stapfte der wandelnde Baum durch den Finsterforst. Morsch und Griesbert folgten ihm. Immer wieder verharrte Hainwart für einen Augenblick, verwurzelte sich oder beobachtete die Laubkronen der Bäume, um kurz darauf wieder weiterzustapfen oder eine andere Richtung einzuschlagen. Der Wald wies Hainwart den Weg. »Vielleicht sind wir sogar schneller am Ziel als die Räuber«, dachte Morsch bei sich, während Griesbert hinter ihm in einem fort schimpfte. Er verstand nicht, warum sie hier so beschwerlich zwischen Ast und Dornbusch kriechen mussten, wo sie doch sicherlich dem Waldweg hätten folgen können, zumindest ein kleines Stück weit. Und überhaupt geziemte es sich nicht für einen Ritter, wie ein hinterlistiger Strauchdieb durchs Unterholz zu steigen. Plötzlich blieb Hainwart stehen und sah Griesbert ernst an. Sofort verstummte der Ritter und die drei konnten das Plätschern eines Baches hören.

»Wir sind nah«, knarzte Hainwart.

Vorsichtig schlichen sie weiter und kurz darauf schälte sich ein altes Haus aus dem Walddickicht. Es stand auf einer kleinen Lichtung. Die Wände waren von Efeu bedeckt, das Dach löchrig und in den Fenstern hingen Spinnennetze. Vor der Eingangstür gab es eine Bank und einen Tisch, dessen Beine Moos angesetzt hatten. Die Räuber mussten auch eben erst angekommen sein. Wilbort ließ sich auf die Bank fallen, legte die Beine auf den Tisch und nahm seinen Hut ab, während Bran seine Axt an die Wand lehnte und mit Morschs Tasche im Haus verschwand.

»Das Haus ist sicher so alt, dass es keiner mehr kennt, falls sich überhaupt jemand so tief in den Wald vorwagt«, murmelte Griesbert.

Jetzt kam Bran wieder heraus, gefolgt von einem ärmlich gekleideten Jungen von vielleicht zwölf Jahren, der ein Tablett mit einer Flasche Wein und zwei Bechern trug. Er füllte die Becher, bevor er mit gesenktem Kopf wieder im Haus verschwand. Dann tranken die Räuber.

»Sie halten ein Kind gefangen!« Griesberts Stimme zitterte. »Diese Feiglinge! Der Junge konnte kaum laufen. Habt Ihr die Fußfesseln gesehen?« Der Ritter wurde rot vor Wut.

Morsch nickte. »Lasst uns warten, bis die Nacht hereinbricht.

Vielleicht können wir im Schutze der Dunkelheit den Jungen befreien.«

»Warten? Dunkelheit?«, fragte Griesbert aufgebracht. »Wir sind doch keine Diebe, Morsch! Wir gehen da jetzt hin und bringen die Kerle zur Vernunft. Einem Ritter widersetzt man sich nicht, schon gar nicht, wenn ihn ein wandelnder Baum begleitet.« Er blickte zu Hainwart.

»Da mögt Ihr recht haben, Herr Ritter, aber die werden sich uns ganz sicher widersetzen, und vielleicht sind weitere Räuber in der Nähe. Lasst uns auf die Nacht warten. Dann schlafen die Halunken. Einverstanden?«, flüsterte Morsch.

Hainwart brummte zustimmend und Griesbert nickte zögerlich. »Der arme Junge. Wenn ich daran denke, dass in dieser Bruchbude auch noch eine holde Maid auf ihre Rettung hoffen muss, wird mir ganz anders!«, seufzte Griesbert.

»Griesbert, ich glaube, die Räuber sprachen nur von einem Gefangenen«, sagte Morsch vorsichtig. »Ich denke, dass dieser Junge die Prinzessin, also der Gefangene ist.«

»Wie?« Griesbert sah Morsch ernst an. »Keine Prinzessin? Aber, Morsch, Ritter retten Prinzessinnen, keine Jungen!«

»Lieber Griesbert, Ihr wollt den Jungen doch nicht zurücklassen! Das wäre nun überhaupt nicht ritterlich, denke ich.«

»Hm«, murrte Griesbert. »Ich bezweifle zwar, dass Ihr wisst, was Ritterlichkeit ist, aber ich bezweifle nicht, dass Ihr in diesem Punkt recht habt. Nun gut, lasst uns auf die Nacht warten. Vielleicht ist der Junge ja doch nicht der einzige Gefangene. Ich würde meinen Helm darauf verwetten, dass doch noch eine Prinzessin dort drüben auf mich wartet. Diesen Halunken ist alles zuzutrauen.«

Die drei beobachteten noch einen Moment das Haus, dann zogen sie sich in den Wald zurück.

Der Geist vom Finsterforst

Bald war es finstere Nacht. Morsch, Hainwart und Ritter Griesbert näherten sich heimlich dem Räuberunterschlupf. Vom Rand der kleinen Lichtung aus beobachteten sie das Haus. Nichts regte sich. Stille, bis auf den Ruf eines Käuzchens und das Plätschern des nahen Baches. Die kleinen Butzenfenster waren dunkel. Die Halunken schienen zu schlafen.

Morsch und Griesbert schlichen zur Haustür. Hainwart blieb auf halber Strecke zurück und achtete auf die Umgebung. Das Herz schlug Morsch bis zum Hals. Er wagte kaum zu atmen. Griesbert war ebenfalls angespannt. Morsch drehte sich zu ihm um und deutete auf den Tisch vor dem Haus. Darauf standen fünf Becher. »Im Haus sind also noch mehr Räuber«, flüsterte er.

Griesbert nickte und blickte auf acht Weinflaschen, die überall auf dem Boden lagen. »Wenn die Kerle die alle geleert haben, dann dürften sie tief schlafen.«

Morsch nickte. Trotzdem mussten sie achtsam sein.

Die Tür zum Haus stand einen Spalt offen, gerade so weit, dass

Morsch einen Blick riskieren konnte. Er atmete tief ein und spähte hinein. Es war dunkel, und ein muffiger Geruch schlug ihm entgegen. Nur schemenhaft konnte er einen großen Raum erkennen, mit einem Tisch, einigen Hockern und Stühlen und vielleicht zwei Schränken. Er lauschte. Seelenruhiges Schnarchen. Entschlossen sah Morsch zu Griesbert, der mit grimmiger Miene antwortete, dann drückte er die schwere Holztür auf. Sie knarrte. Morsch betrat den Raum. Langsam gewöhnten sich seine Augen an die Dunkelheit. Rechts stand auf einer kleinen Kommode eine Laterne. Er griff nach ihr. Zum Glück hatten ihm die Räuber seine Streichhölzer nicht abgenommen. Er holte sie aus seiner Westentasche und entzündete die Laterne. Der Lichtschein erhellte den Raum. Es herrschte heilloses Durcheinander. Überall lagen Becher, Flaschen, Holzteller, Eimer, Säcke, Seile, Kisten, Kästchen und zwischendrin die Räuber. Der dicke Wilbort hatte es sich auf dem Tisch gemütlich gemacht. Den Kopf zur Seite gedreht, lag er auf dem Bauch und ließ einen Arm über die Tischkante baumeln. Im einzigen Bett am Ende des Raumes schnarchte und schmatzte Bran. Das Bett war zu kurz und Brans Füße, die noch in den Stiefeln steckten, ragten über die Bettkante. Links von ihm lag zwischen einigen Rollen Seil auf Decken und Kissen ein dritter Kerl. Und der vierte schlummerte auf einer Bank, seinen Knüppel fest umschlungen. Der letzte Räuber schlief in einem alten zerfetzten Ohrensessel. Seinen breitkrempigen Hut hatte er tief ins Gesicht gezogen, sodass nur noch sein Vollbart hervorlugte. Auf den Sessellehnen lagen seine Dolche. Aber wo waren der Junge und die Muschel? Vielleicht in einem der Schränke, dachte Morsch und wagte ein paar Schritte in den Raum. Da gab es plötzlich einen blechernen Schlag. Morsch erschrak. Er war gegen einen Becher getreten.

»Was'n los, Mama?«, schmatzte Wilbort und richtete sich auf.

Morsch blies die Laterne aus und verhielt sich ganz still.

»Das'n noch nich aufsteh'n«, faselte Wilbort schlaftrunken. »S'noch Nacht.« Er sackte wieder nach vorne und schnarchte weiter.

Morsch atmete schwer und drückte sich vorsichtig rückwärts nach draußen. Dann schlichen er und Griesbert zurück zu Hainwart.

»Und?«, flüsterte der Ritter. »Konntet Ihr den Jungen oder eine Maid sehen?«

Morsch schüttelte den Kopf. »Nur fünf Räuber, bewaffnet mit Dolchen, Knüppeln und einer Axt. Keine Tasche, kein Junge. Wir müssten das Haus durchsuchen.«

»Hm. Ich bin zwar ein gestandener Ritter, aber fünf sind selbst für mich zu viel. Und unser wandelnder Baum passt ja nicht mal ins Haus. Wenn es zum Kampf kommen soll, können wir den nur vor dem Unterschlupf führen.«

»Kampf?«, knarzte Hainwart langsam.

Griesbert sah ihn erstaunt an. »Na, ein Kampf, ein Gefecht, eine Schlacht, ein Hacken, Hauen und Stechen, Mann gegen Mann, mit Feuer und Stahl, bis einer unterliegt und einer triumphiert! Ritterhandwerk eben, Herr Baum.«

»Feuer?«, ächzte Hainwart. »Hacken und Hauen? Mit einer Axt?« Seine Äste zitterten.

Griesbert nickte und zeigte auf sein Schwert.

»Zerstören?« Hainwart schüttelte sein Laub. »Das mache ich nicht.«

»Herr Baum«, begann Griesbert. »Es gibt Momente, da muss man ritterlich …«

»Ich habe eine Idee«, unterbrach ihn Morsch. »Vielleicht können wir die Räuber nicht überwältigen, aber wir könnten sie loswerden.« Entschlossen sah er seine Gefährten an. »Wir erschrecken die Bande so sehr, dass sie das Weite sucht. Räuber sind abergläubisch.«

»Sind sie das?«, fragte Griesbert. »Wie wollt Ihr sie erschrecken?«

»Alle Räuber haben Angst vor Geistern. Kommt mit. Ich erkläre es euch.«

Morsch, Hainwart und Griesbert schlichen wieder in den Wald zurück. Die Laterne nahmen sie mit.

»Werter Griesbert«, begann Morsch in einiger Entfernung. »Gebt mir Euren Helm. Wir werden die Räuber jetzt mit dem ehemaligen Herrn des Hauses bekannt machen.«

»Wie? Den kennt Ihr?«

»Nein. Euer Helm ist der Hausbesitzer. Schaut, wir halten den Helm über die brennende Laterne.« Morsch stellte die Laterne auf den Boden und stülpte den Helm darüber. Dann öffnete er das Visier und zündete sie an. »Und nun, wenn das Visier heruntergeklappt ist, dann leuchtet der Helm schaurig von innen. Jetzt braucht der Herr des Hauses nur noch eine Stimme, und die seid Ihr.«

»Ich?«

»Ja. Ihr müsst nur Eure Stimme verstellen, dass sie schön schauerlich klingt. Etwa so.« Morsch spitzte die Lippen und sprach aus voller Brust, lang gezogen und tief: »Sooo klöngt Oirö Stömmööö söhr grusölöch.« Dann fuhr er mit seiner Erklärung fort: »Ihr versteckt Euch im Dickicht am Rand der Lichtung und haltet nur den Helm heraus. Lasst ihn langsam hin und her wandern und sprecht dabei mit verstellter Stimme. Fordert die Räuber auf, Euer altes Heim zu verlassen, da Ihr sie sonst heimsucht, jede Nacht. Und spart nicht an Beschimpfungen.«

Langsam wich Griesberts fragender Blick. »Ich verstehe. Und Ihr und Hainwart?«

»Ich rassle mit Eurem Kettenhemd und werfe mit Steinen auf das Haus. Und Hainwart«, Morsch wandte sich an den wandelnden Baum, »du stehst direkt am Rand der Lichtung, knarzt, ächzt und schüttelst deine Krone. So, dass es aussieht, als würde der ganze Wald den ehemaligen Herrn des Hauses unterstützen.«

Hainwart brummte zustimmend.

»Meint Ihr wirklich, dass die Kerle nur von meiner Stimme wach werden, Morsch, bei dem vielen Wein?«, fragte Griesbert.

»Hm.« Morsch strich sich über den Bart und blickte dann zum Haus hinüber. »Ich werde versuchen, dieses Fenster dort einzuwerfen. Das wird sie schon aus dem Schlaf reißen. Und ihr heult laut genug.«

Griesbert nickte, zog das Kettenhemd aus und gab es Morsch, der währenddessen handliche Steine aufsammelte. Dann hob der Ritter Helm und Laterne auf. Hainwart nahm seinen Platz am Rand der Lichtung ein.

»Also, los«, sagte Morsch entschlossen, zielte und warf. Der erste Stein knallte gegen die Hauswand. Morsch wog den zweiten in der Hand und warf ein weiteres Mal. Wieder traf er nur die Hauswand.

Aber der dritte Stein durchschlug endlich mit lautem Klirren das Fenster. Sofort streckte Griesbert den Helm durch das Dickicht, atmete tief ein und rief mit schaurig tiefem Klang: »Huh, huh, huh huuh. Wöör öntwoiht da moin Hauuus und wör stört moine Ruuhhöö? Halunkön, Rattön, Taugönöchtsööö! Ööhr unwürdigön Räuböör. Hundösööhnö und Toifölskumpanööö. Raus aus moinöm Hoiiiim. Vörschwööönööt!«

Die drei mussten nicht lange warten, da zeigten sich die Räuber. Ihre Waffen fest umklammert traten sie vor das Haus. Jetzt schüttelte Hainwart seine Laubkrone und knackte und knarzte mit tiefem Brummen seine Äste, während Morsch das Kettenhemd rasseln ließ. Bei jedem Knacken, Knarzen und Rasseln zuckten die Räuber zusammen. Als sie den Helm erblickten, der vor dem bebenden Walddickicht wie ein Geisterschädel mit feurigen Augen hin und her tanzte, wurden sie kreidebleich.

»Daaa soiiid ööhr ja. Ööhr unwördigön Diebööö!«

Wie angewurzelt standen Wilbort und seine Kumpane vor dem Haus und starrten auf die Szenerie. Jetzt warf Morsch die Steine in hohem Bogen, und plötzlich platzte eine der Weinflaschen vor ihren Füßen. Die Räuber machten einen Satz. Dann knallte etwas rechts und links gegen die Hauswand. Wilbort rief mit zitternder Stimme: »La-la-lass uns in Ruhe, a-a-alter Geist. Du-du-du bist längst tot und da-da-das ist jetzt unser Haus.«

Da heulte der Geist noch schauriger und lauter. »Duuu Ölöndör wagst ös, miiir Böföhlö zu örtoilöön? Daaas iiist niiicht oiiiööör Hauuus!«

»Ich wollte ja nur …«, stammelte Wilbort mit schlotternden Knien.

»Du hast niiichts zu wollön, du gömoinör Diiieb! Verschwöndööööt!«

Wilbort antwortete nicht.

»Warte nur, jötzt hohl öch döööch und doinö Sippschaft! Huiii!«, heulte der feurige Helm.

Da platzte eine weitere Weinflasche. Scherben flogen durch die Luft. »Los, Hainwart, stapfe auf sie zu!«, raunte Morsch und der wandelnde Baum setzte sich in Bewegung. Seine Armäste fuhren wie Heugabeln durch die Luft. Da verließ die Räuber ihr letztes bisschen Mut. Schreiend und heulend rannten sie in den Wald, ohne sich noch einmal umzudrehen.

Als die Räuber außer Sichtweite waren, lachten Morsch und Griesbert vor Erleichterung über ihren Streich. Der Ritter klopfte Morsch auf die Schulter. »Das war ein grandioser Schlachtplan. Nun lasst uns schnell vordringen.« Die beiden liefen an Hainwart vorbei zum Haus. Drinnen öffnete Griesbert das Visier seines Helms und Licht erfüllte das Räuberversteck. Morsch hielt inne: »Dort«, er zeigte auf ein dunkles Loch in der Zimmerdecke, »eine Luke. Vielleicht ist der Junge oben.«

Griesbert nickte. Die beiden stellten eine Leiter auf, die direkt unter dem Loch lag. Morsch stieg empor. Oben war ein Dachboden. An vielen Stellen schien das Mondlicht durch den Dachstuhl und nur in einer Ecke bot das Dach Schutz vor Wind und Wetter. Dort lag zusammengekauert der Junge. Er schlotterte vor Angst und Kälte.

»Wir sind hier, um dich zu retten«, sagte Morsch mit freundlicher Stimme und reichte dem Jungen seine Hand, der ihn ungläubig anblickte. »Na komm. Du möchtest doch nicht hierbleiben, oder?«

Der Junge schüttelte den Kopf, rutschte zu Morsch und griff seine Hand. Dann stiegen sie die Leiter hinunter.

»Keine Prinzessin?«, fragte Griesbert. Als Morsch verneinte, reichte er dem Jungen eine Decke. »Na, sei's drum. Hier, deine Lumpen halten dich wohl kaum warm.«

»Danke«, entgegnete der zitternde Junge leise.

»Wie können wir deine Fußfessel öffnen?«, fragte Morsch.

Der Junge deutete auf einen Schrank. Griesbert drehte den Knauf, aber der Schrank war verschlossen. »Das haben wir gleich«, sagte der Ritter, griff nach einem herumliegenden Dolch, rammte die Klinge zwischen die beiden Schranktürflügel und drückte. Die Tür sprang auf und gab den Blick auf eine Schatulle und eine Tasche frei. Griesbert reichte Morsch die Tasche. In der Schatulle fand er einen Beutel und einen kleinen Schlüssel, mit dem er die Fußfesseln aufschloss.

Nur mit Mühe konnte sich der Junge auf den Beinen halten.

»Ich bin Leopold Morsch. Das ist Ritter Griesbert vom Berg, und vor dem Haus wartet mein Freund, Hainwart. Er ist ein wandelnder Baum. Nur, dass du nicht erschrickst«, ergänzte Morsch noch schnell. »Jetzt lasst uns aber gehen.«

»Ich heiße Tisal«, stammelte der Junge schwach. Doch dann riss er die Augen auf. »Wartet!« Er drückte sich an Griesbert vorbei und blickte in den Schrank. »Wo ist es?«, flüsterte er.

»Wo ist was?«, fragte Griesbert.

»Beeilt euch«, sagte Morsch. »Wir müssen los, bevor die Räuber zurückkommen.«

»Ach, nichts«, raunte Tisal enttäuscht.

»Na dann, los.« Griesbert griff noch schnell nach dem Beutel, in dem ein paar Goldmünzen klimperten, bevor er Tisal nach draußen schob. Dann verschwanden sie mit Hainwart in die Dunkelheit.

Düstere Kunde

Hainwart stapfte voran durch den finsteren Forst, immer in Richtung des südlichen Waldrandes. Morsch, Griesbert und Tisal folgten. Sie brachen durchs Unterholz, stolperten über Wurzeln. Immer wieder schlugen ihnen Äste ins Gesicht und zerrten an der Kleidung. Sie wollten so weit wie möglich vom Räuberunterschlupf wegkommen. Griesberts Helmlaterne beleuchtete Büsche, umgestürzte Bäume, mächtige Stämme und vor allem dichtes schwarzes Unterholz.

»Hainwart, lass uns einen Moment verschnaufen«, rief Morsch, griff in seine Tasche, holte die Trinkflasche hervor und reichte sie Griesbert. Dann lauschte er. Stille. Von den Räubern war nichts zu hören.

Griesbert reichte die Flasche an Tisal weiter, atmete tief ein und sagte: »Jetzt wissen wir zwar deinen Namen, aber wir kennen deine Geschichte nicht, Junge. Wie bist du in diese Lage gekommen?«

Tisal gab die Flasche Morsch zurück und warf einen schnellen Blick auf Hainwart.

»Keine Angst«, sagte Morsch. »Hainwart ist mein Freund. Ohne ihn wären wir in diesem Wald verloren.«

Tisal nickte zögerlich, strich sich sein schulterlanges dunkles Haar zurück und sah Morsch an. Morsch erkannte sofort die feinen und edlen Züge in Tisals schmalem Gesicht. Seine Haut war etwas dunkler und erinnerte Morsch ein wenig an die fremden Wanderer aus seinem Tal. Tisal zog fröstelnd die Decke enger und antwortete: »Ich stamme aus Barisia.«

»Nie gehört«, grunzte Griesbert.

»Es … es ist anders als hier«, fuhr Tisal fort. »Es ist warm und durch Barisia fließt ein breiter Fluss.«

»Und deine Eltern?«, fragte Morsch.

Tisal blickte ihn traurig an. »Meine Mutter ist tot. Und mein Vater«, er stockte, »ich weiß nicht, wie es meinem Vater geht. Er macht sich sicher Sorgen.«

»Seit wann bist du weg von daheim?«, fragte Griesbert.

Tisal schüttelte den Kopf. »Ich weiß es nicht.«

»Bist du ausgerissen?«

Wieder schüttelte der Junge den Kopf. »Nein. Ich wurde entführt und verkauft.«

»Entführt?«, fragte Griesbert barsch.

Tisal nickte. »Ich wurde eines Nachts in meinem Schlafzimmer geknebelt und gefesselt. Dann hat man mir die Augen verbunden und mich auf ein Schiff gebracht. Erst auf dem Meer durfte ich wieder

Tageslicht sehen. Einige Tage später brachte man mich in eine große Hafenstadt, auf einen Markt mit vielen anderen Menschen. Ich sollte in irgendwelche Minen verkauft werden.«

»Wo war das?«, fragte Griesbert.

Tisal zuckte mit den Schultern. »Aber dann musste ich doch nicht zu den Minen. Stattdessen kam ich zu einem feinen Herrn und musste für ihn arbeiten. Als wir dann auf einer Reise waren, überfielen uns die Räuber. Seitdem muss ich für sie putzen, kochen und aufräumen.«

»Unglaublich!«, polterte Griesbert. »So etwas tut man doch keinem Kind an. Wenn ich die Schuldigen erwische, versohle ich ihnen so kräftig den Hosenboden, dass sie nur noch stehen möchten.«

»Du hast in dem Schrank nach etwas gesucht«, sagte Morsch. »War es wichtig?«

»Nicht sehr«, schüttelte Tisal den Kopf. »Es war eine kleine Holzkiste«, antwortete er und schloss die Augen.

»Und was war drin?«, fragte Griesbert.

»Nur etwas, das mich an meine Heimat erinnerte«, seufzte der Junge.

Das Kästchen. Die Muschel. Die Wanderer aus dem Süden, und jetzt dieser Junge. Das konnte doch kein Zufall sein, dachte Morsch. Oder etwa doch? Aufmunternd sagte er: »Im Moment sieht alles sehr düster aus. Aber vielleicht finden wir eine Möglichkeit, dich nach Hause zu bringen. Hainwart wird uns zum Waldrand führen und dann sehen wir weiter. Wir schaffen das aber nicht, wenn wir hier so herumstehen. Lasst uns ruhen und auf den Morgen warten.«

Müde ließen sie sich nieder. Morsch und Griesbert nahmen Tisal in ihre Mitte. Sie rückten eng zusammen und schliefen ein, froh, den Räubern entkommen zu sein. Hainwart wachte über sie.

Grau hingen die frühen Morgenstunden in den Ästen, als die ersten Vögel den Tag begrüßten. Morsch schreckte hoch. Seine Gefährten schliefen noch. Fröstelnd und mit knurrendem Magen richtete er sich auf, öffnete seine Tasche und wollte nach den Butterbroten kramen, als ihm einfiel, dass ja die Räuber alle aufgegessen hatten. Seine Hand berührte das Stoffbündel. Vorsichtig nahm er es heraus, wickelte es auf und holte die Muschel hervor. Ihr war bei all der Aufregung nichts geschehen.

»Ob sie dem Spross gehört?«, knarzte Hainwart dumpf.

Morsch drehte sich zu seinem Freund um, der ihn dabei beobachtet hatte. Er stand auf und betrachtete den schlafenden Jungen. »Vielleicht«, sagte er nachdenklich. »Das werden wir noch herausfinden. Wenn ja, wissen wir, wo ihr Heim ist.«

»Wirst du sie ihm zeigen?«

Morsch zögerte. »Noch nicht, Hainwart, noch nicht. Erst, wenn wir ihn besser kennen.« Er verpackte die Muschel wieder.

Die anderen wurden wach. Tisal sah elend aus. Griesbert gähnte: »Wir müssen weiter. Der Junge bringt sich nicht von allein nach Hause und das ist nun unsere ritterliche Mission, nicht wahr, Morsch?« Morsch hatte nichts dagegen.

Hainwart führte sie immer weiter Richtung Süden. Bald stießen sie auf einen Bach, dem sie folgten. Der Bach wurde breiter, der herbstliche Wald lichter und nach einer Weile hatten sie den Waldrand erreicht. Vor ihnen lagen grüne Hügel, zwischen denen sich der Bach in der Nachmittagssonne glitzernd verlor. Eine kühle Brise strich übers Land. Die Luft war erfüllt von summenden Insekten, die sich in der letzten Herbstsonne wärmten, und in der Ferne zog sich ein weites, blaues Band von Bergen den Horizont entlang.

Glücklich, den Rand des Finsterforstes erreicht zu haben, schlug Morsch vor, dem Bach weiter zu folgen. »Vielleicht führt er uns zu einem Dorf.«

Morsch, Tisal und Griesbert wollten sich in Bewegung setzen, aber Hainwart blieb wie angewurzelt stehen.

»Kommt schon, Herr Baum«, rief Griesbert. »Wir sollten bis zum Anbruch der Nacht ein Dach über dem Kopf finden.«

Hainwart zögerte. Er ließ seine Armäste hängen.

Morsch sah ihn an und nahm seine Asthand. »Ich weiß, was du bei der *Wurzel des Waldes* gesagt hast, Hainwart. Aber, willst du jetzt wirklich zurückbleiben?«

»Nein«, brummte Hainwart langsam. »Aber diese Erde schmeckt fremd.«

»Das ist so, wenn man in die Ferne zieht«, sagte Griesbert barsch. »Man verlässt die Heimat und dann kommt das Fremde. Aber daran gewöhnt man sich und merkt, dass man auch in der Fremde leben kann. Es braucht nur genug Mut, nicht wahr, Tisal?« Er sah den Jungen an, der tief einatmete und schwieg.

»Schaut, Ihr habt den anderen Bäumen etwas voraus«, fuhr Griesbert fort. »Ihr könnt gehen. Und, bei meiner Treu, ich kenne außer Euch keinen anderen Baum, der zu so etwas fähig wäre. Solltet ihr da nicht im Namen aller Bäume die Welt außerhalb dieses finsteren Waldes kennenlernen? Also, gebt euch einen Ruck und wagt es! Und für unsere Mission, den Jungen nach Hause zu bringen, wäret Ihr sicherlich ein wertvoller Kompagnon.«

Hainwart warf dem Ritter einen fragenden Blick zu.

»Ein, äh, Weggefährte.«

In diesem Moment landete eine schwarze Taube auf Hainwarts Laubkrone. Morsch erkannte sie sofort. »Dass du mich so weit weg von meinem Tal gefunden hast«, sagte er freundlich.

»Gurr …« Sie drehte den Kopf hin und her und beäugte Morsch und seine Freunde.

»Bist du mir gefolgt?«

Die Taube lief auf einem von Hainwarts Ästen auf und ab.

»Ist das Euer Vogel, Morsch?«, fragte Griesbert.

Morsch schüttelte den Kopf. »Nein. Sie tauchte irgendwann in meinem Tal auf, kurz bevor die …« Morsch stockte. Er starrte die Taube an. »Kurz bevor die Wanderer kamen.«

»Welche Wanderer?«, fragte Griesbert.

Hainwart gab ein knarzendes Geräusch der Erkenntnis von sich, aber Morsch antwortete nicht. Er suchte den Waldrand ab und blickte dann Hainwart an. »Lieber Freund, ich kann dich gut verstehen, wenn du zurückbleiben möchtest, aber wir sollten nun schnell weiter. Griesbert hat recht. Es wäre gut, noch vor Einbruch der Dunkelheit eine Unterkunft zu finden.«

Doch Tisal setzte sich auf seine Fersen. »Ich kann nicht mehr und habe schrecklichen Hunger.«

Morsch beschlich ein ungutes Gefühl und sein Herz schlug auf einmal schneller. Immer wieder blickte er zum Waldrand. Ob die Wanderer ihnen auf den Fersen waren? »Wir müssen weiter«, sagte er angespannt, »und wir sollten keine Zeit verlieren.«

»Was ist mit Euch, Morsch?«, fragte Griesbert. »Die Räuber sind wir los, ganz sicher und …«

Plötzlich ging ein Ruck durch Hainwart. Er packte Tisal mit seinen Armästen und hob ihn in die Laubkrone. Vor Schreck flatterte die Taube auf. »Halt dich fest, Spross. Wir bringen dich zurück in deine Erde, dass wieder Wurzelkraft durch deine Triebe fließt.« Dann stapfte er los in Richtung Blauberge, immer den Bach entlang.

»Na, geht doch.« Griesbert stellte die Laterne ab, setzte seinen Helm auf und marschierte hinterher.

Morsch sah zu, wie die Taube in den Wald zurückflog. Doch dann wandte er sich um und folgte eilig seinen Freunden.

Die Sonne stand bereits tief am Himmel und ließ die Schatten länger werden, als die vier die Kuppe eines Hügels erreichten, auf der Hainwart Tisal absetzte. Der Bach floss hinab in eine Senke und dort in einen Weiher. Morsch atmete tief ein. »Riecht ihr das? Holzfeuer.«

Griesbert nickte und deutete in die Senke. »Seht, dort, auf der anderen Seite des Weihers, zwei Wagen.«

Tatsächlich standen am Ufer zwei bunt gestrichene Wagen, in deren Mitte ein Lagerfeuer brannte. Vier Personen saßen dort. Und jetzt war auch der Klang einer Geige und rhythmisches Klatschen zu hören. Aber noch viel verlockender als die Musik war der Eintopfduft, den der Wind herübertrug.

»Mmh«, raunte Griesbert, »wer so schön Geige spielt, kann nicht schlecht sein. Und es riecht verführerisch.« Sein Magen knurrte. »Lasst uns dorthin gehen.«

Morsch und Tisal waren einverstanden, nur Hainwart schüttelte seine Laubkrone. »Feuer und Zweibeiner. Ich bleibe lieber bis zum Mond hier und wurzle dann unten am Weiher.«

»Gut, mein Freund«, lächelte Morsch und klopfte gegen Hainwarts Borke. »Ich bin sehr froh, dass du bei uns geblieben bist. Morgen früh sehen wir weiter.«

Es dämmerte schon, als Morsch, Tisal und Griesbert den Weiher umrundeten und sich dem Lager näherten, das unweit einer Straße aufgebaut war. Jetzt war die Wärme des Feuers zu spüren, die Behaglichkeit versprach und die erschöpften drei anzog. Vorbei an den mit Bildern verzierten Wagen traten sie in den Schein des Feuers.

»Na, wen haben wir denn hier?« Behutsam legte ein hagerer, älterer Mann mit hohem löchrigem Zylinder und einer schwarz-samtenen Weste, deren Silberborte im Schein des Feuers funkelte, seine Geige ab und erhob sich von einer Kiste. »Kommt nur heran. Niemand soll frieren. Setzt euch doch zu uns ans Feuer. Habt ihr Hunger?« Er machte eine einladende Geste.

»Seid bedankt, werter Musikant«, sagte Morsch. »Wenn ich uns vorstellen darf: Das hier sind meine Freunde, Ritter Griesbert vom Berg und Tisal aus Barisia. Ich bin Leopold Morsch. Und ja, wir haben wirklich Hunger und wären dankbar, wenn wir uns an eurem Feuer aufwärmen dürften.«

»Sehr richtig«, rief Griesbert, der eine stramme Haltung angenommen hatte.

»Wir haben sicher noch weitere Sitzgelegenheiten«, rief ein junger, drahtiger Kerl, der sogleich aufsprang, zu einem Wagen lief und kurz darauf mit zwei Kisten und einem Eimer zurückkam. Morsch und seine Freunde nahmen Platz. Eine zierliche ältere Frau füllte Becher mit Wasser und reichte sie ihnen. Die vierte Person, ein sehr stämmiger und kräftiger Mann mit dichtem schwarzem Bart, füllte drei Schüsseln mit dampfendem Eintopf.

»Wir sind reisende Schausteller«, begann der Geigenspieler. »Vielleicht habt ihr schon von uns gehört? Wir sind die Osellis. Wir bringen die Menschen von Süd bis Nord, von Ost bis West zum Staunen.« Dabei klatschte er in die Hände und lächelte.

Morsch, Griesbert und Tisal schüttelten den Kopf.

»Na, macht ja nichts. Ich bin Raul Oselli, Geschichtenerzähler und Taschenspieler. Das ist meine Frau Besa, die Feuerschluckerin, und das sind unsere Söhne Pippo, der Akrobat, und Luwis, der Eisenbieger.« Alle verneigten sich höflich.

Raul Oselli sah Tisal freundlich an und sagte: »Es ist gar nicht so lange her, dass wir in Barisia spielten, aber …«

»Ihr wart in Barisia?«, unterbrach Tisal mit zittriger Stimme.

»Ja.« Raul kratzte sich am Kopf. »Aber es war ein seltsamer Aufenthalt. Als wir mit dem Schiff ankamen und unsere Wagen abluden …«

»Wart ihr in der Hauptstadt?«, unterbrach Tisal erneut. Wäre es nicht so dunkel gewesen, hätte wohl nicht nur Morsch bemerkt, dass Tisal vor Aufregung zitterte.

»Ja, natürlich haben wir auch die Hauptstadt besucht. Wir spielten auf dem Marktplatz. Aber nur wenige Menschen haben uns zugesehen. Sie wirkten niedergeschlagen, gleich welches Kunststück wir vorführten. Die meisten Zuschauer waren ohnehin Soldaten. Empfangen hat uns dann ein großer Herr in schwarzer Rüstung …«

»Schwarzmoor«, flüsterte Tisal.

»Ein Baron Schwarzmoor, Oberlandesaufseher. Er sagte, wir dürften gerne zwei Vorstellungen geben, müssten aber dann weiterziehen, da die Menschen nicht so viel Zeit für Gaukeleien erübrigen könnten. Beide Vorstellungen waren schlecht besucht. Als wir weiterzogen, wurde es nicht besser. Wir trafen nur auf leer stehende Gehöfte und verwaiste Weiler. Da haben wir Barisia schnell wieder verlassen. Von der weit gerühmten Fröhlichkeit und Gastfreundschaft war nichts zu spüren.«

Morsch hatte aufmerksam zugehört und beobachtete Tisal, der sehr aufgewühlt schien. »Habt ihr in Erfahrung gebracht, warum Barisia so abweisend war?«, fragte er.

»Nicht vor Ort. Niemand sprach mit uns, außer den Soldaten. Und von denen hat keiner was erzählt.« Raul schüttelte amüsiert den Kopf. »Aber auf dem Schiff, mit dem wir Barisia verlassen hatten, verriet man uns den Grund. Es war«, er machte eine Pause, um die Spannung zu steigern, »weil der König jüngst verstorben war.«

Tisal ließ seine Schüssel fallen.

»Er starb aus Gram über den Verlust seines Sohnes. Der Prinz soll vor mehr als einem Jahr aus seinem Schlafgemach geraubt worden sein.« Raul blickte ernst in die Runde.

Morsch legte die Hand auf Tisals Schulter. Der Junge zitterte am ganzen Leib.

»Wie kommt man von hier am schnellsten nach Barisia?«, fragte Griesbert beiläufig und löffelte seinen Eintopf.

»Am schnellsten? Hm, lasst mich überlegen.« Raul blickte zu Boden und strich sich über das Kinn. Dann sagte er: »Wenn ihr wirklich dahin wollt, dann folgt einfach der Straße nach Brimm, immer auf die Blauberge zu. Dort beginnt die Einsamstraße, die einzige Möglichkeit, um die Blauberge zu überqueren, wenn man nicht fliegen kann.« Raul lachte. »Dann folgt ein trostloser, feuchtnebliger Sumpf, der Brauck. Dort leben nur Mücken, Frösche und Schlangen. Die Durchreise ist beschwerlich, aber es gibt einen halbwegs trockenen Dammweg. Folgt immer der Mittagssonne. Nach wenigen Tagen endet der Sumpf, es gibt keine Mücken mehr und das Land wird freundlicher. Von dort ist es nicht mehr weit bis Steinhafen, einem kleinen Fischerort an der Glitzersee. Dort solltet ihr ein Schiff finden können, das euch nach Barisia bringt. Vorausgesetzt ihr habt das nötige Kleingeld.«

Morsch beobachtete Tisal, der stumm auf seinem Eimer saß und in das Feuer starrte. Seine Decke hatte er über den Kopf gezogen. Plötzlich kippte er zur Seite. Morsch konnte ihn gerade noch stützen, bevor er auf den Boden schlug.

»Geht es ihm nicht gut?«, fragte Besa und hielt ihm einen Becher Wasser hin.

»Danke«, sagte Morsch. »Er ist wohl sehr müde. Wir haben einen ganzen Tag Fußmarsch hinter uns und kaum etwas gegessen.«

»Das Beste wird sein, wir legen uns alle zur Ruhe«, sagte Raul. »Luwis, hilf dem Jungen. Er soll heute Nacht in deiner Hängematte schlafen, damit er sich ausruhen kann.«

Der kräftigere der Oselli-Söhne hob Tisal sanft auf und trug ihn zu einem der beiden verzierten Wagen. Morsch und Griesbert erhoben sich ebenfalls, dankten den Osellis für ihre Gastfreundschaft und begleiteten sie. Luwis gab ihnen Decken. Dann gingen auch die Osellis zu Bett. Morsch und Griesbert legten sich an die Glut. Als Ruhe eingekehrt war, flüsterte Morsch: »Griesbert?«

»Mmh?«

»Habt Ihr bemerkt, wie Rauls Geschichte den Jungen mitgenommen hat?«

»Mmh.«

»Der arme Kerl. Dass er so erfahren muss, dass sein Vater gestorben ist.«

»Ihr meint also auch, dass unser Tisal der Prinz von Barisia ist, Morsch? Meint Ihr, die Osellis haben das mitbekommen?«

»Es war sehr dunkel am Feuer und kaum einer hat auf ihn geachtet. Ich weiß es nicht.«

»Nun, wie auch immer, Morsch. Wir werden ihm helfen und ihn zurück in dieses Barisia bringen. Wenn er entführt worden ist, wollte mit Sicherheit irgendein Halunke an seinen Thron. Wir müssen dem Jungen helfen, ihn wiederzubekommen. Das ist unsere Pflicht, Morsch. Meint Ihr nicht auch?« Griesbert drehte sich zur Seite. »Und ich bekomme meine ritterliche Ehre zurück …«, murmelte er. Kurz darauf begann er zu schnarchen.

Morsch blickte in den Nachthimmel und betrachtete die funkelnden Sterne. Ein Prinz, der seine Familie verloren hat, ein Kästchen, das überall gesucht wird, und die Muschel, die er zurück in ihr Heim bringen sollte. Und obendrein ein Ritter, der seine verlorene Ehre sucht. Eine schöne Geschichte, in die er und Hainwart da geraten waren. Es würde ihn schon sehr wundern, wenn es hier keinen Zusammenhang gäbe. Und die wissbegierigen Zweibeiner in den Blaubergen, von denen Hainwart gesprochen hatte, was die dazu wohl beitragen konnten? Aber das musste bis morgen warten. Mit dem Geruch von erkaltetem Holzfeuer in der Nase schlief Morsch ein.

Tisal aus Barisia

Und nun ersticke ich am Gift,
das langsam in die Ader dringt,
und alles Leben niederringt …
…
Ein junges, reines Herz brauch ich.
Du reifes Herz, ich bitte dich,
komm, führ's in meine Lande …
…
Damit die Ader weiterfließt,
damit das Leben wieder sprießt …
…

Ich bitte dich, komm mit mir heim.

Ich kann es nicht, so ganz allein.

…

Morsch hielt die Muschel in seinen Händen. Sie hatte ihm weitere Verse offenbart. *Ein junges, reines Herz brauch ich. Du reifes Herz, ich bitte dich, komm, führ's in meine Lande*. Das reife Herz war er, aber wer sollte das junge Herz sein? Tisal? Morsch fasste einen Entschluss. Er musste die Muschel Tisal zeigen.

Griesbert schlummerte seelenruhig unter ein paar Decken neben dem erloschenen Lagerfeuer. Morsch stand auf. Es war kühl und die Luft frisch. Hinter den Hügeln kroch die Sonne hervor, um langsam das Grau der Morgenstunden zu vertreiben. Die Muschel hinter seinem Rücken, klopfte er an den Gauklerwagen, in dem Tisal schlief. »Tisal«, raunte er. »Bist du schon wach?«

Die Tür wurde geöffnet. Tisal blickte ihn mit seinen grünen Augen an. Sie verrieten seine Trauer über die düstere Kunde, die ihm Raul Oselli am gestrigen Abend erzählt hatte.

»Guten Morgen, mein Junge«, sagte Morsch. »Hast du gut geschlafen?«

Tisal nickte.

»Können wir über das Kästchen sprechen? Das, das du im Schrank gesucht hast?«

»Ist verloren«, antwortete Tisal teilnahmslos, »und kommt nicht wieder.« Er setzte sich auf die oberste Stufe der Wagentreppe.

»Auf dem Deckel ist ein Wappen. Ein Kranich mit Krone auf zwei gewellten Linien.«

»Woher weißt du das?« Tisal blickte Morsch an.

»Die Räuber hatten es an einen Freund verkauft, und der brachte es mir. Aber zwei Wanderer aus dem Süden haben es mir wieder gestohlen.«

»Also doch verloren«, seufzte Tisal.

»Nicht alles. Hier.« Morsch hielt ihm die Muschel hin. »Sie gehört wohl dir.«

Doch zu seiner Überraschung machte Tisal eine abwehrende Geste. »Die fasse ich nicht mehr an.«

»Warum nicht?«, fragte Morsch. Er beobachtete den Jungen, der wie gebannt die Muschel anstarrte.

»Auf dem Schiff«, begann Tisal leise, »da habe ich das erste Mal das Kästchen geöffnet. Meister Pulverus gab es den Entführern, bevor er mir die Augen verband. Sie sollten es ins Meer werfen, haben es aber mir gegeben, als Erinnerung an mein Zuhause. Als ich es dann öffnete, habe ich die Muschel an mein Ohr gehalten und …«

»Hast du ein stetes Rauschen, Plätschern und Glucksen gehört?«, fragte Morsch. »Eine warme Brise, ein fremder Duft, dann: Vogelgesang?«

Tisal war überrascht. »Ja, nur der Duft, der war nicht fremd«, sagte er zögerlich. »Er war wie zu Hause. Vogelgesang habe ich aber nicht gehört. Ich konnte etwas sehen.« Tisal schluckte und blickte zu Boden.

»Was hast du gesehen?«, fragte Morsch und setzte sich neben ihn.

Tisal hatte Tränen in den Augen. »Ich war am breiten Strom in meiner Heimat. Ganz früh am Morgen. Da stand mein Vater im Wasser. Er … sah mich an und ich …« Tisals Stimme zitterte. Er schluckte, brachte kein Wort mehr heraus und verbarg sein Gesicht in den Händen.

Morsch legte ihm den Arm um die Schulter. »Weißt du, ich höre in der Muschel den Gesang eines Vogels. Ich kann sogar einige Verse verstehen.«

Tisal wischte sich die Tränen aus den Augen.

»Kaum zu glauben, nicht wahr?«, fuhr Morsch fort. »Der Vogel in der Muschel will, dass ich die Muschel in ihr Heim bringe.«

»Warum?«, fragte Tisal.

»Ich weiß es nicht. Ich glaube, dass der Vogel vergiftet wurde und stirbt. Er braucht Hilfe. Sein Lied geht ungefähr so.« Morsch brummte das Muschellied vor sich hin und sang, so gut er konnte, die Verse nach.

»Klingt wie das Flusslied«, murmelte Tisal.

»Das Flusslied?«

»Ja. Jedes Kind in Barisia kennt es.«

»Singst du es mir einmal vor?«

Tisal blickte wieder zu Boden. »Na gut, aber der Text ist anders. Es geht so.« Leise sang er vor sich hin: »Einst gab ich mein, als Not war groß, in seinen Dienst, das war mein Los, und sein Los ward der Dienst an mir. Zusammen garantieren wir das Wohl von Land und Mann. Und kennt ein jeder seine Pflicht, das Glück auch währen kann.«

»Das klingt wirklich wie der Vogel in der Muschel. Was bedeutet dieses Lied, und warum heißt es *Flusslied*?«

Tisal zuckte mit den Schultern.

»Und das Kästchen? Zeigt es das Wappen von Barisia?«, fragte Morsch.

Tisal nickte.

»Warum haben die Wanderer danach gesucht? Sind Muscheln etwas Besonderes in deiner Heimat?«

Tisal schüttelte den Kopf. »An der Küste gibt's viele.«

»Seltsam«, sagte Morsch nachdenklich. »Dir hat die Muschel etwas gezeigt und mir singt sie ein Lied vor. Und dieser Pulverus, sagtest du, wollte das Kästchen samt Muschel im Meer loswerden.«

Tisal nickte wieder.

»Irgendetwas hat es mit ihr auf sich«, begann Morsch. »Sonst würde man sie wohl nicht suchen. Und wenn sie in dem Kästchen war, stammt sie wohl aus deiner Heimat. Ich muss also auch nach Barisia, wenn ich sie in ihr Heim bringen soll.« Nachdenklich sah er Tisal an. »Irgendwie ist sie ja deine Muschel. Möchtest du …«

»Ich möchte sie nicht«, sagte Tisal schnell. »Behalte sie. Sie erinnert mich an meinen …« Er schwieg.

»Dann trage ich sie für dich in meiner Tasche.« Morsch stand auf. »Die anderen werden sicherlich gleich wach. Komm! Lass uns Frühstück machen, und dann weiter nach Brimm.«

Die Sonne war mittlerweile aufgegangen und der Morgentau dampfte zwischen den Hügeln. Morsch packte die Muschel ein und dann schürte er mit Tisal das Lagerfeuer an. Griesbert erhob sich gähnend und die Tür des zweiten Wagens ging auf. Raul Oselli trat nach draußen und streckte sich.

Nach dem Frühstück machten sich die Osellis zur Abreise bereit. Tisal bekam von Pippo noch ein paar Kleidungsstücke und er war froh, seine Lumpen und die Decke los zu sein. Ein alter, brauner Mantel mit großen bunten Knöpfen zauberte ihm sogar ein flüchtiges Lächeln ins Gesicht. Wenig später polterten die Wagen der Osellis davon. Morsch, Griesbert und Tisal sahen ihnen nach, bis sie hinter den Hügeln verschwunden waren.

»Nun«, sagte Griesbert, »sollten wir unseren weiteren Weg planen. Nicht wahr, Morsch?« Ohne eine Antwort abzuwarten, fuhr er im Geschäftston fort: »Mein Junge, du bist der verlorene Prinz aus Barisia. Liege ich da richtig?«

Tisal nickte zögerlich.

»Dann musst du zurück zu deinen Untertanen! Jetzt, wo dein Vater tot ist, ist seine Pflicht nun deine.«

Tisal schluckte und blickte schnell zu Boden. »Ich habe Angst«, sagte er leise.

»Nur Mut«, rief Griesbert. »Wir begleiten dich und stehen dir in dieser Angelegenheit bei. Nicht wahr, Morsch?«

»Natürlich«, sagte Morsch ruhig.

»Dann wäre das gesagt.« Griesbert stützte triumphierend die Fäuste in die Seiten. »Sag mal, als du mit dem feinen Herrn auf Reisen warst, also bevor du von dem Räuberpack geraubt wurdest, warst du da in Brimm? Und hast du die Blauberge und diesen Brauck-Sumpf schon einmal durchquert?«

Tisal schüttelte den Kopf.

»Hm. Nun dann, ins Ungewisse, gen Gebirge!«

»Wir sollten keine Zeit verlieren«, nickte Morsch. Er hatte die Taube von gestern nicht vergessen. »Wer weiß, wie dicht uns die Wanderer auf den Fersen sind.«

»Jetzt sprecht Ihr schon wieder von diesen ominösen Wanderern?«, polterte Griesbert. »Was wollen die von Euch?«

»Ich denke, das«, sagte Morsch und zog die Muschel aus seiner Tasche.

Griesbert sah Morsch einen Augenblick fragend an. »Eine Muschel? Warum eine Muschel, Morsch?«

»Nun, sie ist der Grund, warum ich auf Reisen bin. Sie muss zurück in ihre Heimat. Und es hat sich herausgestellt, dass das Barisia ist.«

»Wie bitte?«

»Und diese Wanderer suchen sie auch«, fuhr Morsch fort. »Ich dachte, wir hätten sie abgeschüttelt. Aber dann war da gestern diese schwarze Taube.«

»Die schwarze Taube?«

»Ja. Ich glaube, dass sie den Wanderern berichtet, wo wir sind und wohin wir gehen.«

»Taube, Muschel, Wanderer. Ehrlich gesagt, ich verstehe kein Wort!« Griesbert blickte ungläubig in die Runde. »Nun, sind diese Wanderer gefährlich?«

»Sie schreckten nicht davor zurück, meine Bienenstöcke und den Waldrand anzuzünden.«

»Das klingt mir eher nach ein paar Feiglingen!«, schimpfte Griesbert.

»Ich denke, es sind Soldaten.«

»Soldaten?« Griesbert blickte in die Richtung, aus der sie gekommen waren. »Sei's drum. Sie werden uns nicht von unserer Mission abhalten, Tisal zurück in seine Heimat zu bringen! Und sie werden es wohl kaum wagen, einen ehrenwerten Ritter in Begleitung eines Baumes anzugreifen. Wo ist der Baum überhaupt?«

Hainwart war schnell gefunden. Auf der anderen Seite des Weihers regte sich der kleine, stämmige Baum mit rot-goldener Laubkrone und trottete ihnen langsam entgegen. Dann folgten alle der Straße Richtung Süden.

Tisals Stimmung besserte sich kaum. Der Junge folgte den Freunden schweigend und hob nur selten den Blick. Griesbert versuchte ihn aufzuheitern, gab aber bald auf. Morsch und Hainwart ließen Tisal in Ruhe. Der Junge brauchte Zeit.

Die Blauberge kamen näher, wurden höher und höher und wirkten bald wie dicht hintereinanderstehende Reihen von hohen, zerklüfteten Zähnen. Jetzt konnte es bis Brimm nicht mehr weit sein.

Brimm

Brimm lag direkt am Fuß der Blauberge, und zwar genau dort, wo die einzige Straße begann, die über die Berge führte. Weil sie die einzige weit und breit war, nannten die Brimmer sie »Einsamstraße«. Stetig führte sie bergauf, bis zum einzigen Pass, über den man nach Süden kam, dem »Einsampass«. Die Einsamstraße begann in einem schmalen Tal, an dessen Eingang ein paar Bauernhöfe und Felder lagen, als wären sie einfach aus den Blaubergen gepurzelt. Dahinter kam der Hauptteil der Stadt. Die Brimmer nannten ihn »Turmteil«, weil es hier nur Türme gab. Die standen entlang der Einsamstraße so dicht, dass man den Eindruck bekam, man könne über die Fenster von Zimmer zu Zimmer springen. Daher waren auch viele Fenster durch Brücken miteinander verbunden. Und obwohl alle Gebäude Türme waren, war doch kein Turm dem anderen gleich. Die einen waren schmal und hoch, andere breit und stämmig, einige bauchig und wieder andere verjüngten sich nach oben. Manche hatten zinnenbewehrte Dächer, andere Dächer waren flach, erinnerten an Zwiebeln, wirkten wie runde Kuppeln oder waren hoch und spitz. Es gab Dächer aus bunten Schindeln, aus Holz oder Stein oder sogar aus Kristall, sodass sie in der Sonne leuchteten. Es gab auch Türme, die ganze Wände oder Stockwerke aus Kristall hatten. Und wo Platz war, hatte man einen Erker oder Balkon angebaut.

Morsch und seine Freunde erreichten

Brimm in der Abenddämmerung. In der Stadt war viel los. Überall liefen die Brimmer und Nicht-Brimmer geschäftig durch die Einsamstraße oder über die zahlreichen Brücken. Sie schoben vollbepackte Karren vor sich her, schafften Waren mit Lastkränen in die Türme oder verstopften die Straße. Und wenn es etwas zu besprechen gab, was wirklich häufig vorkam, geriet der Menschenfluss ins Stocken. Dann warteten alle, bis es schließlich weiterging. Die Brimmer und Nicht-Brimmer würdigten Morsch, Griesbert und Tisal keines Blickes. Dafür waren sie viel zu beschäftigt. Einzig der wandelnde Baum rang dem einen oder der anderen einen Moment staunender Regungslosigkeit ab, bevor sie sich mit einem »Wo wollen die den denn einpflanzen?« oder einem »Wer soll das kaufen? Passt ja in keine Etage!« wieder ihren Geschäften widmeten.

Griesbert und Tisal wollten sich in das Getümmel drücken, aber Morsch blieb stehen. Seine Beine waren wie Blei. Er konnte keinen Fuß vor den anderen setzen. Ihm wurde heiß. Der Schweiß stand ihm auf der Stirn, und irgendwas schnürte ihm die Kehle zu. Mürrisch sahen ihn die vielen Gesichter an, die sich an ihm vorbeidrückten. Morsch hatte das Gefühl, dass die Türme sich langsam neigten. Sie drohten umzufallen und die vielen Menschen unter sich zu begraben. Niemand sah das. Er riss die Arme hoch und wollte alle warnen, aber er brachte keinen Ton heraus. Sein Herz pochte. Plötzlich wurde er von der Straße in die Höhe gezerrt. Hainwart hob ihn in seine Laubkrone und Morsch klammerte sich an die Äste. Hier oben war es kühler, nicht so eng, und die Luft war frischer. Er atmete tief durch. Dumpf drangen Worte an sein Ohr: »Morsch … Morsch … Mo-orsch, was ist mit Euch?«, hörte er jetzt Griesbert wieder klarer.

Er wischte sich den Schweiß von der Stirn. »D-d-das Durcheinander und das Gewusel. So viele Menschen und Stimmen.«

»Das erste Mal in einer großen Stadt?« Griesbert sah Morsch eindringlich an. »Verstehe, Morsch. Wir müssen da durch, wenn wir zum Pass und nach Süden wollen.«

Morsch atmete schwer.

»Auf mir bist du sicher«, brummte Hainwart. »Ich achte genau auf die Zweibeiner.«

»Gut, dann los. Lass uns erst mal eine Herberge für die Nacht suchen.« Griesbert stürzte sich entschlossen in das Brimmer Treiben. Morschs Herz klopfte bis zum Hals. Starr blickte er von Hainwart herab, der mit Tisal dem Ritter folgte.

Bald fanden sie einen Turm, auf dessen Schild »Einsame Einkehr« stand. Sie wollten eintreten, aber Hainwart passte beim besten Willen nicht durch die Tür. »Ich bleibe hier«, knarzte er und setzte Morsch ab. »Kein Ort zum Wurzeln. Nur harter Fels.« Seine Borke war schon rissig geworden, und einige seiner rot-goldenen Blätter braun-gelb. »Ich warte zwischen dem Stein«, ächzte er und schob sich in eine Nische zwischen zwei Türmen.

Weil das Brimmer Getümmel Morsch auch sehr zu schaffen machte, tat ihm sein Freund leid. »Wir bleiben nur so lange wie nötig«, lächelte er, so gut er konnte, bevor Hainwart die Astlochaugen schloss. Dann folgte er den anderen beiden in die *Einsame Einkehr*.

Die Schankstube war warm, stickig und voll von Leuten, die lautstark debattierten, lachten, erzählten oder einfach nur vor sich hin murmelten. Morsch schluckte, aber Griesbert war schon auf dem Weg zur Treppe, die in das nächste Stockwerk führte. Tisal nickte Morsch aufmunternd zu, nahm ihn bei der Hand und die beiden folgten dem Ritter. Morsch schämte sich. Da hatte der Junge mit seinem Schicksal zu kämpfen, und musste nun auch noch ihm, einem verschüchterten Erwachsenen, durch den Schankraum helfen. Er versuchte sich zusammenzureißen.

Oben bot sich ihnen ein ähnliches Bild. Alle Tische waren besetzt. Erst im zweiten Stockwerk fanden sie einen freien Platz und setzten sich. Morsch fixierte den Tisch und atmete tief durch.

»Wird schon«, klopfte ihm Griesbert auf die Schulter und bestellte etwas zu trinken.

»Danke, dass ihr mit mir kommt«, brach Tisal sein Schweigen. »Das wollte ich nur noch mal sagen.«

Griesbert hob an, um zu antworten, da kam plötzlich Aufruhr in die *Einsame Einkehr*. Von unten drangen aufgeregte Stimmen nach oben. Dann drückte sich ein junger Mann durch die Gäste. Es wurde schlagartig still. Alle sahen ihn gespannt an. Er war außer Atem und schnaufte ein paar Mal tief ein und aus, bevor er sagte: »Er hat ihn gefressen! Er hat wieder einen gefressen. Und er versperrt immer noch den Pass.«

Nach einem kurzen Moment der Stille brach ein regelrechtes Stimmenchaos aus. Alle begannen durcheinanderzuquatschen: »Das Ungeheuer hat …«, »der arme Kerl …«, »das heißt, warten …« und »verflucht, gibt es denn keinen …?«

Morsch und seine Freunde sahen sich erstaunt um. Die Nachricht hatte eine Lawine von Diskussionen und Kopfschütteln losgetreten. Die Gäste gestikulierten wild, schimpften und fluchten. Griesbert beugte sich zum Nachbartisch. »Entschuldigung. Aber was ist denn los?«

Einer der Gäste drehte sich um und sah die drei Freunde ungläubig an. »Ihr wisst es nicht? Der Einsampass ist blockiert. Niemand kommt mehr durch. Alle Reisenden sitzen hier fest. Nichts geht über den Pass. Eine Katastrophe!«

»Blockiert?«

»Von einem Drachen.«

Griesbert wurde bleich. »Ein Drache?«

»Ja, und keiner weiß, was das Mistvieh von uns will. Alle sind damit beschäftigt, ihre Waren einzulagern oder zu verkaufen. Wer weiß, ob das Ungeheuer nicht auf dumme Gedanken kommt und nach Brimm fliegt?«

»Kommt das öfter vor?«

»Wo denkt ihr hin! Das kam noch nie vor. Ab und an prahlen Reisende, sie hätten fern über den Gipfeln einen Drachen fliegen sehen. Aber diesen Wichtigtuern hatte in Brimm nie einer geglaubt. Bis jetzt.«

»Es gibt noch mehr Drachen in den Blaubergen?« Griesbert nahm einen kräftigen Schluck.

»Nicht viele. Vielleicht ein paar. Ach, wer weiß das schon? Der eine reicht uns allen gehörig.«

»Hat denn niemand mal nachgefragt, warum der Drache den Pass blockiert?«, sagte Tisal.

»Nachgefragt?« Griesbert schien gleich vom Hocker zu kippen, aber Morsch musste schmunzeln.

»Natürlich nicht«, erwiderte der Mann vom Nachbartisch. »Wir haben Ritter geschickt, die ihn vertreiben sollten. Zwei Mal. Fahrende Ritter mit ihren Knappen. Und immer wurde der Ritter gefressen. Der Knappe kam mit der Schreckensbotschaft zurückgerannt.« Es entstand eine kurze Pause, und der Mann sah Griesbert an. »Seid Ihr nicht ein Ritter?«

»Ich?« Griesbert zögerte. »Nein, nicht mehr.«

»Zu schade.« Der Mann drehte sich wieder zu seinen Tischgesellen um. Langsam wurde es leiser. Die Gäste der *Einsamen Einkehr* schauten in ihre Gläser. Nur noch ein einzelnes »Verdammt« war zu hören.

»Dann sitzen wir fest«, knurrte Griesbert. »Drachen weichen nicht freiwillig.«

»Und die Wanderer holen uns weiter ein.« Morsch sah unwillkürlich zum Treppenaufgang.

»Warum gehen wir nicht zum Einsampass und fragen den Drachen, wieso er den Pass blockiert und niemanden durchlässt?«, sagte Tisal leise.

Griesbert sah den Jungen erschrocken an, aber Morsch gefiel der Gedanke. »Die Ritter haben ihn sicher nicht nach seinem Begehr gefragt. Und warum sollte man mit einem Drachen nicht sprechen?«

»Wie bitte?!«, rief Griesbert empört. »Sprechen? Der hat Hunger und will Angst und Schrecken verbreiten. Drachen sind gefährlich! Sie stehlen Jungfrauen und brennen alles nieder, was sich ihnen in den Weg stellt. Ihr habt ja keine Ahnung!«

»Vielleicht bleibst du dann in Brimm? Morsch und ich versuchen unser Bestes.« Tisal wirkte entschlossen, ganz so, als hätte er eine Aufgabe gefunden, die ihn die düstere Kunde aus Barisia für einen Moment vergessen ließ.

Griesbert senkte den Kopf und brummte: »Ich, nein, ich als Ritter kann euch beide nicht allein lassen. Das verbietet mir meine Ritterehre. Wie sähe das denn aus?«

»Na gut.« Morsch sah in die Runde. »Dann ist es beschlossen. Morgen suchen wir den Drachen auf und fragen, was er will.«

Griesbert schluckte und Tisal nickte.

Am Einsampass

Weil in Brimm so viele Menschen festsaßen, war kein Zimmer mehr frei. Doch Morsch, Griesbert und Tisal hatten Glück. Sie durften im Speicher der *Einsamen Einkehr* wohnen. Dort war zwar allerlei Gerümpel, aber ihr Zimmer bot durch das kleine Fenster im Turmdach eine schöne Aussicht auf die Stadt.

Die drei standen früh auf. Sie wussten ja nicht, wie weit es zum Pass war, und sie hatten keine Zeit zu verschwenden. Also verließen sie bald die *Einsame Einkehr*, weckten Hainwart und verrieten ihm ihr Vorhaben. »Ja, fort von hier«, ächzte er zustimmend. »Das laute Geschnatter der Zweibeiner, die wie Ameisen um meine Borke wimmeln, lässt meine Triebe welken.«

Also folgten sie der Einsamstraße durch die Stadt. Hainwart hatte recht. In den Morgenstunden war Brimm so geschäftig wie am Tag zuvor, mit einem Unterschied: Während gestern noch Aufbruchsstimmung in der Luft lag, hatte die Kunde vom Scheitern des letzten Ritters die Brimmer und Nicht-Brimmer missmutig gestimmt.

Das südliche Stadttor war fest verschlossen. Zwei Wachen patrouillierten auf und ab. Als sich Morsch und seine Freunde näherten, blieben sie stehen, und einer rief: »Haaalt! Ihr wisst es vielleicht nicht, aber das Tor ist geschlossen. Der Pass ist blockiert.«

»Danke, Herr Wachmann. Das wissen wir schon«, sagte Morsch.

»Dann dreht um, Bürger. Hier ist kein Durchlass.«

»Wir möchten aber Durchlass erbitten. Das hier ist der ehrenwerte Ritter Griesbert vom Berg.«

Griesbert hatte den Helm unter den Arm geklemmt und nahm eine ritterliche Haltung an. Er versuchte, ernst zu blicken und nichts von dem mulmigen Gefühl preiszugeben, das ihn plagte.

»Und wir sind seine Knappen«, fuhr Morsch fort. »Wir wollen den Drachen vom Pass vertreiben.«

»Hört! Hört!«, rief die zweite Wache. »Ein hehres Ziel. Und wo ist Euer Pferd, Herr Ritter?«

»Mein Pferd?«, stotterte Griesbert.

»Das ist sein Pferd«, sprang Tisal ein und zeigte auf Hainwart.

»Richtig, Knappe«, sagte Griesbert. »Ein wahrlich unerschütterliches Kampfross, der gute Hainwart. Unerkannt bis zu der Sekunde, in der ich aus dem Laub auf den Gegner herabfahre. Pferde sind doch viel zu offensichtlich.« Er verzog keine Miene.

Die beiden Wachen sahen sich fragend an. »Nun ja«, stammelte die eine, »mit einem Baum hat sich wirklich noch keiner dem Untier gestellt.«

»Habt Ihr schon mal einen Drachen gesehen?«, fragte die andere Wache.

»Ja, natürlich«, brummte Griesbert.

»Nun denn, wir wünschen viel Glück, Herr Ritter«, sagte die erste Wache und öffnete das Tor.

»Wie weit ist es bis zum Pass?«, fragte Morsch.

»Den Blausee und den Pass erreicht ihr so gegen Mittag«, sagte die zweite Wache, salutierte, und die vier verließen Brimm.

Sie folgten der Einsamstraße, stetig bergauf durch schattige Nadelwälder und vorbei an kleinen Gebirgsbächen. Hainwart hielt hier und da einen Augenblick inne, um seine Wurzeln in die Erde zu treiben und für einen Moment Kraft zu sammeln. Aber das war nicht seine Erde. »Zu fest, zu felsig«, knarzte er und schüttelte seine Krone. Dabei fielen braun-gelbe Blätter zu Boden. Tisal lief voraus. Zu Morschs Freude schien er dank dieser Aufgabe wieder etwas Mut geschöpft zu haben. Dagegen wirkte Griesbert, als fiele ihm jeder Schritt schwer. Immer wieder sah er zum Himmel und zu den Gipfeln der Blauberge, die über ihnen thronten.

»Warum fürchtet Ihr Euch so vor dem Drachen?«, begann Morsch.

»Nun, werter Morsch, Ihr habt wohl noch keinen gesehen.«

Morsch schüttelte den Kopf.

»Ich schon. Sie sind riesig und hässlich, Morsch. Sie haben grässliche Klauen und messerscharfe Fangzähne. Zu allem Übel können sie Feuer speien und fliegen.« Griesbert schwieg einen Moment, dann fuhr er fort. »So ein Monstrum bedrohte einst die Bauern meiner Heimat Poschitz, fraß ihr Vieh und verbrannte ihre Felder. Der Fürst befahl mir, dem Drachen den Garaus zu machen.«

»Ihr habt schon gegen einen Drachen gekämpft?«, fragte Morsch überrascht.

»Nun ja, nicht ganz. Hoch zu Ross führte ich einen Soldatentrupp. Als wir nach Gradnochposchitz kamen, wo besagtes Ungeheuer wütete …«

»Hattet Ihr Angst?«

»Eigentlich nicht. Ich war ja Ritter und es ist nun mal des Ritters Aufgabe, die Schwachen zu schützen und Ungeheuer zu bekämpfen. Also dachte ich bei mir, dass ich das schon meistern werde.«

»Ihr kamt also nach …«

»Gradnochposchitz, jawohl. Alles war verwüstet. Die Menschen fürchteten sich und sagten mir, ich würde das Untier in einer Höhle in einem Berg finden. Wir also los, ich auf meinem Ross, die Soldaten hinter mir. Der Berg lag ganz allein inmitten feuchter Wiesen voll blühendem Heidekraut.« Griesbert schluckte und sprach leiser. »Ein trügerischer Frieden. Den Höhleneingang konnte man schon von Weitem gut ausmachen.«

»Und der Drache?«

Griesbert blieb stehen und sah Morsch traurig an. »Der hatte bereits auf uns gewartet. Plötzlich sprang er mit einem Satz aus der Höhle und brüllte. Es war schrecklich! Uns dröhnten die Ohren und unsere Zähne klapperten vor Angst. Wir waren nicht mehr in der Lage, eine richtige Formation einzunehmen.«

»Und dann habt Ihr ihn aufgefordert zu verschwinden?«

Griesbert blickte zu Boden. »Nein … ich gab meinem Pferd die Sporen, ließ meine Männer im Stich und ritt davon.«

Morsch schwieg. Er spürte, dass das Erzählen der Geschichte den Ritter Überwindung kostete.

Griesbert hob den Kopf und sah die Einsamstraße entlang. »Als ich wieder an den Poschitzer Hof kam, nahm man mir die Ritterwürde. Pferd und Rüstung musste ich abgeben. Dann wurde ich in Schande aus Poschitz gejagt.«

»Sind die Soldaten auch geflohen?«

Griesbert zuckte mit den Achseln. »Es kamen nur wenige zurück.« Er wirkte sehr niedergeschlagen.

Morsch sah ihn an. »Lieber Freund, vor Angst davonzulaufen, ist doch keine Schande. Ich habe noch keine Drachen gesehen. Aber so wie Ihr ihn beschrieben habt, wäre ich sicher auch davongelaufen.«

Die beiden setzten ihren Weg fort. Griesbert seufzte. »Ihr seid kein Ritter, Morsch. Ich hätte nicht fliehen dürfen. Ich wünsche mir nichts sehnlicher, als diesen Moment zu tilgen. Ich muss meine Ritterwürde zurückerlangen. Ich möchte wieder jemand sein. Ich möchte wieder etwas gelten.«

»Lieber Griesbert, Ihr seid doch jemand! Ohne Euch wären ich und Tisal immer noch bei den Räubern gefangen. Und gerade jetzt ruht die Hoffnung einer ganzen Stadt auf Euch. Also wenn das mal nichts zählt.« Morsch lächelte. »Und wir nähern uns diesem Drachen ja nicht mit einer Armee, sondern mit der Absicht, ihn zu fragen, warum er den Pass blockiert.«

»Ich bezweifle ja, dass der Drache uns zuhört«, sagte Griesbert verdrossen.

»Wir werden sehen. Ein bisschen Glück gehört immer dazu.«

»Kommt schon«, rief Tisal. »Da vorne werden die Bäume weniger. Wir sind sicher gleich da.«

Die Mittagsstunde war nicht mehr weit und die Bäume wurden lichter. Zu beiden Seiten des Weges kam mehr und mehr der nackte blau schimmernde Fels zum Vorschein. So hoch oben wuchsen nur noch Büsche und Flechten, was Hainwart überhaupt nicht gefiel.

Die vier Freunde erreichten bald eine Ebene, die von steilen Felswänden umgeben war. In ihrer Mitte lag ein kleiner Gebirgssee. Das tiefblaue Wasser war spiegelglatt und glitzerte in der Mittagssonne.

»Das wird wohl der Blausee sein«, sagte Morsch. »Wir sind auf dem Einsampass angelangt.«

»Dann ist der Drache in unmittelbarer Nähe«, nickte Griesbert und zog sein Schwert.

Sie sahen sich um. Alles wirkte friedlich. Weit und breit war kein Drache zu sehen. Hainwart stapfte auf den kleinen See zu und einige Schritte in das seichte Wasser hinein, dann verharrte er.

»Herr Baum, was macht Ihr da?«, rief Griesbert. »Hier ist irgendwo ein fürchterlicher Drache. Ihr ruht Euch doch jetzt nicht aus?«

»Wasser gibt dir Kraft. Trocken brichst du leichter. Du solltest auch im See wurzeln, Ritter. Dann hast du vielleicht auch keine Angst mehr vor dem Drachen.« Die Risse in Hainwarts Borke schlossen sich, und wenige Augenblicke später stapfte er wieder aus dem See heraus.

»Ich hole mir wegen eines Drachens doch keine nassen Füße!«, schimpfte Griesbert.

»Schaut mal, dort drüben am Ende des Tals teilt sich der Fels. Da muss die Straße weiter nach Süden führen«, rief Tisal und lief voraus.

»Warte.« Morsch folgte.

Griesbert ging vorsichtig mit gezogenem Schwert hinterher.

»Hier ist alles ganz rußig«, sagte Tisal zögernd, als er das Ende des Tals erreicht hatte. Zu beiden Seiten der Klamm war der Fels schwarz. Auf dem Weg lagen kleinere und größere Gesteinsbrocken. Es roch nach Schwefel und kaltem Rauch.

»Feuer in der Luft«, ächzte Hainwart und blieb abrupt stehen. »Der Stein hat gebrannt.«

»Da«, Tisal zeigte in die Klamm, »ein verbeulter Helm.«

»Ein Helm?« Griesberts Stimme zitterte. Er trat ein wenig dichter an Hainwart heran.

Zwischen den Gesteinsbrocken lag wirklich ein rußiger Ritterhelm. Der Federbusch war verbrannt und das Visier hing nur noch an einem Scharnier. Einen Steinwurf entfernt waren die Reste einer langen Ritterlanze zu sehen. Tisal machte einen Schritt auf den Helm zu, als plötzlich eine glühend heiße, nach allen Seiten lodernde Feuerwolke ihm den Weg versperrte. Er wich zurück und schützte sein Gesicht mit den Armen. Ein lautes Fauchen hallte durch die Klamm.

»DRAAACHEEE!«, schrie Griesbert und fuchtelte wild mit seinem Schwert.

Morsch folgte dem Blick des Ritters. Aus der schroffen Felswand lugte ein Kopf mit grün funkelnden Augen. Der Kopf saß auf einem langen, schlanken Hals, der in einen fetten, steingrauen Leib mündete. Der Leib war auf vier kräftige Beine mit klauenbewehrten Pranken gestützt und aus dem Rücken ragten zwei große, ledrige Flügel. Alles endete in einem breiten Schwanz. Damit schlug der Drache nervös gegen den Felsen. Er trat an den Rand eines Felssimses und reckte seinen langen Hals in die Klamm. »Halt, Menschlein«, knurrte er in einem tiefen Gurgeln. Der glühende Fels erzitterte. »Ich warne euch. Keinen Schritt weiter. Die Klamm gehört mir.«

Gebannt starrten die vier das feiste Untier an.

»Schicken mir die Turmlinge wieder einen Happen? Ich bin zwar schon satt, aber zu einem appetitlichen Nachschlag sage ich nicht Nein.« Der Drache reckte seinen Kopf den Freunden entgegen und grinste breit.

»Ähm, Drache!« Tisal ergriff das Wort und trat mutig einen Schritt nach vorne. »Ich muss nach Süden. Und der einzige Weg führt über diesen Pass.«

»Oho.« Der Drache leckte sich über die Lippen. »Der Kleinste hat das größte Herz.«

»Also, lasst Ihr mich und meine Gefährten passieren?«

»NEIN!«, donnerte der Drache.

Tisal sprang zitternd zurück.

»Hört, Herr Drache«, begann Morsch. »Wir wollen keinen Streit. Wir würden lediglich gerne passieren.«

»Ich bin nicht *Herr* Drache«, antwortete das Untier wieder mit tiefem, gurgelndem Knurren. »Ich bin eine Drachin! Und ich werde euch nicht ziehen lassen.« Die grünen Augen der Drachendame beobachteten jede Regung. »Immer wieder schicken mir die Turmlinge gut genährte Pferde. Auf denen sitzt zwar meist ein schwer verdaulicher Ritter, aber was soll's? So leicht komme ich sonst nirgends an meine Beute.« Sie fixierte Morsch. »Du wirst also verstehen, Menschlein, ich bleibe hier sitzen und fresse alles, was vorbeikriecht.« Dann hob sie den Kopf und schaute spöttisch auf Griesbert. »Nun zu dir, Ritter. Tritt vor und verstecke dich nicht hinter dem Baum. Du hast zwar kein Pferd, aber das macht nichts. Komm, fuchtle ein bisschen mit dem Schwert herum, dann ist es anspruchsvoller, und wir können die Formalitäten erledigen. Dann fresse ich dich und die anderen dürfen zu den Turmlingen laufen und berichten, dass der Pass weiterhin dicht ist. Der Baum auch. Grünzeug schmeckt nicht.« Die Drachendame bleckte unzählige Reihen messerscharfer Zähne.

Griesbert wich noch weiter hinter Hainwart und schloss das Visier.

»Ah, ein Feigling«, grinste die Drachendame.

»Ritter Griesbert vom Berg ist kein Feigling«, rief Tisal trotzig. »Er hat mich aus den Händen der Finsterforst-Räuber befreit.«

»Und er wird nicht mit dir kämpfen, Drachin«, sagte Morsch. »Wir sind hier, um zu fragen, was du willst. Was können wir tun, damit du den Pass freigibst?«

Die Drachin schaute die vier erstaunt an. »Was ich will? Ich will meine Brut zurück!«, zischte sie und spuckte einen Feuerball gegen die Felsen. Es krachte. Rauch und Schwefeldampf erfüllten die Klamm und die Funken stoben so weit, dass Hainwarts Laubkrone Feuer fing. Panisch schlug er es mit seinen Astarmen aus.

»Brut?«, fragte Morsch.

»JA!« Die Drachendame breitete ihre Schwingen aus und machte einen Satz in die Klamm. Der Boden zitterte. Die Freunde hatten Mühe, sich auf den Beinen zu halten. »Meine Brut, mein Ei, das mir die Turmlinge gestohlen haben und nun in ihrer Felsenstadt verstecken.« Ihr fetter Leib versperrte die Klamm. Langsam stampfte sie auf die vier zu, reckte ihren Kopf in die Höhe und brüllte: »ICH WILL MEINE BRUT ZURÜCK!«

Dann legte sich die Drachendame vor dem Eingang zur Klamm nieder, ringelte ihren Schwanz um ihren Leib, legte ihren Kopf auf die Vorderpranken und funkelte die Freunde an: »Bringt sie mir und ich mache den Pass frei.« Dann schloss sie die Augen und begann ruhig zu atmen. Dünne Rauchfahnen stiegen aus ihren Nüstern auf.

Zitternd vor Angst plumpste Griesbert auf seinen Hosenboden. Morsch, Tisal und Hainwart sahen sich an.

»Wer hat denn deine Brut?«, fragte Tisal vorsichtig.

Aber es kam keine Antwort mehr. Die Drachin leckte sich nur genüsslich über die Lippen und die Augen blieben geschlossen.

Griesbert rappelte sich auf und reckte sein Schwert gegen das Untier. »Na-na-na gut. Holen wir Euer Ei, dann lasst Ihr uns vorbei.

Und wenn nicht, dann r-r-reiß ich Euch je-je-jede Schu-Schu-Schuppe einzeln aus.«

Ein breites Grinsen zog sich über die Schnauze der Drachendame und ihr Grollen klang wie ein dumpfes Lachen.

Eine feine Gesellschaft

Mitten in der Nacht kamen Morsch, Griesbert, Hainwart und Tisal zurück nach Brimm. Das Südtor war fest verschlossen. Sie klopften, aber es dauerte eine Weile, bis es geöffnet wurde.

»Und?«, fragte eine der beiden Wachen aufgeregt. Immerhin kehrte zum ersten Mal ein Ritter vom Pass zurück. »Der Drache? Ist er fort? Habt ihr ihn …?«

»Nein, sie hat uns nur nicht gefressen«, antwortete Morsch. »Sie ließ uns ziehen.«

»Ließ euch ziehen?« Überrascht trat die zweite Torwache hinzu.

»Die Drachin besetzt den Pass, weil ihr etwas gestohlen wurde«, fuhr Morsch fort.

»Etwas gestohlen?«

»Ihr Ei«, nickte Morsch. »Irgendjemand in Brimm muss es haben.«

»Oha«, sagten beide Wachen gleichzeitig und machten große Augen.

»Wir wollen das Drachen-Ei zurückbringen.«

»Wieso?«, fragten die Wachen erstaunt.

»Na, damit sie den Pass freigibt«, sagte Tisal ungeduldig.

»Ach so.« Die Wachen nickten.

»Jetzt müssen wir herausfinden, wer das Ei haben könnte«, sagte wieder Morsch.

»Wieso?«, fragte eine der beiden Wachen.

»Na, damit wir das Ei zurückbringen können!«, brach es aus Tisal hervor.

»Richtig«, antwortete die zweite Wache langsam.

»Also, wer könnte in Brimm ein Drachen-Ei haben?«, wiederholte Griesbert langsam.

»Keine Ahnung«, sagten die Wachen gleichzeitig und zuckten mit den Schultern.

Morsch bemerkte, wie Griesbert wütend wurde und beiden gleich den Marsch blasen wollte, da sagte die zweite Wache wie vom Geistesblitz getroffen: »Vielleicht weiß man was in der *Einkehr*?«

Überrascht sah die erste die zweite Wache an und nickte. »Ja vielleicht. Vielleicht aber auch nicht, … mmh, das wäre schon möglich.«

»Nun gut. Vielen Dank«, sagte Morsch, und die Freunde gingen hinab in die Stadt.

In Brimm war nach wie vor viel los. Aber das machte Morsch jetzt schon etwas weniger aus. Hainwarts Borke hingegen schien schon wieder rissig zu werden. Ohne Umwege, was in Brimm sowieso kaum möglich war, gingen die vier direkt zur *Einsamen Einkehr*. Wie gewohnt war sie voller Gäste, deren Gespräche sich zu einem stetigen Stimmengewirr vermischten. Während Hainwart vor der Tür wartete, drängten sich Morsch, Tisal und Griesbert zum Tresen und winkten dem Wirt, der unablässig Krüge auswusch und füllte.

»Was darf's denn sein, die Herren?« Weil es so laut war, lehnte sich der Wirt nach vorne, um Morsch besser zu verstehen.

»Nur eine kurze Auskunft, Herr Wirt«, antwortete Morsch. »Wir suchen jemanden, der ein Drachen-Ei haben könnte.«

»Ein Raben-Ei?«

»D r a c h e n - E i aus den Blaubergen.«

»Drachen-Ei? Blauberge?«

Morsch nickte.

Der Wirt kratzte sich am Kinn, beugte sich vor und antwortete: »Die Forschergesellschaft im Forscherturm. Die sammeln alles, was sie in den Blaubergen finden. Wenn, dann wissen die was.«

Jetzt fiel es Morsch wieder ein: die Zweibeiner, die alles sammeln und ansehen. Er und Hainwart wollten sie ja aufsuchen und nach der Muschel fragen! Aber nachdem er Tisal getroffen und erfahren hatte, dass die Muschel aus Barisia stammt, hatte er die Forscher ganz vergessen. »Wo finden wir diese Gesellschaft?«, fragte er den Wirt.

Der erklärte daraufhin, dass es in Brimm für vieles Gesellschaften gab, die sich jeweils in ihren Türmen trafen. Da war der Sternsucherturm mit einer Kuppel und einem riesigen Kristallfernrohr. Damit blickten die Gesellschaftsmitglieder jede Nacht in den Himmel und suchten Sterne, die vor ihnen noch niemand gesehen hatte – bisher ohne Erfolg. Dann gab es den Musikantenturm, in dem sich alle trafen, die gerne und viel musizierten, und wo immer wieder schöne und auch weniger schöne Konzerte veranstaltet wurden. Und es gab eben den Forscherturm. Die Gesellschaft der Forscher hatte es sich zur Aufgabe gemacht, die Blauberge möglichst genau kennenzulernen. Sie zogen über die Hänge und durch die Täler und sammelten alles, was sie transportieren konnten. Am liebsten war ihnen natürlich Unbekanntes. Das zeichneten sie dann und schrieben die Maße auf. Aber sie nahmen auch Bekanntes mit, vor allem Steine und Pflanzen, um damit Versuche durchzuführen. Es konnte ja keiner wissen, welche Möglichkeiten in den Steinen und Pflanzen der Blauberge steckten, wenn man es nicht ausprobierte.

Die drei hatten geduldig den Erklärungen des Wirts gelauscht und waren sehr froh, als er ihnen endlich den Weg zum Forscherturm beschrieb. Aber heute würden sie dort nicht mehr eingelassen. Es war schon zu spät. Der Wirt empfahl, die Forscher am nächsten Morgen aufzusuchen. Morsch dankte ihm, und die drei sagten Hainwart Gute Nacht.

Ausgeruht machten sich die vier Freunde am nächsten Morgen auf die Suche nach dem Forscherturm. Allzu schwer konnte das ja nicht sein: eine Straße, rechts und links Türme. Da musste man nur alle abschreiten, bis man fündig würde. Sie ließen sich durch den Menschenfluss treiben und hielten die Augen offen. Jeder Turm hatte ein Schild, eine Aufschrift oder eine Tafel, die sagte, was sich im Turminneren zutrug. Da gab es den trutzigen Handwerkerturm, auf dessen Schild ein Hammer und ein Amboss zu sehen waren. Dann kam ein recht niedriger und bauchiger Turm, der sich nach oben verjüngte und einem Tintenfass glich: der Turm der Poesie. Von diesem Turm führte eine Brücke direkt in den gegenüberliegenden Floristenturm, dessen Kuppel einer Knospe ähnlich sah. Hier hingen aus allen Fenstern Blumen und Gestecke, und um den Eingang rankten sich duftende Rosen.

Wegen der vielen Menschen kamen sie nur langsam voran. Mittlerweile hatte sich herumgesprochen, dass Griesbert als erster Ritter vom Pass zurückgekommen war. Und deshalb wollte jeder einzelne Brimmer und auch die meisten Nicht-Brimmer Griesbert persönlich für die Vertreibung des Drachen danken. Aber Morsch und seine Freunde mussten die Leute enttäuschen und ihnen erklären, dass die Drachin erst verschwinden würde, wenn sie ihr ihr gestohlenes Ei brächten. Und nur deshalb hatte sie sie verschont. Daher mussten sie den Brimmern und Nicht-Brimmern versprechen, das Ei der Drachin wiederzubringen: »Wir haben schon einen Plan. Ihr werdet sehen.«

Plötzlich blieb Tisal stehen und zeigte auf eine schmale Treppe mit ungleich unebenen Stufen, die sich zwischen zwei Türme quetschte. An ihrem Ende zeichnete sich dunkel die Silhouette eines Turmes ab, der direkt an die felsige Bergwand gebaut worden war und von den anderen Türmen verdeckt wurde. »Das muss die Treppe sein, von der der Wirt gesprochen hat.« Die Treppe war sehr eng, sodass man sie leicht hätte übersehen können. Hainwart hatte keine Lust, sich zwischen Türmen durchzudrücken und noch mehr Blätter zu verlieren. Er wollte lieber am Straßenrand warten. Sollten die Freunde eingelassen werden, würde er ja eh nicht durch die Tür passen. Morsch und Griesbert waren einverstanden und folgten Tisal, der bereits die schiefen Stufen hinaufstieg.

Kurz darauf standen die drei vor einem Turm, der schon sehr alt sein musste. In den breiten Ritzen der Außenmauer wuchsen Moos und Efeu. Keine einzige Brücke führte zu ihm hin oder von ihm weg. Bis auf eine schwere, schwarze Eingangstür und einige schmale Fenster in mehreren Metern Höhe hatte der Turm keine Öffnungen. Aus dem Dach ragte ein krummer, rußiger Schornstein, zusammengehämmert aus vielen Metallstücken. Und es gab kein Schild. Tisal entdeckte ein kleines in die schwere Holztür eingelassenes Symbol aus Elfenbein. Morsch und Griesbert beugten sich vor, um es genauer betrachten zu können. Wie ein Fragezeichen sah es aus. Über die Jahre war es ganz stumpf geworden und hob sich kaum noch von der schwarzen Holztür ab.

»Passend«, murmelte Morsch. »Forscher fragen ständig.«

Er klopfte an und sie warteten eine Weile. Keine Antwort.

»Vielleicht sind die Forscher beschäftigt«, sagte Tisal.

»Oder taub.« Griesbert hämmerte gegen die Tür und rief, so laut er konnte: »Aufmachen. Rückt das Ei heraus. Wir lassen uns nicht abwimmeln.«

Diesmal dauerte es nicht lange, bis von Innen ein schwerer Riegel beiseitegeschoben wurde. Knarzend öffnete sich die Tür und heraus trat ein kleiner, drahtiger Mann in einem langen, lilafarbenen Mantel. Seine spitz zulaufende lila Mütze passte nur knapp durch die Tür. Trotz seiner Brille betrachtete er die drei mit zugekniffenen Augen: »Seid ihr Mitglieder der Forschergesellschaft von Brimm?«

»Ähm, nicht dass ich wüsste«, entgegnete Griesbert.

»Was ist dann euer Begehr?«

»Wir wüssten gern mehr über eine bestimmte Angelegenheit und hatten gehofft, dass uns die Forscher von Brimm weiterhelfen können«, sagte Morsch.

»Nun, wenn ihr in Brimm etwas über etwas wissen möchtet, dann können am ehesten wir euch weiterhelfen, denn wenn jemand etwas über etwas weiß, dann sind wir es. Tretet ein.«

Morsch, Griesbert und Tisal sahen sich skeptisch an, aber folgten in einen dunklen runden Raum. Der kleine Forscher schloss die schwere Tür und jegliche Geräusche der Einsamstraße waren wie auf einen Schlag verstummt. Es roch muffig und feucht. Von der Decke hing ein dreiarmiger Leuchter, der den Raum nur spärlich erhellte. Ein halbrunder Treppenaufgang führte an der Wand entlang in die oberen Gemächer des Turmes.

»Über welchen Gegenstand oder Nicht-Gegenstand wünschen die Herren etwas zu wissen?«

»Wir sind auf der Suche nach einem Drachen-Ei«, sagte Morsch.

»Drachen-Ei, also ein Gegenstand«, sagte der Forscher langsam. »Wartet hier. Ich frage die anderen Forscher.« Er ging zur Treppe und verschwand nach oben.

Die drei Freunde blieben alleine zurück und konnten nur in der Gegend herumgucken. Tisal zeigte überrascht auf den dreiarmigen Leuchter: »Sind das Steine?« Auf dem Leuchter waren drei silbrigklar leuchtende Kristalle platziert, die ein kaltes Licht spendeten.

»Sieht ganz so aus«, sagte Morsch, der ebenfalls erstaunt war. So etwas hatte er noch nie zuvor gesehen.

»Nicht mal eine Sitzgelegenheit.« Griesbert schlenderte mürrisch im Kreis. »Stühle und Bänke gelten hier wohl als Nicht-Gegenstände.«

Tisal ging zum Treppenaufgang und sah hinauf. »Da ist eine Tür. Und an der hängt eine beschriftete Kachel. Wartet mal.« Er stieg hinauf und las: »Stummstock«. Dann legte er sein Ohr an die Tür. »Nichts.« Tisal griff die Klinke und drückte.

»Tisal! Wir sollen hier warten«, raunte Morsch.

»Ist eh verschlossen.« Tisal wirkte nachdenklich. »Seltsam, ich habe nicht gehört, wie der Forscher die Tür zugesperrt hat.« Er erschrak, lauschte ein weiteres Mal an der Tür, um dann schnell wieder herunterzuspringen und zu Morsch zu eilen. Kurz darauf öffnete sich die Tür. Der kleine Forscher kam mit einem großen Buch die Treppe herunter und ging direkt auf Tisal zu: »Bück dich, Junge.«

Tisal sah ihn überrascht an. »Warum?«

»Na, siehst du hier ein Schreibpult? Los! Ich muss euer Gesuch notieren. Dann forschen wir nach Antworten.«

»Oh, wir hätten nur eine kurze Frage«, sagte Morsch.

»Kurze Fragen, lange Antworten. Lange Fragen, kurze Antworten. Wer kann das schon am Anfang einer Frage wissen? Seht, wir sind sehr beschäftigt. Ich schreibe euer Gesuch auf und wir denken darüber nach, wenn wir Zeit haben.«

»Und wann habt ihr dafür Zeit?«, polterte Griesbert. »Es ist nämlich sehr dringend.«

»Nun, das hängt davon ab, wie wir mit unserer Arbeit vorankommen. Das ist immer nur sehr schwer abschätzbar.«

Griesbert lief rot an. Daher sagte Morsch schnell: »Wir suchen nur ein Drachen-Ei, das aus den Blaubergen …«

»Wir haben kein Ei einer Drachin«, unterbrach der Forscher und sah Morsch eindringlich an.

»Nun, wir kommen einfach mit hoch und …«

»Nein, nein, nein, sicher nicht. Dort oben sind Geheimnisse und Erkenntnisse, die keiner sehen darf. Sie würden eure Vorstellungskraft übersteigen, und ihr würdet Gefahr laufen, euren Verstand zu verlieren. Dort haben nur Mitglieder der Forschergesellschaft von Brimm Zutritt.«

»Aber vielleicht habt ihr bei einer eurer Expeditionen aus Versehen das Ei …«, fuhr Morsch fort, wurde aber gleich wieder unterbrochen.

»Bei uns passiert nichts, aber auch gar nichts, aus Versehen, mein Herr«, sagte der Forscher bestimmt und blätterte in seinem großen Buch. »Also, ah hier ist Platz für Frage und Antwort.«

Er bedeutete Tisal, den Rücken krumm zu machen, und legte das große Buch darauf. Dann griff er in eine Tasche seines Mantels und zog einen Bleistift hervor. Er sah auffordernd über den Rand seiner Brille und wartete.

»Wo ist das Drachen-Ei?«, fragte Morsch.

»… D r a c h e n - E i, F r a g e z e i c h e n«, murmelte der Forscher und schrieb es auf eine leere Seite. Dann legte er in die Seite einen der unzähligen bunten Fäden, die an den Buchrücken genäht waren, und schloss das Buch wieder. Der Stift wanderte zurück in die Manteltasche. »Gut. Bis bald.«

Der Forscher öffnete die Tür zur Straße. Stadtlärm drang in den dunklen Raum und Morsch, Griesbert und Tisal fanden sich unversehens vor dem Turm wieder. Der Forscher lächelte, schloss die Tür und man hörte das Klacken des Riegels. Verdutzt sahen sich die drei Freunde an. »Was war denn das?« Griesbert blickte zornig zurück. »Eine einfache Frage und keine Antwort.«

»Ich glaube nicht, dass wir eine Antwort bekommen«, sagte Morsch ruhig.

»Das war's?« Tisal sank gegen die Turmmauer und ließ den Kopf hängen. »Wir sitzen hier fest und ich werde Barisia nie wiedersehen?«

»Na, na, nicht so schnell aufgeben«, schnaubte Griesbert. »Wir finden schon einen Weg, nicht wahr, Morsch?«

Morsch dachte an die Muschel. Er hatte sein Tal doch nicht verlassen und war dem Vogelruf gefolgt, um an dieser feinen Brimmer Gesellschaft zu scheitern! Und was, wenn der Vogel in der Muschel wirklich vergiftet worden war? Wie viel Zeit hatte er dann noch? »Der Forscher wollte unsere Frage gar nicht hören«, sagte er bestimmt. »Immer, wenn es um das Ei ging, hat er uns sofort unterbrochen. Und er sprach von der *Drachin*. Ich bin mir ziemlich sicher, dass diese Gesellschaft etwas zu verbergen hat.«

Tisal sah ihn erwartungsvoll an.

»Ich fürchte«, Morsch blickte die Turmmauer hoch, »wir müssen eigene Nachforschungen anstellen, wenn wir mehr herausfinden wollen.«

Die anderen sahen ihn erschrocken an.

»Ich weiß, es ist nicht die feine Art. Und unter anderen Umständen wäre es auch nicht die meine. Aber ich glaube, wir haben keine andere Wahl«, fügte Morsch hinzu.

In Tisals Blick trat Entschlossenheit. »Da komm ich mit der Hilfe von Hainwart schon rauf«, sagte Tisal zuversichtlich. »Und ich passe durch die schmalen Fenster. Wenn mich Hainwart ein Stück hebt, bin ich schon viel näher dran.«

»Einbruch?« Griesbert blickte seine Freunde prüfend an. »Als Ritter kann ich das nicht gutheißen.«

»Griesbert, wir wissen nicht, was in Barisia los ist. Aber was wir wissen, ist, dass Tisal so schnell wie möglich dorthin zurückmuss. Und diese Forscher spielen ein falsches Spiel, meint Ihr nicht auch? Sie sind die wahren Diebe, die das Drachen-Ei von seiner Mutter gestohlen haben«, sagte Morsch.

Griesbert kratzte sich am Bart.

»Vielleicht könnt Ihr es als Ritter nicht gutheißen, aber könnt Ihr es als Freund?«

»Na gut«, brummte Griesbert. »Aber nicht bei Tageslicht.«

»Abgemacht«, sagte Morsch, »zurück zu Hainwart und dann zur *Einsamen Einkehr*.«

Das Geheimnisvollste

Um Mitternacht kehrten die vier zum Forscherturm zurück. Diesmal stieg auch Hainwart die Treppe mit den ungleich unebenen Stufen hinauf. Alles war finster. Tisal blickte sich zu Griesbert um, der die Straße und die schmale Treppe im Auge behielt. Griesbert nickte. Die Luft war rein. »Ist das nicht doch zu steil?«, flüsterte Morsch.

»Das schaffe ich schon. Ich bin früher im Palastgarten auf alle Bäume geklettert. Keine Angst«, sagte Tisal entschlossen.

Morsch nickte. »Steck immer mal den Kopf zum Fenster raus, nur damit ich weiß, dass alles in Ordnung ist.«

»Ja, ja, mach ich, gewiss.«

»Bereit, Spross?«, knarzte Hainwart.

Tisal spuckte in seine Hände, dann hob ihn Hainwart in seine Laubkrone, und der Junge kletterte, so hoch er konnte. Er prüfte die Ritzen und Spalten im Mauerwerk. Seine Hände und Füße würden genug Halt finden, da war er sich sicher. Er kletterte die Turmwand empor, stoppte nach ein paar Metern, blickte sich um und winkte Hainwart und Morsch. Dann arbeitete er sich weiter bis zu einem Sims. Mit zwei schnellen Griffen war er oben und spähte in den Turm. Alles finster. Vorsichtig ließ er sich in den dunklen Raum gleiten und wartete, bis sich seine Augen an die Dunkelheit gewöhnt hatten. Das Mondlicht, das durch das Fenster drang, ließ in der Mitte des Raumes die Silhouette eines großen Tisches erkennen. Um ihn standen einige Hocker. An den runden Wänden waren Regale. Links führte eine Treppe nach oben und rechts ging es nach unten.

Wie sollte man bei der Dunkelheit überhaupt ein Drachen-Ei finden? Tisal wusste ja nicht mal, wie es aussah. War es groß oder nur so klein wie ein Hühnerei und welche Farbe und welches Gewicht hatte es? Und wenn es von einem Drachen stammte, war es dann heiß oder konnte man es anfassen? Vielleicht war dieser nächtliche Einbruch doch keine so gute Idee gewesen? Tisal zögerte einen Augenblick, sah zum Fenster zurück, schob dann aber die Zweifel beiseite. Jetzt war er drin. Er musste die Gelegenheit nutzen.

Vorsichtig schlich er zum Tisch. Seine Augen gewöhnten sich immer besser an die Dunkelheit. Er konnte nun erkennen, dass die Regale bis an die Decke mit Büchern und Pergamentrollen vollgestopft waren. Auf einem der Hocker stapelte sich ein gefährlich hoher Bücherturm, auch der Tisch war komplett mit aufgeschlagenen Büchern, aufgefalteten Karten, einem Tintenfass und Federn bedeckt. Es roch staubig, nach altem Leder und Pergament. »Muss eine Bibliothek sein«, dachte Tisal. »Ich frage mich, wie viele Stockwerke der Turm hat und wo ich anfangen soll?« Da fiel ihm auf dem Tisch zwischen all den Büchern etwas auf: ein faustgroßer Stein. Er griff danach und stieß dabei ungeschickt das Tintenfass um. Es rollte über die Tischkante. Tisal wollte es noch fangen, aber es fiel mit einem dumpfen Schlag zu Boden. Er hielt den Atem an. Schnell kroch er unter den Schreibtisch und wartete. Alles blieb still. Keine Schritte, keine Stimmen. Tisal atmete auf. Er betrachtete den Stein in seiner Hand. So einen hatte er doch schon irgendwo gesehen. »Auf dem Leuchter im untersten Raum!«, schoss es ihm durch den Kopf. »Ein Leuchterstein. So viel Glück muss man erst mal haben! Aber wie geht er an?« Tisal befühlte den Stein, rieb ihn, drückte ihn, schüttelte ihn. Nichts. Da kitzelte ihn der Staub in der Nase und er musste niesen. »HAA…«, geistesgegenwärtig hielt er beide Hände vor die Nase, um den Laut zu unterdrücken, »…tschi!« Und siehe da, der Stein leuchtete silbrig. Wie konnte das sein? Tisal sah sich den Stein genauer an. Es war ein Kristall, das wusste Tisal. Aber er war trüb und in seinem Inneren glühte etwas. Was war das? Tisal hielt ihn ganz nah an sein Gesicht. Erst als seine Nasenspitze den Kristall berührte, konnte er es erkennen: ein kleines leuchtendes Würmchen mit Flügeln, fest eingeschlossen in den Stein. Für einen Augenblick vergaß Tisal, dass er unter einem Tisch im Forscherturm von Brimm saß. Fasziniert blies er gegen den Stein, und das Licht verlosch. Das glich ja einem Wunder! Aufgeregt blies er noch mal dagegen. Der Kristall begann wieder zu leuchten, und der Schein erfüllte den Raum. »So geht das«, murmelte Tisal. »Jetzt ist er nur zu hell. Mal sehen, ob ich ihn nur leicht anfachen kann.« Er blies den Stein wieder aus, um ihn daraufhin ganz vorsichtig aber stetig anzupusten. Langsam wurde der Stein heller. »Nur nicht zu hell«, dachte Tisal. »Gerade so, dass ich etwas besser sehen kann.« Es klappte! Triumphierend kroch Tisal unter dem Tisch hervor und hielt den Kristall in die Höhe. Das Stockwerk füllte ein Chaos aus Büchern, Pergamentrollen, Karten, Plänen und Schreibzeug. Ein Drachen-Ei würde hier sicher auffallen. Er stellte das leere Tintenfass zurück auf den Tisch. Dabei fiel ihm eine große Karte auf, die die Blauberge zeigte. Er flog über die vielen kleinen Täler und die großen Gipfel. An einer Stelle waren mehrere Türme aufgemalt: Brimm. Von hier führte eine gewundene Linie mitten in die Berge, bis zu einem Tal mit einem blauen Fleck: Der Einsampass. Tisal folgte der Linie, bis sie wieder aus den Bergen führte und aufhörte. Dort stand »Brauck«. Daneben war ein großes, verschnörkeltes »S« aufgemalt. Neben der Karte lagen einige Bücher, die sehr alt sein mussten. Ihre Seiten waren vergilbt und hier und da eingerissen. Die Bücher handelten unverkennbar von Drachen. Da waren Zeichnungen, die nach Tisals Erfahrung nur bedingt echten Drachen gerecht wurden. Es gab auch Bilder von Drachen-Eiern. Daneben standen Rezepte für Tränke. Einer sollte stark wie zehn Pferde machen. Ein anderer versprach Feuerfestigkeit. In einem anderen Buch las Tisal, dass Drachen in den Blaubergen sehr selten waren und lange nicht mehr gesehen wurden. Damit musste ein Ei begehrt und vor allem teuer sein. Vieles in den Texten war unterstrichen oder eingekreist, und überall an den Seitenrändern standen Notizen. Tisal war klar: Die Forscher beschäftigten sich mit Drachen und Drachen-Eiern. Er überlegte. Entweder stellten sie schon alles Wissen über Drachen zusammen, um es am nächsten Morgen Morsch, Griesbert, Hainwart und ihm auszuhändigen, oder aber Morsch lag richtig: Die Forscher hatten das Ei. Tisal überflog noch einmal die Karte und entdeckte ein kleines aber dickes Kreuz aus schwarzer Tinte. Es markierte einen Punkt, der mitten im Gebirge lag. Nur stand dort nichts geschrieben. Tisal war sich sicher: Das war der Fundort des Eis, und jetzt war es hier im Turm.

Er schlich zurück zur Treppe. In das obere und untere Stockwerk führten Türen, die jeweils beschriftete weiße Kacheln hatten. Oben stand »Arbeitsstock 42c« und unten »Lagerstock«. Das klang nach Lagerraum. Vielleicht sollte er hier mit der Suche nach dem Ei anfangen? Tisal lauschte. Alles ruhig. Er öffnete die Tür, nahm langsam Stufe um Stufe, verdeckte den Kristall mit seinen Händen und ließ nur so viel Licht durch seine Finger, dass er genug sah, um nicht die Stufen hinunterzustolpern.

Unten angekommen, wagte er etwas mehr Licht und hielt den

Kristall in die Höhe. Es gab kein Fenster. Das Stockwerk war mit allerlei beschrifteten Kisten, Säcken, Fässern und Truhen vollgestellt. Tisal schlich zwischen ihnen hindurch. Rüben, Mehl, Wein, Kohle, Kohl und so weiter. Hier nach einem Ei zu suchen, war aussichtslos. Die Kisten und Truhen waren verschlossen, genauso wie die Säcke und Fässer. Und nirgends stand »Drachen-Ei«. Er ging zurück zur Treppe und las die Kachel zum nächsten Raum: »Stummstock«. Das hatte er heute Morgen schon gelesen. Er war also fast unten angekommen, öffnete die Tür und schlich hinab. Es folgte ein weiterer fensterloser Stock, nur war der vollkommen leer. Es roch abgestanden und muffig. Tisal ging mit dem Leuchterstein umher. Nichts, aber auch gar nichts, war in diesem Raum, außer einer schweren Tür. Sie war verschlossen.

Tisal dachte nach. Im Lagerstock waren zu viele Behälter, um alles gründlich zu durchsuchen. Außerdem waren die meisten davon verschlossen. Im Stummstock war nichts. Blieb nur der Weg nach oben durch die Bibliothek. Tisal schlich zurück durch den Lagerstock zur Bibliothek, die, laut Kachel, »Schriftstock« hieß, und weiter hinauf in den *Arbeitsstock 42c*. Das fünfte Stockwerk des Forscherturms hatte wieder ein Fenster. Er hielt den Leuchterstein in die Höhe. Auch hier stand in der Mitte ein schwerer, runder Steintisch. Diesmal waren darauf lauter Gerätschaften aufgebaut. Es gab dünne, hohe Gläser mit bunten Flüssigkeiten, bauchige Gläser und Schalen aus Stein oder Ton. In manche führten Schläuche, auf anderen waren Deckel und Trichter oder es ragten verschieden hohe Metallrohre heraus. Darauf steckten wiederum Blasen aus Leder oder Ziegenhaut. Und es gab breite, flache Behälter, in denen Dinge in Flüssigkeiten schwammen. Über allem lag ein beißender Geruch. Die Wände waren rund herum mit beschrifteten und bemalten Zetteln vollgehängt. Auf manchen standen unverständliche, lange Zahlenreihen und Formeln. Auf anderen sah man Diagramme mit krummen Bögen und schiefen Kurven. Und alle Zettel waren kreuz und quer durch ein Netz von roten Pfeilen miteinander verbunden. Tisal schüttelte den Kopf. Wer sollte das alles verstehen? Es gab einen weiteren Aufgang. Auf der Kachel stand »Arbeitsstock c42«. Auch zu ihr führten rote Pfeile, die aber alle wieder durchgestrichen worden waren. Tisal entdeckte noch etwas. An einer Stelle der Wand war eine Tür, die in den Berg führen musste. Und diese Tür hatte fünf Riegel, die jeweils ein Schloss hatten. Er versuchte sein Glück. Fest verschlossen. Die Tür war sehr kalt. Seine Neugier wuchs, doch wie sollte er die Riegel öffnen? Er sah sich überall um, konnte aber nirgends ein Schlüsselbrett oder ein Kistchen mit Schlüsseln finden. Plötzlich vernahm er Schritte. Schnell blies er den Leuchterstein aus, steckte ihn in seine Manteltasche und versteckte sich unter dem großen Steintisch. Die Schritte kamen aus dem oberen Stockwerk und näherten sich zusammen mit einem silbrigen Schein. Dann tauchte ein hagerer Mann mit langem weißen Bart und lilafarbenem Mantel auf. Vor sich trug er einen Leuchterstein. Tisal hielt den Atem an. Der Mann murmelte: »Schlüssel, Schlüssel, Schlüssel, Schlüssel und Schlüssel«, und ging weiter nach unten in den Schriftstock. Mit ihm verschwand der silbrige Schein und die Schritte wurden leiser.

»Das ist die Gelegenheit«, dachte Tisal. Mit ein bisschen Glück würde ihn der Forscher zum Versteck der Schlüssel führen. Er kroch unter dem Tisch hervor und folgte. Er musste sich beeilen. Rasch schlich er den halbrunden Treppenabgang hinab. Gerade wollte er in den Schriftstock spähen, als nur ein »Tststststsss« zu vernehmen war. Tisal erschrak.

»Ja, wen haben wir denn da?« Direkt vor ihm blies der Forscher seinen Leuchterstein an und hielt ihn Tisal ins Gesicht. Seine Stimme klang wie das Krächzen eines Vogels. Tisal wollte die Treppe wieder hinauflaufen, als er gegen eine weitere Person stieß.

»Halt, halt, junger Mann«, sagte eine tiefe brummende Stimme und ein zweiter Leuchterstein wurde angefacht. Ein weiterer, kräftiger Forscher stand dort. Etwas kleiner als der weißbärtige Forscher, und seine spitze Mütze verdeckte nur mit großer Mühe seinen kahlen, speckigen Schädel. Er grinste Tisal an und packte ihn am Arm: »So, Bürschchen. Bist nicht der Einzige, der schleichen kann. Jetzt bringen wir dich erst mal zum Magistrat von Brimm. Der wird dir schon eine ordentliche Strafe für deinen Einbruch aufbrummen.«

»Na, na«, sagte der Weißbärtige freundlich. »Nicht so schnell, Glatze. Du machst dem armen Jungen ja Angst.« Er lächelte Tisal an. »Wir können nicht zum Magistrat gehen. Du weißt doch, warum der Pass blockiert ist. Was würde der Magistrat sagen, wenn er dahinterkäme, dass wir der Grund für die Wut des Drachen sind. Denke an unsere Forschung, Glatze. Wir können das Ei nicht wieder abgeben. Denn deswegen bist du doch hier, mein Junge, nicht wahr?« Mit einem Mal fror sein Lächeln ein und er blickte Tisal finster an. »Wir sperren dich in die Kammer.«

»In das Geheimnisvollste?«, fragte Glatze leise.

»Richtig.«

»Aber da wird er erfrieren.«

»Richtig.«

Tisal schluckte. Seine Beine begannen zu zittern.

»Und was wenn …?«, fragte Glatze.

»Nichts«, unterbrach der Weißbärtige ruhig. Er zog langsam einen großen eisernen Schlüssel unter seinem Mantel hervor und blickte Tisal mit seinen kalten Augen an. »Niemand wird ihn vermissen. Bring ihn hoch, Glatze!«

Fragen kostet nichts

Immer wieder blickte Morsch zu den Fenstern des Forscherturms oder lauschte an der schwarzen Tür. »Tisal ist schon zu lange da drin«, sagte er zu Hainwart, der ruhig neben ihm stand. »Er hat sich nicht einmal gemeldet.«

»Zitter nicht, Morsch«, knarzte der wandelnde Baum. »Der Spross hat Mut und seine Triebe sind stark.«

»Hm«, knurrte Griesbert, der wartend auf einer der ungleich unebenen Stufen saß. »Da drin gibt es sicher allerlei zu entdecken. Wahrscheinlich hat er uns einfach vergessen.« Er stand auf und schlenderte nervös hin und her.

Morsch kratzte sich am Kopf. »Was, wenn er erwischt wurde?«

»Dann müssen wir natürlich was unternehmen.« Griesbert sah

die Turmmauer hinauf und schüttelte den Kopf. »Ich kann da nicht hoch.«

»Ich könnte«, sagte Morsch.

Hainwart hob ihn unversehens in seine Laubkrone, und Morsch versuchte sein Glück, musste aber bald aufgeben. Er fand keinen Halt. »Das wird so nichts. Wir müssen einen anderen Weg finden.«

»Ich breche das tote Holz«, ächzte Hainwart und wollte mit seinen Armästen die Tür eindrücken.

Aber Morsch hielt ihn zurück. »Nein, nein. Wir sollten behutsam vorgehen.« Er senkte den Blick und dachte nach. »Tisal ist im Turm«, begann er nach einer kurzen Weile. »Und vielleicht ist dort auch das Drachen-Ei. Die ganze Stadt leidet darunter, dass das Ei nicht bei seiner Mutter ist.«

»Richtig«, sagte Griesbert. »Kein Reisender kann von Brimm aus nach Süden, noch von Süden nach Brimm. Brimm ist nutzlos.«

Morsch nickte. »Wenn wir also in Brimm verbreiten, dass im Forscherturm das Ei ist, dann würden die Brimmer die Forscher doch dazu auffordern, das Ei herauszugeben, damit die Drachin den Pass freigibt.«

»Richtig.«

»Und wenn die Forscher das Ei wirklich haben, und da bin ich mir sicher, dann werden sie es nicht herausgeben wollen.«

»Richtig. Äh, wieso?«, fragte Griesbert. »Sie wären doch die Helden von Brimm, wenn sie das Ei herausrücken und so den Pass befreien würden?«

»Ja, das wären sie wohl, wenn sie das wollten. Aber das Ei ist vermutlich sehr selten und entsprechend wertvoll. Oder habt Ihr schon viele Drachen-Eier gesehen?«

»Nein, natürlich nicht.«

»Sie müssen also nur warten, bis ein Ritter die Drachin verjagt, und könnten es behalten. Und würden sie das Ei rausrücken, wird man doch sofort fragen, woher sie es haben. Dann müssten sie erklären, dass sie an all dem Durcheinander schuld sind.«

»Ja, und was sollen wir jetzt machen?«

Morsch sah die Freunde an. »Verschlagenheit kann man nur mit List begegnen. Wir müssen die Brimmer davon überzeugen, dass die Forscher das Drachen-Ei haben und schuld an dem Chaos sind. Wer sollte sonst so ein Ei haben, wenn nicht die, die durch die Blauberge ziehen und alles, was sie finden, mitnehmen und untersuchen?«

»Richtig.«

»Und weil die Brimmer es satthaben, dass der Pass blockiert ist, sollte das reichen, um den Turm durchsuchen zu lassen. Sollte dort kein Drachen-Ei sein, finden wir zumindest Tisal und können ihn vielleicht befreien. Sollte dort aber ein Drachen-Ei sein, dann …« Morsch lächelte Griesbert und Hainwart an.

Der Ritter nickte langsam, kraulte sich aber im nächsten Augenblick nachdenklich den Bart. »Und zu wem gehen wir mit diesem Anliegen?«

»Nun, die Neuigkeit sollte sich schnell verbreiten. Also: auf in die *Einsame Einkehr*! Und Ihr, Griesbert, müsst es verkünden. Ihr seid der Ritter, der vom Pass zurückkehrte. Man wird Euch zuhören.«

»Richtig«, nickte Griesbert. »W-w-wie ich?« Der Ritter erschrak zunächst, als er seine Rolle in Morschs Plan begriff, nahm aber sogleich entschlossene Züge an. »Natürlich ich. Ich, Ritter Griesberg vom Bert, werde das Drachen-Ei finden und den Prinzen befreien.«

»Und ich bleibe hier stehen«, knarzte Hainwart. »Damit der Spross mich sieht, falls er doch aus dem Fels blickt.«

Morsch und Griesbert waren einverstanden und froh, Tisal nicht ganz allein zurückzulassen. Sie schauten noch einmal zum Turmfenster hinauf und begaben sich dann zur Einkehr.

Zu so später Stunde hatten sich die meisten Gäste bereits schlafen gelegt. Morsch ging zur Theke und erklärte dem Wirt, dass der ehrenwerte Ritter Neuigkeiten zum Drachen am Einsampass hatte, die alle erfahren mussten. Das ließ sich der Wirt nicht zweimal sagen. Er half Griesbert auf den Tresen, wo ihn jeder sehen und hören konnte, und rief zur Ruhe. Schnell verstummten die Gespräche und alle Augen ruhten auf dem Ritter. Griesbert nahm eine stolze Haltung an und räusperte sich: »Werte Brimmer Bürger und Durchreisende, aber aufgehaltene Gäste der Stadt. Ich, Ritter Griesberg vom Bert … äh Griesbert von Berg, Schrecken der Finsterforstbande, prinzlicher Leibritter, Drachenseher und Drachensprecher«, er machte eine kurze Pause, »habe mit dem Drachen am Pass gesprochen. Das Untier besetzt den Pass nur aus einem einzigen Grund.« Wieder machte er eine Pause.

»Ja, wissen wir«, rief ein Brimmer. »Die Torwachen haben es erzählt. Sein Ei ist weg. Komm zum Punkt.«

»Hm.« Griesbert nickte. »Na gut. Das Ei ist im Forscherturm!«

Ein Raunen ging durch die Menge.

»Woher wisst ihr das?« Am Eingang zur *Einsamen Einkehr* stand ein dicker Mann, der eben erst hereingekommen war. Er strich sich die wenigen Haare auf seinem Kopf glatt, fuhr sich durch den stattlichen Bart und schlug seinen vornehmen Pelzmantel zurück. Zwei Wachen begleiteten ihn.

»Das ist einer der drei Magistratsherren. Die verwalten Brimm und befehligen die Wachen«, raunte der Wirt Morsch und Griesbert zu.

»Gut, dass ein Vertreter der Stadt zugegen ist«, fuhr Griesbert fort. »Für unsere Aussage gibt es verschiedene Anhaltspunkte. Erstens versicherte uns der Drache, dass er den Pass nur besetzt hält, weil ihm jemand sein Ei gestohlen hat, welches er in seiner Höhle in den Blaubergen verwahrt hatte. Damit stellt sich zweitens die Frage, wer so weit in die Blauberge vordringt, ein Drachen-Ei findet und nach Brimm bringt. Darauf ist drittens die einzig mögliche Antwort: die Forscher.«

Gemurmel entstand. Morsch hörte, dass doch jeder so ein Ei haben könnte, es nicht mal unbedingt in der Stadt sein müsse. Andere sagten, dass diese Forscher ja auf nichts Rücksicht nahmen und es nur eine Frage der Zeit war, bis sie etwas Unheilvolles aufscheuchen würden. Und überhaupt müsse man verrückt sein, wenn man sich von der Einsamstraße entferne und im Gebirge herumklettere. Wieder andere fragten sich, warum der Drache den Ritter nicht einfach gefressen hatte, so wie die anderen Ritter. Und ein paar meinten, dass dann wohl etwas an der Geschichte dran sein müsse, sonst hätte der Drache ja keinen Grund gehabt, den Ritter wieder nach Brimm zurückkehren zu lassen. Und ein oder zwei Brimmer hörte Morsch sagen, dass es doch nichts ausmachen würde, die Forscher mal zu fragen, ob sie ein Drachen-Ei haben und es dem Drachen wiedergeben würden.

»Und wie sollen wir vorgehen, Herr Ritter?«, fragte der Magistrat schließlich. Es wurde wieder still im Schankraum.

»Nun, werter Herr Magistrat, fragen kostet nichts. Lasst uns zum Forscherturm gehen und nachfragen.«

»Genau, fragen kostet nichts«, rief es aus der Menge. »Lasst uns gehen. Auf zum Forscherturm.« Viele nickten. Einige klatschten Beifall.

Jetzt kletterte Morsch auf den Tresen. Er blickte in die Gesichter. Ihm wurde schwindelig und sein Mund war ganz trocken. Dann sagte er langsam: »Liebe Leute. Wir, … wir haben heute Morgen nachgefragt, und … und die Forscher haben uns keine Antwort gegeben.« So viele Augen ruhten auf Morsch, dass seine Hände zitterten. Er verschränkte sie hinter dem Rücken und fuhr fort: »Da haben wir uns entschlossen, dass unser Freund Tisal in den Turm einsteigt und nach dem Ei sucht.«

»Das ist aber nicht nett«, rief jetzt die Menge. »Das ist Einbruch.«

Griesbert hob beschwichtigend die Hände. Morsch atmete tief durch und sagte dann: »Liebe Leute, ihr habt recht. Das ist nicht die feine Art. Aber wir wollten uns sicher sein, bevor wir Anschuldigung erheben.«

»Wo ist der Junge?«, kam es wieder aus der Menge.

»Im Turm«, sagte jetzt wieder Griesbert mit fester Stimme. »Er ist nicht mehr herausgekommen und hat uns nicht, wie vereinbart, ein Zeichen gegeben. Unser Gefährte Hainwart, der wandelnde Baum, hält dort Wache. Eines ist sicher: Da ist etwas faul.«

»Komische Geschichte. So was denkt sich doch keiner aus!« Die Menge begann wieder aufgeregt zu murmeln. Der Magistrat hatte sich alles ruhig angehört und hob nun die Hand. Die Menge verstummte.

»Wir werden sehen, was sie einem Vertreter des Magistrats antworten. Auf zum Turm!«

Schlagartig kam Bewegung in die Gäste der *Einsamen Einkehr*. Stühle und Tische wurden gerückt und ein Tross von Brimmern und Nicht-Brimmern drängte hinaus auf die Einsamstraße. Morsch war erleichtert, dass er nicht mehr im Mittelpunkt stand, und ging mit Griesbert ebenfalls nach draußen. Dann machte sich die Menge auf zum Forscherturm.

Auch wenn es schon spät war, wurde überall geklopft und verkündet, dass ein Drachen-Ei im Forscherturm der Grund für das Brimmer Chaos sei und die Fremden mit dem Baum nun Ordnung schaffen wollten. Immer mehr Leute in Nachthemden und Schlafmützen schlossen sich dem Tross an, der nun die schmale Treppe mit den ungleich unebenen Stufen erreichte. Griesbert, Morsch, der Magistrat und die zwei Wachen stiegen die Treppe bis zu Hainwart empor, der vor der schwarzen Tür wartete. Eng gedrängt folgten die Brimmer und Nicht-Brimmer, und wer nicht auf die Treppe passte, suchte sich Platz an den Fenstern der umliegenden Türme oder auf den Brücken. Spannung lag in der Luft. Jeder fragte sich, ob an der Geschichte etwas dran war.

»Der Spross hat nicht herausgeblickt, Morsch«, ächzte Hainwart und trat beiseite.

Der Magistrat klopfte an die schwarze Tür. Plötzlich erschien in einem der oberen Fenster der Kopf eines weißbärtigen Mannes: »Ja, bitteeee?«

»Orgl Weißbart! Öffnet die Tür zu eurem Turm!«, rief der Magistrat hinauf. »Ich habe Fragen.«

Der Kopf verschwand wieder, und nach einigen Minuten öffnete Orgl Weißbart in der lilafarbenen Forschertracht die Tür: »Herr Magistrat, was können wir für Euch tun?« Hinter ihm standen vier weitere Forscher der Größe nach geordnet. Der Größte links, der Kleinste mit der Kristallbrille rechts. Sie verbeugten sich höflich.

»Dieser Ritter«, der Magistrat deutete auf Griesbert, »genannt Griesbert vom Berg, erhebt schwerwiegende Anschuldigungen gegen euch.«

»Tut er das?« Weißbart wirkte auf Morsch wie eine lauernde Katze.

»Er behauptet, er habe mit dem Untier am Pass gesprochen. Er behauptet auch, der Drache vermisse sein Ei, das von irgendwem gestohlen und in die Stadt gebracht wurde. Das führt uns zu euch. Ihr seid die Einzigen, die in den Blaubergen Expeditionen durchführen. Es wäre denkbar, dass ihr das Ei gefunden und Brimm damit ins Unglück gestürzt habt. Ich verlange im Namen der Stadt eine Antwort: Seid ihr in Besitz des Drachen-Eis?«

»Ihr wisst doch selbst, Herr Magistrat, wie selten ein solches Ei ist. Drachen wurden seit Jahrzehnten nicht mehr gesehen. Ich bin mir sicher, dass dieser Ritter nur seine Unfähigkeit, den Drachen mit dem Schwert zu besiegen, kaschieren möchte, um nicht Hohn und Spott für seine Person zu ernten.«

Morsch sah, wie Griesbert rot wurde vor Wut.

»Seid ihr nicht die, die heute Morgen nach einem Drachen-Ei gefragt haben?«, mischte sich plötzlich der mit der Kristallbrille ein. »Wir haben euch doch bereits …«

Aber er wurde harsch von Weißbart unterbrochen: »Still, Maulwurf! Du sprichst, wenn ich es erlaube.« Dann wandte sich Weißbart wieder an den Magistrat. »Sollte überhaupt ein solches Ei existieren, könnte es jeder gefunden haben. Die Blauberge sind viel bereist.«

Der Magistrat sah Orgl Weißbart prüfend an. »Viel bereist. Ihr seid die Einzigen, die sich abseits der Einsamstraße herumtreiben.« Dann wandte er sich an Griesbert. »Nun, Herr Ritter?«

»Durchsuchen!«, polterte Griesbert. »Ich sage: durchsuchen!«

Jetzt wurden Stimmen in der Menge laut, erst vereinzelt, dann immer mehr, die Griesberts Forderung unterstützten.

Der Magistrat wandte sich wieder an die Forscher: »Ihr erlaubt?«

Weißbarts Miene verfinsterte sich, aber er bat den Magistrat, die zwei Wachen, Morsch und Griesbert höflich in den Empfangsstock. Hainwart stapfte wieder vor die Tür.

»Nach oben. Stock für Stock.« Griesbert übernahm die Führung. Überall entfachten die Forscher die Leuchter. Sie erreichten den Stummstock und dann den Lagerstock. Dort bat der Magistrat seine Wachen, die Kisten, Truhen, Säcke und Fässer genau zu prüfen. Weißbart gab Maulwurf einen großen Schlüsselbund und befahl ihm kühl, alles zu öffnen, damit die Prüfung reibungslos von statten gehen konnte. Der Rest ging in den Schriftstock, um sich dort umzusehen. Morsch fiel gleich auf, dass auf dem großen Schreibtisch verschiedene Bücher mit Informationen über Drachen lagen. Er machte den Magistraten darauf aufmerksam, der sich interessiert die verschiedenen aufgeschlagenen Seiten ansah. »Ihr habt also über Drachen und Drachen-Eier geforscht?«, fragte er.

»Ja, natürlich. Die werten Herren hatten nach Drachen beziehungsweise Drachen-Eiern gefragt. Also wies ich Glatze an, einen umfassenden Bericht zusammenzustellen«, lächelte Weißbart.

»Das wäre das erste Mal, dass ihr euch gleich nach einer Anfrage an die Arbeit macht«, bemerkte der Magistrat.

»Wir haben eben gerade etwas Zeit«, antwortete Weißbart beiläufig.

Die Bibliothek zu durchsuchen, dauerte natürlich seine Zeit.

Die Forscher standen geduldig daneben, rührten aber keinen Finger. Griesbert warf Morsch einen hilflosen Blick zu. Keine Spur von Tisal oder dem Ei.

»Nächstes Stockwerk«, sagte Morsch entschlossen.

»Nächster Stock«, entgegnete Weißbart. »Bitte, die Herren, nach ihnen.«

Die kleine Gruppe kam nun in Arbeitsstock 42c mit den vielen Gerätschaften, Trichtern, Fläschchen und Tiegeln. Auch hier fachten die Forscher den Leuchter an und stellten sich der Reihe nach an eine Stelle, wo sie die Durchsuchung nicht stören würden, nämlich vor eine schwere Tür mit fünf Schlössern. Während Morsch, Griesbert und der Magistrat alles durchsuchten, kamen Maulwurf und die beiden Wachen herauf. Die Wachen schüttelten den Kopf. »Nichts, Herr Magistrat. Kein Ei.«

»Und diese Tür?«, fragte Morsch beiläufig und deutete auf die Tür mit den fünf Schlössern.

»Das Geheimnis …«

»Eine alte Tür«, unterbrach Weißbart seine Kollegen, »die schon immer da ist und die wir leider nicht zu öffnen vermögen.«

»Wieso?«, polterte Griesbert. »Da sind doch Schlösser dran. Ihr müsst die Tür einfach nur aufschließen.«

»Scharf kombiniert, Herr Ritter.« Weißbart lächelte gelassen. »Wenn wir nur die passenden Schlüssel hätten.«

»Mir platzt gleich die Helmschnur!«, explodierte Griesbert. »Willst du Spitzhaube mir erzählen, dass die Tür seit Jahrzehnten verschlossen ist, und ihr es nicht geschafft habt, ein paar Schlösser zu öffnen?« Wutentbrannt bahnte er sich seinen Weg vorbei an Maulwurf und dem Schreibtisch auf Weißbart zu. Er schien fest entschlossen, die Wahrheit aus dem Forscher herausschütteln zu wollen, doch die Wachen stellten sich ihm in den Weg. Ein Tumult entbrannte. Griesbert begann laut zu schimpfen, wollte an den Wachen vorbei, die alle Mühe hatten, den Ritter aufzuhalten, und stieß dabei versehentlich Maulwurf zur Seite, der gegen den Arbeitstisch fiel. Und dann passierte etwas, das in all der Aufregung nur Morsch bemerkte. Der taumelnde Maulwurf stützte sich auf der Tischplatte ab. Dabei fiel sein Mantel nach vorne, als ob ein schweres Gewicht ihn nach vorne zog. Unter dem Mantelstoff zeichnete sich die Form eines großen Schlüssels ab. Nur für einen ganz kurzen Augenblick, denn Maulwurf fand wieder Halt und trat vom Tisch weg. Genauso schnell, wie sich der Schlüssel abgezeichnet hatte, verschwand er wieder unter dem Mantel.

»Ruhig Blut, Herr Ritter«, rief der Magistrat.

Die beiden Wachen hatten den tobenden Griesbert gepackt und fest im Griff.

»Loslassen!«, rief er aufgebracht. »Die führen uns doch an der Nase herum!«

»Das ist aber ein feiner Herr Ritter«, rief Weißbart empört. »Erst beschuldigt er uns zu Unrecht, bricht dann in unseren Turm ein und durchsucht unsere Angelegenheiten. Und nun will er auch noch handgreiflich werden.«

Griesbert schäumte vor Wut und die Forscher lamentierten.

»Schluss jetzt!«, rief der Magistrat, aber sein Ruf ging im Tumult unter.

Morsch begab sich unauffällig zum Arbeitstisch, genau an die Stelle, wo Maulwurf eben noch Halt gesucht hatte. Dort lag zwischen all den Trichtern, Tiegeln und Gläsern ein kleiner schwarzer Stein, kaum größer als eine Walnuss. Morsch nahm ihn an sich.

»Jetzt reicht es aber!«, schrie nun der Magistrat über alle hinweg. »Jetzt ist augenblicklich Ruhe! In so einer Zeit und Lage schlagen die Gemüter in Brimm einfach hoch und es werden falsche Anschuldigungen laut, die uns aufgrund des herrschenden Chaos überzeugend erscheinen. Wenn Ihr erlaubt, Orgl Weißbart, werde ich, um der Vollständigkeit Genüge zu tun, einen schnellen Blick in die über uns liegenden Stockwerke werfen.«

Weißbart lächelte triumphierend und nickte freundlich.

»Und ihr«, der Magistrat wandte sich an Griesbert, Morsch und die Wachen, »wartet unten vor der Tür. Habt ihr mich verstanden?«

Griesberts Blick war finster.

»Gerne, werter Herr Magistrat«, sagte Morsch möglichst ruhig. Er versuchte, sich seine Aufregung nicht anmerken zu lassen. »Nur eines noch.« Morsch schob sich an den Wachen und Griesbert vorbei und ging auf die fünf Forscher zu. »Ich habe eine Vermutung, wo die Schlüssel zu dieser Tür sein könnten.«

»Na, da bin ich aber gespannt«, lachte Weißbart.

»Wir sollten uns vielleicht noch erkundigen, zu welchen fünf Schlössern diese fünf Schlüssel gehören«, sagte Morsch lächelnd und ging langsam an den Forschern vorbei. Dabei hielt er den kleinen Stein in seiner Hand direkt vor die Brust jedes einzelnen Forschers. Jetzt konnten es alle sehen. Von der Kraft des Steins angezogen, zeichneten sich fünf große Schlüssel unter den Mänteln ab.

»Wachen! Lasst augenblicklich den Ritter los und nehmt Weißbart und seinen Kollegen die Schlüssel ab«, befahl der Magistrat.

Weißbart wurde bleich und ganz still. Die Wachen taten, wie ihnen geheißen.

»Weg von der Tür!«, befahl der Magistrat und probierte die Schlüssel höchstselbst. Sie passten. Ein Klacken, ein Quietschen, die schweren Riegel glitten zurück und es öffnete sich ein finsterer Raum.

»Tisal! Bist du hier?« Griesbert trat in die eisige Dunkelheit. Morsch und der Magistrat folgten mit einem Leuchterstein. Die Kammer war tief in den Felsen geschlagen worden. Ihre Wände waren rau, der Boden halbwegs eben. Überall standen kleine und größere Truhen, die alle sehr kostbar aussahen und mit schweren Schlössern verschlossen waren. Hier mussten wertvolle Dinge lagern, die niemand zu Gesicht bekommen sollte.

»Tisal!«, rief Griesbert.

»Hier«, stöhnte es mühsam aus einer Ecke. »Hier hinten.«

Jetzt konnten alle den Jungen sehen. In seinen Mantel gewickelt, kauerte er bleich auf einer Kiste und zitterte am ganzen Leib. Griesbert half ihm hoch. »Komm schnell nach draußen. Hier holst du dir ja den Tod.«

»Wie kommst du da rein, Junge? Und was machst du hier?«, rief Weißbart aufgebracht, als die drei mit Tisal aus der Kammer traten.

Aber der Magistrat sah den Forscher streng an und fragte: »Was geht hier vor?«

»Der Junge muss hier eingebrochen sein, warum auch immer! Das ist eine unverfrorene Straftat! Er gefährdet unsere gesamte Arbeit«, behauptete Weißbart.

»Wie soll denn der Junge in eure Kammer gelangen, wenn nur ihr die Schlüssel dazu habt?«, sagte Morsch und wandte sich an den Magistraten. »Das ist der Junge, von dem wir Euch erzählt haben. Er wollte das Drachen-Ei suchen.«

»Immer dieses ominöse Ei«, schrie Weißbart. »Wo soll es denn sein?«

»Hier«, sagte Tisal mit klappernden Zähnen und heiserer Stimme. Mühsam öffnete er seinen Mantel und zog mit zitternden Händen ein milchig-grünes Ei von der Größe einer Honigmelone hervor. »Das habe ich ganz hinten in der Kammer auf der Schale gefunden. Zum Glück ist es warm, sonst wäre ich längst erfroren.«

»Nichts da«, tobte Weißbart. »Das hast du mitgebracht, um es uns unterzujubeln, du Kröte!«

Die anderen Forscher ließen ihre Köpfe hängen. Sie schämten sich.

»Ruhe, Weißbart!«, sagte der Magistrat. »Ich denke, wir geben das Ei dem Drachen zurück und vergessen, dass der Junge hier eingestiegen und …«

»WIE BITTE?«, schrie Weißbart.

»… und die Forscher der ganzen Stadt Ärger bereitet und den Jungen in diese Kammer gesperrt haben, wohl wissend, dass er darin erfrieren würde.«

»WIE? WAS? DAS IST NICHT UNSER EI!«

»Ist es wohl«, sagte Tisal. »Unten habt ihr doch eine Karte, wo ihr den Fundort markiert habt.«

»KARTE?«

Aber der größte der Forscher hielt nun eine zusammengerollte Karte hoch und sagte: »Es reicht, Orgl. Maulwurf, Glatze, bringt ihn hinauf und gebt ihm einen Kamillentee.«

Die beiden kleinsten Forscher taten, wie ihnen geheißen wurde, packten den tobenden Orgl Weißbart und brachten ihn nach oben. Als endlich Ruhe eingekehrt war, wandte sich der größte der Forscher an den Magistraten: »Wir vergessen das alles und versprechen, uns nicht mehr mit Dingen zu beschäftigen, die Brimm gefährden können, Ehrenwort.«

»Gut«, nickte der Magistrat. »Lieber Junge, gib mir das Ei, damit ich es verwahren kann. Denn ihr drei werdet es seiner Mutter zurückbringen, sozusagen als Buße für den Einbruch. Hofft, dass sie euch nicht mit Haut und Haar frisst.«

Dann verließen alle den Forscherturm. Die Brimmer und Nicht-Brimmer waren ganz gespannt, als die Gruppe ins Freie trat. Griesbert ließ sich diesen Moment nicht nehmen und rief: »Wir haben es!« Jubelnd applaudierte die Menge. Da sah Morsch etwas von einem Fenstersims des Forscherturms aufflattern und im dunklen Nachthimmel verschwinden. Die schwarze Taube, sie hatte sie gefunden.

Ein waghalsiger Ritt

Die Sonne war bereits aufgegangen, als der Magistrat die *Einsame Einkehr* betrat, ein robustes Köfferchen auf den Frühstückstisch stellte und es öffnete. Darin lag das Drachen-Ei, eingeschlagen in eine weiche Decke. »Guten Morgen, die Herren«, sagte er zu Morsch, Tisal und Griesbert. »In eurer Hand liegt nun das Schicksal der Stadt. Bringt das Ei dem Untier, damit hier endlich wieder normale Verhältnisse einkehren.«

»Danke, Herr Magistrat«, nickte Morsch. »Wenn wir das erledigt haben, machen wir uns auf den Weg nach Süden.«

»Wie? Ihr kommt nicht zurück? Wer sagt uns dann, ob der Pass frei ist?«

»Hm.« Morsch blickte seine Freunde an. »Na, vielleicht fällt uns was ein, aber jetzt müssen wir wirklich los. Lasst uns Hainwart wecken. Wir sind eh schon zu lange hier.« Er stand auf, nahm seine Tasche und das Köfferchen. Griesbert rückte sein Kettenhemd zurecht, packte seinen Helm und bezahlte die Übernachtungen vom Gold der Räuber. Tisal schüttelte dem Magistraten die Hand.

Als die drei die *Einsame Einkehr* verließen, trauten sie ihren Augen und Ohren nicht. Auf allen Brücken, in jedem Turmfenster und entlang der ganzen Straße standen staunende Kinder, Frauen und Männer, die jubelten und applaudierten. Und mittendrin stand Hainwart. Seine Borke war wieder rissig und an seinen Ästen hatten die Brimmer und Nicht-Brimmer bunte Schleifen befestigt. »In diesen Felsen gibt es Zweibeiner wie Verwurzelte im Wald«, ächzte er unglücklich. Dann machten sich die Freunde mit dem Magistrat auf, Richtung Südtor. Die Menschen hatten eine Gasse gebildet. Einige klopften den vieren auf die Schulter, andere gaben ihnen Glückwünsche mit auf den Weg. Griesbert genoss es und grüßte huldvoll nickend in die Menge. Morsch war wegen der schwarzen Taube nicht ganz wohl zumute. Unruhig ließ er den Blick über die Menschenmenge schweifen. Und genau in diesem Augenblick erkannte er zwei Gesichter mitten unter den Brimmern und Nicht-Brimmern: zwei Südländer, braun gebrannt und mit Rucksäcken. Grimmig fixierten sie Morsch. Die Wanderer! Er hatte gehofft, dass sie Brimm noch nicht erreicht hätten. Seine Kehle war wie zugeschnürt. Die jubelnde Menge verschwamm vor seinen Augen. Nur die Blicke der Wanderer blieben klar und deutlich. »Gib uns den Inhalt des

Kästchens«, rief der eine in all den Jubel. Ohne Rücksicht bahnten sich die beiden einen Weg durch die Menge. Morsch erstarrte. Seine Freunde schienen nichts mitzubekommen. Griesbert, Hainwart und Tisal waren schon einige Schritte voraus, als einer der Wanderer seine Hand nach Morsch ausstreckte und zupacken wollte. Aber die Brimmer und Nicht-Brimmer ließen sich nicht einfach zur Seite drücken. »He da, hinten anstellen«, rief der eine oder die andere. Die Menge schob die Wanderer zurück und schloss sich vor Morsch, der schnell seinen Freunden folgte. Als er sich umsah, hatten sich die Wanderer in der Menge verloren.

Morsch war froh, als sie endlich das Südtor erreichten. Hier standen schon Wagen und Karren bereit. Man konnte es kaum erwarten, endlich weiterzukommen. Der Magistrat schüttelte ihm, Griesbert und Tisal die Hand und klopfte Hainwart freundschaftlich gegen den Stamm. Und dann entdeckte Morsch sie wieder. Die Wanderer mühten sich durch die Menge nach vorne. Gehetzt sah Morsch zum Magistrat. »Lasst niemanden hinaus, erst, wenn ihr von uns Nachricht habt.«

Der Magistrat nickte freundlich und rief: »Wenn der Pass wieder frei ist, wird die Stadt mit Freude das Tor öffnen. Brimm wünscht euch Glück.«

»Auf zum Pass!«, sagte Morsch. Er konnte es gar nicht erwarten, Brimm zu verlassen. Hinter den Freunden schloss sich das Tor. Der Beifall der Menge wurde leiser und das Letzte, das Morsch sah, waren die wütenden Blicke der Wanderer. Er wusste, dass Eile geboten war, und konnte nur hoffen, dass die beiden lange aufgehalten wurden. So lange, dass Morsch und seine Freunde genug Vorsprung hatten. Was hatte es nur mit dieser Muschel auf sich, dass die beiden Wanderer so hinter ihr her waren?

Die Morgensonne wärmte den herbstlichen Bergwald und ließ den Tau verdampfen. Tisal war guten Mutes. »Jetzt muss sich die Drachenmama nur noch an die Abmachung halten.«

»Drachen sind hinterhältig«, brummte Griesbert mürrisch. »Das Untier wird uns fressen, sobald es seine Brut hat.«

»Natur ist immer Natur«, knarzte Hainwart, der damit beschäftigt war, die Schleifen der Brimmer aus seinen Ästen zu ziehen und eine bunte Spur zu hinterlassen. »Du solltest ihr mehr Vertrauen schenken. Ihr Zweibeiner seid es, die anders handeln, als sie sprechen.«

»Genau«, sagte Tisal. »Die Drachin hat uns nichts getan, und sie hätte uns längst alle fressen können. Wir erfüllen die Abmachung. Sie wird das auch tun. Ich vertraue ihr.«

Hainwart legte seine Astfinger auf Tisals Schulter und knarzte: »Du bist gut getrieben, Spross. Du wirst ein mächtiger Stamm.«

»Natürlich«, höhnte Griesbert. »Ein Baum und ein Junge! Was wisst ihr schon von der Welt?« Er ging etwas langsamer und wartete auf Morsch, der ein wenig zurückgefallen war. »Der Baum und der Junge sind verrückt. Sie wollen dem Untier blind vertrauen«, brummte er, als Morsch aufschloss.

Aber Morsch hörte ihm nicht zu. Er konnte nur an die Wanderer denken. »Die Kerle waren in der Stadt.«

»Wer?«, fragte Griesbert. »Sprecht Ihr schon wieder von diesen ominösen Wanderern?«

Morsch nickte.

»Na, wenn schon. Die beiden sollten die kleinere Sorge sein. Die Torwachen lassen niemanden aus Brimm, solange der Pass blockiert ist.«

»Richtig, sie können uns erst folgen, wenn der Magistrat von unserem Erfolg erfährt«, sagte Morsch angespannt.

»Wenn wir Erfolg haben, Morsch«, knurrte Griesbert. »Und nicht im Drachenmagen enden.«

Gegen Nachmittag erreichten sie den Einsampass mit dem Blausee und der rußgeschwärzten Klamm, die weiter nach Süden führte. Nur die Drachin war nirgends zu sehen, auch wenn es nach Schwefel und Rauch roch. Schweigend passierten sie den Blausee, einen großen, grauen Felsen und erreichten schließlich die Klamm. Morsch suchte die Felswände ab. Es war kein Untier zu sehen. »Frau Drachin!«, rief er.

»Pssst!« Griesbert legte den Finger auf seine Lippen und flüsterte: »Vielleicht ist sie ja mal ausgeflogen. Wir lassen das Ei einfach hier und schleichen uns weiter.«

»IST SIE NICHT«, donnerte ein tiefes gurgelndes Grollen hinter den vieren.

Griesbert machte einen Satz in die Klamm, stieß gegen den verbeulten Ritterhelm und riss erschrocken sein Schwert aus dem Gürtel. Morsch, Hainwart und Tisal drehten sich um. Der graue Fels begann, sich zu bewegen, drückte sich schwerfällig hoch, entfaltete seine breiten, grauen Schwingen und reckte seinen langen Hals in die Höhe. Dann senkte sich der Hals ab und der Drachenkopf mit den smaragdgrünen Augen und den messerscharfen Zahnreihen schoss fauchend auf die vier zu: »Habt ihr meine Brut?«

»Ja«, rief Tisal mit zittriger Stimme.

»Zeig sie mir!«

»Hier ist sie«, antwortete Morsch, öffnete den Koffer und nahm das Ei heraus. Er reichte es Tisal, der es sehr behutsam mit beiden Händen der Drachin hinhielt. Die Drachendame setzte sich auf die Hinterbeine, nahm es und schnupperte daran. Dann blies sie sanft einen Feuerstrahl um das Ei und schmatzte grinsend: »Endlich kann ich diesen Pass verlassen. Menschen machen nicht satt. Nun«, grollte sie gurgelnd, »ihr habt mir geholfen. Wo wollt ihr hin?«

»Nach Süden, über das Meer nach Barisia, in meine Heimat«, sagte Tisal.

»Das ist weit. Dahin kann ich euch nicht tragen.«

»Was meint sie damit?«, ächzte Hainwart.

»Wir sind schon sehr dankbar, dass wir weiterreisen dürfen«, sagte Morsch.

Aber die Drachin hörte nicht zu. »Ich bringe euch in die Nähe der Stadt am Meer.« Sie senkte den Kopf gerade so, dass die Freunde aufsteigen konnten.

»Drachenreiten?«, rief Griesbert blechern. Er hatte den Helm aufgezogen und das Visier geschlossen. Jetzt ließ er sein Schwert mutlos hängen. »Seid ihr komplett verrückt?«

Doch Morsch gefiel die Idee. »Warum nicht, Griesbert?«, sagte er. »Wir kommen schnell voran, sind bald am Ziel und die Wanderer so sicher los.«

Tisal nickte aufgeregt. Aber Hainwart schüttelte vehement seine Laubkrone. »Ich nicht. Ich gehöre auf die Erde, wo meine Wurzeln Kraft finden. Die Luft ist für die Vögel.«

»Kommt schon, ihr beiden«, rief Morsch.

»Ihr seid komplett verrückt«, stöhnte der Ritter und steckte sein Schwert zurück in den Gürtel. »Ihr könnt doch nicht allen Ernstes auf einem Drachen reiten! Pferde, Esel, na und vielleicht Ochsen sind zum Reiten da. Aber Drachen? Der Baum hat recht.«

Tisal war bereits aufgestiegen und hatte ganz vorne hinter dem Kopf Platz genommen.

»Ihr könnt nicht zurückbleiben. Wir brauchen euch«, rief Morsch. »Ohne dich, Hainwart, wären wir niemals bis hier gekommen. Und, Griesbert, wie soll ein Prinz seinen Thron ohne ritterlichen Beistand einfordern?«

Hainwart schüttelte weiter seine Laubkrone, aber Griesbert schob das Visier hoch. Mürrisch sah er seine Freunde an: »Mmh«, brummte er und näherte sich zögerlich der Drachin. Er atmete tief ein. »Ein ritterlicher Drachenreiter«, sagte er kopfschüttelnd. Aber dann stieg er auf und versuchte, so gut es ging, den Drachenhals zu umfassen. »K-kommt schon, Herr B-Baum. Zeigt mal ein wenig Mut!« Seine letzten Worte klangen blechern, weil ihm das Visier heruntergerutscht war.

Hainwart sah Morsch traurig an und knarzte: »Wie soll ich auf der Drachin sitzen? Lasst mich zurück, damit der Spross schnell in seine Erde kommt.«

»Unsinn. Sie könnte dich tragen, mit ihren Klauen.«

Die Drachin nickte. »Trägst du meine Brut, Baum, trage ich dich.«

»Werden dabei meine Äste brechen?«, ächzte Hainwart.

Die Drachin grinste. »Nicht mehr, als nötig.«

Hainwart nickte stumm und schloss das Ei, das ihm die Drachin reichte, sanft in seine dünnen Astfinger, wie in ein Nest.

Morsch wandte sich lächelnd an die Drachin: »Könnten wir vielleicht einen kleinen Umweg über Brimm machen und ihnen zurufen, dass der Pass wieder frei ist?«

Die Drachin nickte freundlich.

Nun war Morsch an der Reihe. Ihm war zwar etwas mulmig, aber er stieg auf und setzte sich zwischen Tisal und Griesbert, da vernahm er ein Gurren über sich.

Griesbert schob sein Visier zurück. »Schaut, Morsch, die schwarze Taube. Sie folgt uns wirklich!«

Morsch erstarrte und blickte gebannt zum Himmel. Die Taube flog ganz nah herunter, drehte eine Runde und gurrte. Morsch wurde ganz anders bei dem Gedanken, dass sie gleich umkehren und den Wanderern Bericht erstatten würde. Da schoss der Kopf der Drachin hoch, schnappte zu und von der Taube war nichts mehr zu sehen, außer einer einzelnen schwarzen Feder, die langsam zu Boden segelte. Schmatzend begann die Drachin, ihre großen Schwingen zu schlagen. Wie ein Orkan toste der aufgewirbelte Wind um die Freunde und zerrte an ihren Kleidern. Sie richtete sich auf, machte ein paar kurze Schritte und erhob sich mit einem Sprung in die Luft. Hainwart schloss die Astlochaugen. Die Drachin packte mit ihren Klauen seine Laubkrone und stieg mit den vier Freunden höher und höher.

Morsch fühlte sich, als würde sein Magen in die Knie rutschen. Einsampass und Blausee wurden schnell kleiner, und die Luft kalt und frisch. Die Drachin flog Richtung Norden. Morsch richtete sich auf. Auch wenn ihm der Gegenwind alle Kraft abverlangte, wollte er sich den Augenblick nicht entgehen lassen und für alle Zeit in sein Herz schließen. Es war atemberaubend. Die Einsamstraße schlängelte sich wie ein Band durch den Fels. Zwischen den spitzen Gipfeln leuchteten grüne Täler, kleine Seen glitzerten in der Nachmittagssonne und in der Ferne lagen die bunten Hügel und das tiefgrüne Band des Finsterforstes. Sie flogen die Einsamstraße entlang, und plötzlich öffnete sich der Taleinschnitt von Brimm mit den tausend Türmen und ihren vielen Kuppeln. Alles wirkte ganz klein, wie eine Miniaturstadt. Die Drachin flog jetzt etwas niedriger, direkt auf Brimm zu, und Morsch konnte die wartenden Menschen am Tor erkennen. Sie schauten gebannt zum Himmel. Als sie den Drachen entdeckten, liefen sie wie wild durcheinander, krochen unter die Wagen und Karren oder duckten sich an die Stadtmauer. Der Magistrat gestikulierte wild. Langsam flog die Drachin über die verdutzten Leute hinweg. Tisal winkte, und Morsch rief: »Der Pass ist frei! Ihr könnt wieder reisen!« Ungläubig starrten die Brimmer und Nicht-Brimmer nach oben, aber als sie Tisal, Morsch, Griesbert und den baumelnden Hainwart erkannten, brach Jubel los. Alle winkten, nur die beiden Wanderer starrten ihnen fassungslos nach. Dann machte die Drachin einen großen Bogen nach Süden, zum Meer.

STEINHAFEN

Morsch, Griesbert und Tisal ritten nun schon eine ganze Weile auf dem Rücken der Drachin. Der kalte Wind zerrte an Kleidern und Haaren, und sie froren, auch wenn der Drachenrücken wärmte. Hainwart hatte es weit weniger gemütlich. Er baumelte in den Klauen, das Ei fest in seinen Ästen umschlossen. Der Wind riss an seinen Blättern, von denen kaum mehr als die Hälfte übrig waren. Unter den Freunden ragten die Gipfel der Blauberge in die Höhe. Dazwischen lagen kleine Seen, bewaldete Täler, Wasserfälle oder graue Geröllhalden, und immer wieder sprangen Steinbockherden über die Felsen und Hänge. Die Einsamstraße schlängelte sich weiter voran, bis die Berge sanfter wurden und in flacheres Land übergingen. »Der Brauck«, dachte Morsch, kniff die Augen zusammen und blickte über weites Grasland. Felsbrocken lagen hier und da, ganz so als hätte jemand überflüssiges Gestein aus den Blaubergen dorthin geworfen. Das Gras schimmerte, als würde es auf Wasser wachsen. Und so war es auch. Unter ihnen lag eine riesige sumpfige Wiese. Die Einsamstraße mündete in einen Dammweg, und bald wurde alles von Nebel verschluckt. Der Brauck verschwand unter einem milchigen Schleier.

»Nicht mehr lang und wir kommen in die Nähe der Stadt am Meer«, grollte die Drachin.

»Und zur Küste«, murmelte Tisal. Nach dem überstandenen Abenteuer in Brimm war er wieder nachdenklicher geworden. Morsch spürte, dass der Junge zwar aus ganzem Herzen nach

Hause wollte, aber mit jedem Schritt, der ihn der Heimat näher brachte, auch zweifelte, ob Barisia noch sein Zuhause war.

Trostlos zog sich der Brauck unter ihnen hin. Nichts als Nebel, Sumpflöcher und vereinzelte Trauerweiden. »Lebt hier jemand?«, rief Morsch.

Die Drachin schüttelte den Kopf. »Niemand.« Nach einer längeren Pause sagte sie: »Von Zeit zu Zeit kommen wir hierher und baden im Schlamm.«

»Keine Menschen?«, fragte Tisal.

»Nur an der Küste, in den Steinhäusern«, grollte die Drachin.

»Wie ist Steinhafen so?«, fragte Tisal.

Die Drachin wandte ihren Kopf und antwortete: »Wir fliegen nicht zu den Menschen. Sie greifen uns an.«

»Und trotzdem hilfst du uns«, rief Morsch.

»Ihr habt mir geholfen. Ihr habt mir das Wichtigste zurückgebracht, das ich habe.«

Mittlerweile war im Osten der Nachthimmel blauschwarz. Sterne funkelten wie Diamanten. Und im Westen verlieh die Sonne dem Himmel einen letzten rotorangenen Anstrich, bevor sie als roter Ball versank. Plötzlich stieg die Drachin höher, verlangsamte den Flug und hielt, die Schwingen langsam auf und ab schlagend, die Position. »Dort«, grollte sie. Der Gegenwind ließ nach. Tisal und Morsch reckten sich in die Höhe. In der Ferne erstreckte sich ein dünnes, blaues Band über den ganzen Horizont. »Das Meer«, grollte die Drachin.

Jetzt richtete sich auch Griesbert auf und klappte das Visier hoch.

»Ist das die Glitzersee?«, fragte Tisal aufgeregt.

»Ihr nennt es so, ja.«

»Die Glitzersee!«, rief er und ergänzte leise: »Dann trennt mich nicht mehr viel von Barisia.«

»Werde ich dann endlich wieder auf die Erde gepflanzt?«, knarzte Hainwart.

Die Drachin lachte grollend und ließ sich in einem Bogen in die Tiefe fallen. Morsch, Griesbert und Tisal stießen einen lauten Schrei aus. Hainwart stöhnte ächzend. Dann schlug die Drachin mit den Schwingen und flog wieder näher am Boden weiter.

Bald lichtete sich der Nebel über dem Brauck. Das Land wurde trockener und der Damm zur Straße. Die Drachin ging tiefer und verlangsamte den Flug. Mit ihren Schwingen wirbelte sie den Staub der Straße auf. Vorsichtig setzte sie Hainwart ab, der ein paar Schritte die Straße entlangtaumelte, seine Krone schüttelte und stehen blieb. Mit einem Ruck stand auch die Drachin fest auf den Hinterpranken, senkte ihren Körper ab und legte den langen Hals auf die Erde. »Da wären wir. Weiter bringe ich euch nicht.«

Morsch, Griesbert und Tisal stiegen ab.

»Liebe Drachenmutter«, verneigte sich Morsch. »Wir danken dir für die Hilfe, ohne die wir niemals so schnell vorangekommen wären.«

Tisal verneigte sich ebenfalls und dankte ihr. Griesbert hielt sich lieber schweigend im Hintergrund.

Hainwart wankte auf die Drachin zu und öffnete seine verflochtenen Astfinger. »Dein Spross«, knarzte er und reichte ihr das Ei, das sie liebevoll in ihre Pranken schloss. Dann tastete er behutsam seine Äste ab. »Nichts gebrochen«, ächzte er. »Aber mein Laub ist licht.«

»Die restlichen Blätter könnte ich dir abbrennen«, grinste die Drachin.

Hainwart wich entsetzt zurück.

»Hütet euch vor den Menschen!«, sagte die Drachin. Dann sprang sie mit einem Satz in die Höhe, schlug mit den Schwingen und hob ab, zurück Richtung Blauberge.

Die Freunde sahen ihr noch eine Weile hinterher.

»Nett, so eine Drachenmama«, sagte Morsch und klopfte sich den Staub aus den Kleidern.

»Nun ja.« Griesbert schüttelte seine Beine aus, dass das Kettenhemd nur so rasselte. »Das war hoffentlich das letzte Mal, dass ich einen Drachen reiten musste. Schrecklich windig war es und viel zu hoch und dieser ständige Schwefelgeruch«, sagte er mürrisch.

»Du wurdest nicht an deiner Krone gepackt und musstet hoch über der Erde hängen wie ein Zapfen«, knarzte Hainwart, während er sich durch sein Laub fuhr.

»Gut, ich will mich nicht beschweren«, sagte Griesbert. »Dieser Drache war ausnahmsweise umgänglich. Aber wir dürfen nicht vergessen, dass er Ritter gefressen hat.«

»SIE!«, riefen Tisal und Morsch gleichzeitig.

»Was auch immer. Wir sollten sehen, dass wir bald nach Steinhafen kommen.«

Griesbert hatte recht. Die Sonne warf kaum noch Schatten. Es wurde Zeit, dass sie einen Ort zum Übernachten fanden.

»Zum Meer geht es da lang«, sagte Morsch.

»Gut, dann da lang«, sagte Griesbert und marschierte voran. Die anderen folgten.

Es war angenehm warm, wie in einer Sommernacht. Die Grillen zirpten und es roch nach wildem Thymian, der entlang des Weges wuchs. Die Drachin musste sie sehr weit südlich gebracht haben. Morsch fiel ein Stein vom Herzen: Die Wanderer dürften sie damit für immer los sein.

Bald darauf spürten die Freunde eine leichte, frische Brise und plötzlich brach vor ihnen das Land steil ab.

»So viel Wasser«, ächzte Hainwart mit weit aufgerissenen Astlochaugen. Von rechts nach links bis zum Horizont war alles blau. »Keine Erde. Wo sollen wir wandeln? Wo soll ich wurzeln?«

Griesbert trat neben ihn und klopfte ihm freundschaftlich gegen den Stamm. »Na, ein Ritter wird eben stetig durch das Unmögliche gefordert. Immerhin kannst du schwimmen.«

Am Fuß der Klippen drückten sich viele quadratische Steinhäuser mit spitzen roten Dächern aneinander. Hier und da rauchte es aus den Schornsteinen. Dorthin führte der Weg, der sich in steilen Serpentinen die Klippen hinunterschlängelte.

»Das muss Steinhafen sein«, sagte Morsch.

»Und das da am Horizont sieht aus wie ein Gewitter?«, sagte Griesbert und deutete auf einen dunklen Streifen, weit draußen am Horizont über dem Meer. Ab und zu zuckten grelle Blitze durch das Grau-Schwarz, und wenn man genau hinhörte, konnte man ein leises Grollen vernehmen.

»Regen«, brummte Hainwart sehnsüchtig. »Lasst uns hier wurzeln und auf ihn warten.«

Griesbert starrte den wandelnden Baum einen Augenblick an, dann legte er den Kopf schief und kniff ein Auge zusammen. »Vollregnen lassen? So was kann auch nur ein Baum vorschlagen. Ich bevorzuge ein Dach über meinem Haupt.«

»Du kannst dich ja bei mir unterstellen, rasselnder Zweibeiner«, knarzte Hainwart.

»Unterstellen?«, polterte Griesbert. »Bei deiner kahlen Krone.«

»Griesbert hat recht, Hainwart«, lächelte Morsch amüsiert. »Wir sollten uns in Steinhafen eine Unterkunft suchen. Du findest sicher auch dort unten einen guten Ort zum Wurzeln.«

»Wohlgesprochen, Morsch«, brummte Griesbert. »Nun, auf. Hinab nach Steinhafen!« Er setzte sich in Bewegung. Tisal und Hainwart folgten ihm.

Morsch blieb noch einen Moment stehen und ließ seinen Blick über die Glitzersee schweifen. Nie zuvor hatte er Meer gesehen. Nie zuvor hatte er diesen Geruch in der Nase gehabt, salzig und frisch. Er atmete tief ein und blickte den großen weißen Vögeln nach, die entlang der Steilküste im Wind trieben. »Kommt schon«, riss Griesberts Stimme Morsch aus seinen Gedanken. Seine Freunde waren schon ein Stück den steilen Weg voraus. Er folgte ihnen.

Bald lagen die ersten, niedrigen Häuser am Wegesrand. Die Türen waren rot, blau oder grün gestrichen und über vielen waren ein großer ausgestopfter Fisch, ein Netz oder ein paar Korallen angebracht worden. Vor den kleinen Fenstern hingen schmale Kästen mit bunten Blumen. Hainwart blickte sehnsüchtig auf die frische Erde. Jetzt, wo die Sonne fast untergegangen war, leuchteten die Häuschen von innen. Zwischen ihnen führten gepflasterte Gässchen hinab zum Hafen. Hier und da saßen vom Wetter gegerbte Seemänner auf Hockern vor ihren Häuschen, aßen gebratenen Fisch oder rauchten Pfeife. Ihre blauen Mützen hatten sie tief ins Gesicht gezogen. Steinhafen schien gemütlich. Hier kümmerte man sich nicht um die großen Geschehnisse der Welt. Die Dinge waren, wie sie waren, und man konnte sie nur nehmen, wie sie kamen. Nicht einmal ein wandelnder Baum konnte die Menschen aus der Ruhe bringen. Und das nahende Gewitter schien auch keiner zu fürchten.

Doch Morsch und seine Freunde konnten keine Herberge finden und hatten bald den Hafen erreicht. Von rechts nach links zog sich eine lange Kaimauer, an der ein paar Segelboote und viele kleine Fischerkähne vertäut lagen, die sanft in den Wellen schaukelten. Rechts reichte die Mauer weit in die Glitzersee hinaus und dort, auf dem Ende der Kaimauer, stand ein dicker, steinerner Leuchtturm. Obwohl die Nacht hereinbrach, brannte kein Licht in ihm. Hinter dem Leuchtturm, direkt am Ende des Kais, standen mehrere Seeleute. Sie hatten ihre Arme auf dem Rücken verschränkt und starrten auf die Glitzersee.

»Was die da wohl machen?«, fragte Tisal.

»Als wäre das Meer neu für sie«, murmelte Griesbert.

»Vielleicht wurzeln sie und warten auf den Regen«, knarzte Hainwart.

»Kommt, wir fragen, wo wir Unterkunft oder einen Kapitän finden, der uns nach Barisia bringt«, sagte Morsch und ging auf die Seeleute zu. Als er sie erreicht hatte, räusperte er sich. Langsam drehten sich die Seeleute um. Sie kauten allesamt an ihren Pfeifen, hatten die Mützen und Hüte tief ins Gesicht gezogen und musterten die Neuankömmlinge. Schließlich schob einer seine Mütze nach oben, strich über seinen buschigen Bart und seine blaue Jacke mit unzähligen goldenen Knöpfen. Dann nahm er seine Pfeife aus dem Mund und sagte: »So, räuspern und dann kommt nichts mehr, wie? Landratten.«

Die Seeleute schüttelten ihre Köpfe, murrten und drehten sich wieder zum Meer.

»Meine werten Herren«, begann Morsch. »Wir sind vier Reisende auf dem Weg nach Süden …«

»Aha«, sagte wieder der mit den goldenen Knöpfen. »Nennt er uns *werte Herren*, der feine Herr Reisende.«

Die Seeleute wandten sich wieder um.

»Nach Süden wollt ihr, eh?« Der mit den goldenen Knöpfen zog an seiner Pfeife und blies einen Rauchring in die Luft. »Geht nicht.« Er zeigte aufs Meer hinaus. »Der Sturm lässt niemanden an sich ran, schon gar nicht durch.«

»Der Sturm wird ja wohl irgendwann aufhören«, brummte Griesbert.

»Dachten wir auch«, antwortete ein kleiner untersetzter Seemann in einem speckigen Unterhemd. Er nahm seine Mütze ab und kratzte sich am Schädel. »Der Sturm tobt jetzt schon sieben Tage.«

Die anderen Seeleute murrten und nickten.

»Sieben Tage?«, rief Tisal. »Das ist doch unmöglich!«

»Dachten wir auch«, sagte der mit den goldenen Knöpfen.

»Sieht aber nicht so aus, als würde er zur Ruhe kommen.« Ein donnerndes Grollen und grelle Blitze untermalten seine Worte.

»Hat hier keiner den Mumm, dem Sturm die Stirn zu bieten?«, polterte Griesbert und sah die Seeleute grimmig an.

»Haben's versucht, aber die Gefahr, zu kentern, ist zu groß«, antwortete ruhig ein dritter Seemann mit blau-weiß gestreiftem Hemd.

»Meine Herren, wir müssen nach Süden«, sagte Morsch. »Und wir können nicht weitere sieben Tage warten. Wir suchen einen Kapitän, der uns durch den Sturm manövrieren kann. Wir zahlen auch.«

Die Seeleute schüttelten die Köpfe.

»Wir sind alle Kapitäne und wir riskieren nicht unsere Schiffe, nur weil ihr dringend nach Süden müsst«, sagte wieder der mit den goldenen Knöpfen.

»Gibt es denn in ganz Steinhafen niemanden, der uns helfen kann?«, fragte Morsch.

»Vielleicht …«, in der Seemannmenge meldete sich ein kleiner Kerl mit einem riesigen Schnauzer. »Vielleicht fragt ihr mal Polk Krumm im *Fettigen Fisch*.«

»Polk Krumm?«, versicherte sich Morsch.

Der Seemann nickte.

»Im *Fettigen Fisch*? Ist das eine Hafenlokalität?«

»Lokalität?«, sagte der mit den goldenen Knöpfen. »Eine Kneipe ist das, du Landratte.«

Die Seemänner nickten und zeigten die Kaimauer hinunter auf die Stadt. »Er hat nur kein Schiff«, prustete einer los.

»Und keine Mannschaft«, grölte ein anderer.

»Aber ihr könnt euch ja ’nen Kahn aus dem Baum da schnitzen«, heulte ein dritter.

Die Kapitäne fingen an, schallend zu lachen, und drehten sich wieder Richtung Meer.

»Na, wenigstens einer, der ein bisschen Mumm in den Knochen hat«, sagte Griesbert laut.

Schlagartig verstummten die Seeleute. Es war nur noch missmutiges Murren zu hören.

Zum fettigen Fisch

Es war Nacht geworden. Der Mond legte sein silbriges Band über die Glitzersee. Morsch, Griesbert, Tisal und Hainwart folgten der Kaimauer bis zur linken Kurve, wo die Klippen so nah an das Meer heranrückten, dass die letzten Häuser förmlich an der Felswand klebten. Am Ende war die kleine Hafenkneipe. Keine bunten Fensterläden, keine bunte Tür, keine Blumenkästen vor den Fenstern. Und die ehemals weiße Farbe blätterte an vielen Stellen ab. Über dem Eingang prangte ein dicker, lächelnder Fisch mit Kapitänshut, und darunter stand in verblichenen Buchstaben »Zum fettigen Fisch«. Hin zum Meer hing eine kleine überdachte Terrasse, auf der ein paar Tische standen. Dort saßen ein junger Mann mit freundlichem Blick, der auf einer Flöte spielte, und ein gedrungener Kerl mit einer bunten Mütze und einem schweren Mantel. Kippelnd auf seinem Stuhl lehnte er sich, ein Weinglas im Arm, dösend gegen die Hauswand und streckte seine riesigen Schuhe auf den Tisch. Vorne an jedem Schuh stand eine Klappe offen, wie kleine Türen. Von der Decke der Terrasse spendete eine baumelnde Laterne Licht.

Hainwart, Morsch, Griesbert und Tisal traten an die Terrasse und staunten. Auf dem Tisch tanzten zwei Mäuse zur Flötenmusik. Die eine trug eine schwarze Augenklappe und ein schwarzes Kopftuch, die andere einen samtroten Dreispitz. »Entschuldigt«, räusperte sich Morsch. »Wir sind auf der Suche nach Kapitän Polk Krumm.«

Die Mäuse hörten auf zu tanzen und sahen Morsch und seine Freunde interessiert an. Der Flötenspieler setzte die Flöte ab und nickte in Richtung seines Tischgefährten. Der öffnete langsam ein Auge und begutachtete Morsch. Dann nahm er die Füße vom Tisch, kippelte nach vorne, stellte das Weinglas ab und hustete: »Das bin dann wohl ich.«

»Mehr Wein, Polk?«, erhob sich der Flötenspieler.

»Jawohl, und ein paar Gläser.«

Der Flötenspieler verschwand im Haus.

»Setzt euch«, sagte Polk Krumm. Die beiden Mäuse kletterten auf seine Schultern. »Also, ihr drei, was wollt ihr vom alten Krumm?«

»Wir sind hier, weil wir jemanden suchen, der uns über die Glitzersee nach Süden, nach Barisia bringen kann«, sagte Morsch.

»Jemanden, der genug Mumm in den Knochen hat, um uns durch diesen Sturm zu segeln«, ergänzte Griesbert.

»Wenn du den Regen nicht fürchtest, wie die anderen Zweibeiner«, knarzte Hainwart langsam.

Krumm fiel fast vom Stuhl. Erstaunt blickte er Hainwart an, rieb sich die Augen und blickte noch einmal genauer hin. Dann lehnte er sich nach vorne und flüsterte: »Der Baum da, gehört der zu euch? Wusstet ihr, dass er spricht?«

»Ja, und er wird immer vorlauter«, knurrte Griesbert. »Bringt Ihr uns nun über das Meer?«

Krumm sah prüfend in die Runde und sagte ganz beiläufig: »Gut, kann ich schon machen.« Dann hing sein Blick wieder an Hainwart.

Morsch, Griesbert und Tisal setzten sich. Der Flötenspieler kam mit einem Tablett heraus, stellte Gläser auf den Tisch und füllte sie mit Wein.

»Gieß dem da ein wenig auf die Wurzeln«, raunte Krumm ihm zu und zeigte auf Hainwart. Dann griff er nach seinem Glas und prostete seinen neuen Tischgefährten zu. Griesbert und Morsch nahmen ebenfalls ein Glas. Nur Tisal zögerte. Krumm sah ihn auffordernd an.

»Ich darf eigentlich noch keinen Wein trinken«, sagte Tisal verlegen.

»Ach was, Junge, das wärmt, also trink!« Der Kapitän schob ihm das Glas hin und grinste.

Tisal nahm es, nippte und musste husten.

»Immer zu, mein Junge, das wird schon«, lachte Krumm. Dann blickte er Morsch ernst an. »Also gut, durch den Sturm. Wisst ihr, auf was ihr euch da einlasst?«

»Hm, na ja, ein Sturm mit Blitz und Donner. Es wird wohl auch regnen«, sagte Griesbert mit einem Blick zu Hainwart.

»Gut«, antwortete Krumm. »Ich habe nur kein Schiff und keine Mannschaft. Also, hatte ich mal. Hat mir nur der Sturm genommen«, knurrte er. »Wir wurden an Land gespült. Die Mannschaft hat mich zum Teufel gewünscht und verlassen. Geblieben sind nur diese beiden.« Er blickte zu den Mäusen auf seinen Schultern. »Wenn ihr also durch den Sturm wollt, dann brauchen wir ein Schiff und eine Mannschaft.«

»Wie viele Seeleute braucht Ihr denn?«, fragte Morsch.

»Hm. So … mindestens … drei bis vier.«

»Wir würden also reichen?«, fragte Morsch überrascht.

Kapitän Krumm sah jeden der Reihe nach an, Hainwart etwas länger. »Seid ihr seetüchtig?«

»Ich sehe gut, spüre aber besser«, knarzte Hainwart.

Morsch und Tisal schüttelten die Köpfe.

»Nun gut. Damit kann ich arbeiten! Dann brauchen wir noch ein Schiff!«

»Vielleicht hilft das?« Griesbert legte den Goldbeutel auf den Tisch.

»Nein. Das hilft nix.« Krumm beugte sich verschwörerisch nach vorn. »Was hilft, liegt hier.« Er klopfte sich gegen die linke Brust. »Um das Schiff zu finden, das dem Sturm trotzen kann, braucht ihr Herz«, flüsterte er.

»Herz?«, fragte Griesbert und kratzte sich am Bart.

»Herz«, nickte Krumm verschwörerisch. »Es gibt eine Grotte, östlich von hier, entlang der Küste. Die ist nur über die See zugänglich.

Der Seegang ist tückisch. Man muss das Meer im Auge behalten, sonst wirft es einen gegen die Klippen. Vor der Grotte liegen messerscharfe Felsen, die jeden Schiffsbauch aufschlitzen. Da braucht man schon einen ausgemachten Teufelskerl als Steuermann. In dieser Grotte, die man auch die Schauergrotte nennt …«

»Warum Schauergrotte?«, fragte Tisal heiser.

»Weil dir ein eiskalter Schauer über den Rücken läuft, wenn du nur in ihre Nähe kommst«, fuhr der Kapitän fort. »Kein Seemann traut sich dorthin. Es heißt, man wäre verflucht, wenn man nur in Sichtweite kommt.«

»Wart Ihr schon dort?«, fragte Griesbert.

»Klar!«, grinste Krumm und wurde im nächsten Augenblick wieder ernst. »Wo denkst du hin? Niemand war jemals dort oder ist von dort zurückgekehrt. Diejenigen, die die See in Richtung Schauergrotte trieb, kenterten, obwohl das Meer ruhig war.« Krumm machte eine kurze Pause. »In dieser Grotte ankert ein Schiff, von dem man sagt, es trotze jeder Welle, jedem Wind und jedem Wetter. Die *Nussschale*, das Schiff des berüchtigten Piraten Kuck, genannt Kuck-Kuck dank seines einsilbigen Papageis. Er und seine grausige Mannschaft machten jahrelang die Häfen der hiesigen Küste unsicher, raubten, plünderten und zerstörten, bis, ja, bis Steinhafen sich wehrte.«

»Steinhafen?«, rief Griesbert erstaunt.

Krumm nickte. »Jawohl. Steinhafen stellte eine Flotte auf. Sie verfolgte Kuck, bis er Schutz in eben jener Grotte fand. Die Flotte konnte ihm durch das gefährliche Gewässer nicht folgen. Kuck muss beim Navigieren schieres Glück gehabt haben, sonst hätten ihn die messerscharfen Riffe auf den Grund geschickt. Und weil sein Glück ihn einfach so durch die Riffe in die Grotte leitete und er vor lauter Hast nicht auf den Weg geachtet hatte, kam er auch niemals wieder heraus.« Krumm lehnte sich wieder zurück, verschränkte die Arme und lächelte. »Dieses Schiff brauchen wir.«

»Ja, aber wenn noch niemand es in und nicht mal an den Rand der Grotte geschafft hat, wie soll man dann wissen, ob die *Nussschale* wirklich dort ist?«, fragte Griesbert.

»Wo soll sie denn sonst sein? Wollt ihr nun ein Schiff oder nicht?«

»Kuck-Kuck, Nussschale.« Griesbert schüttelte den Kopf. »Das klingt eher nach Seemannsgarn, nach einem Spinner mit seinem Paddelboot, aber nicht nach einem gefürchteten Piraten.«

Krumm blickte Griesbert herausfordernd an. »Hast du schon mal eine Nussschale schwimmen sehen?«, fragte er. »Ich glaube nicht, sonst hättest du wohl mehr Respekt. Eine Nussschale«, Krumm reckte seinen ausgestreckten Zeigefinger nach vorne, »eine Nussschale kann nichts umschmeißen. Da könnt Ihr viele Steine ins Wasser werfen und noch so hohe Wellen erzeugen. Eine Nussschale schwimmt immer oben auf der Welle.« Er verschränkte wieder die Arme und sah die Freunde grimmig an. »Und er heißt Kuck. Das zweite Kuck kommt nur von seinem Papagei, der nichts anderes wiederholen konnte als eben Kuck. Aber wenn ihr nicht wollt, könnt ihr ja laufen.« Krumm blickte die Küste links und dann rechts hinunter. »Es geht da oder da lang. Keine Ahnung, auf welcher Seite man die Glitzersee schneller umrunden kann.« Krumm schloss seine Augen und zog seine Mütze ins Gesicht.

»Schon gut, schon gut«, brummte Griesbert. »Ich meine ja nur.«

»Meinen! Pfff! Landratte«, schnauzte Krumm.

»Wie lange ist die Piratengeschichte denn her?«, fragte Morsch.

»Jahrhunderte mit Sicherheit.«

Morsch hatte Zweifel. Was, wenn Krumm nur einige gutgläubige Trottel brauchte, die ihm in sein nächstes Himmelfahrtskommando folgten? Aber welche Wahl hatten sie? Krumm war der einzige Kapitän, der helfen wollte. »Nun, nehmen wir mal an«, sagte Morsch, »die Legende von Kapitän Kuck und der *Nussschale* ist wahr, dann müssen wir es zumindest versuchen.« Morsch sah zu seinen Gefährten. Sie wirkten unsicher. »Werter Kapitän Krumm, wisst Ihr, wie man durch diese messerscharfen Riffe kommt?«

»Selbstverständlich, Herr …?«

»Morsch, Leopold Morsch, und das sind Tisal, Hainwart und Ritter Griesbert vom Berg.«

»Griesgram? Passt ja wie die Faust aufs Auge!«

Griesbert wurde rot. »Und wie kommen wir zu der Grotte?«, fragte er zähneknirschend.

Polk Krumm kratzte sich an der Mütze und blickte Hainwart an. »Schwimmt der alte Baum, da?«

»Alt?«, ächzte Hainwart.

»Na, du bist so knorrig. Aber entschuldige bitte, wenn ich dir zu nahe getreten bin. Du wärst übrigens das erste sprechende Boot der Seefahrtgeschichte.« Krumm lehnte sich zurück und verschränkte seine Arme vor der Brust.

»Boot?«, knarzte Hainwart.

Krumm ignorierte ihn. »Gut. Ihr helft mir, die *Nussschale* zu bergen und ich bringe euch durch den Sturm. Abgemacht?«

Griesbert und Tisal nickten zögerlich. Morsch schlug ein. »Abgemacht. Ich hoffe, ihr enttäuscht uns nicht.«

Auf der Suche nach der Nussschale

Während Hainwart sich mit der feuchten Seeluft begnügen musste, verbrachten Morsch, Griesbert und Tisal die Nacht an Hainwarts Stamm unter ein paar Tischdecken kauernd, die ihnen der Wirt gegeben hatte. Früh am Morgen machten sie sich auf, um Kapitän Krumm im Hafen zu treffen. Da man die Schauergrotte nur von der Seeseite her erreichen konnte, hatte er sich von einem noch nicht ganz nüchternen Seemann drei Ruder geliehen, die er stolz in seinen Händen hielt. Die vier gingen mit Krumm zum Ende eines langen Stegs. Dort legte Krumm ein Tau um einen Pfosten. Das andere Ende band er um Hainwarts Stamm.

»Was machst du da?«, knarzte Hainwart.

»Verehrter Baum, würdet ihr nun bitte ins Meer fallen?«, bat Krumm freundlich.

Hainwart schüttelte seine Laubkrone. »Nein.«

»Hatte ich gestern Abend nicht klargemacht, dass wir nur mit einem Boot zur Schauergrotte kommen?« Krumm blickte verlegen in die Runde.

»Ich dachte, Ihr würdet scherzen«, sagte Morsch verdutzt.

»Ein Baum gehört doch nicht ins Wasser!«, brummte Hainwart. »Ich gehöre auf die Erde.«

»Da irrt Ihr Euch gewaltig, mein knorriger Freund«, begann Krumm. »Bäume haben sehr viel mit der Schifffahrt zu tun. Es gibt meines Wissens kein Schiff, das nicht aus Holz ist. Im Ursprung war also jedes Schiff ein Baum.«

»War?«, ächzte Hainwart.

»Nun, es ist doch ganz einfach«, fuhr Krumm fort und hob beide Fäuste, als würde er mit einer Axt einen Baum fällen wollen. »Für jedes Schiff müssen viele Bäume geschlagen …«

»Ich denke, das führt in die falsche Richtung«, unterbrach ihn Morsch.

Hainwart sah Krumm an. »Was meinst du mit schlagen?« Seine Astlochaugen weiteten sich vor Entsetzen. »Meinst du Hacken und Hauen, Axt und Feuer?«

»Hainwart hat recht«, mischte sich Griesbert polternd ein und blickte Krumm grimmig an. »Ich habe noch nie gehört, dass jemand auf einem Baum über das Meer gerudert wäre.«

Morsch war froh, dass der Ritter dem Gespräch eine andere Wendung gab.

»Oh! Ich bin überzeugt, dass Ihr so manches noch nicht gehört habt«, entgegnete Krumm gelassen. »Und glaubt mir, Griesgram, auf Hainwart durch die Glitzersee zu rudern, ist gar nichts gegen meine einstige Unternehmung mit der Meeresschildkröte.«

»Berg! Gries-Berg … äh, Bert!«

»Sag ich doch.« Krumm grinste breit. »Na dann, rein mit dem Baum und ran an die Ruder. Die See ist heute spiegelglatt. Da wird's direkt langweilig. Oder wollt ihr doch nicht durch den Sturm?«

Morsch klopfte Hainwart freundschaftlich gegen den Stamm. »Du bist der Einzige, der uns alle tragen kann, der Einzige, der kräftig genug ist, um lange im Wasser zu treiben.«

»Ich musste wie ein Vogel durch die Luft. Und jetzt soll ich wie ein Fisch ins Wasser?«, knarzte Hainwart. »Meine Borke wird sich vollsaugen und weich werden und faulen.«

»Du bist unsere einzige Hoffnung«, sagte Morsch. »Wir haben kein Boot.«

»Du meinst, keinen toten Baum.« Hainwarts Äste und Laub zitterten.

»Lieber Hainwart«, sagte Tisal. »Wie soll ich ohne deine Hilfe in meine Erde zurückkehren?«

Hainwart sah Tisal traurig an und rang einige Zeit mit sich. Dann ächzte er: »Für dich, Spross.« Er schloss die Astlochaugen und ließ sich fallen. Es platschte und der wandelnde Baum tauchte unter Wasser, um im nächsten Moment nach oben zu schwappen und zu treiben. Seine Astarme streckte er weit von sich, Astlochaugen und Mund geschlossen. Krumm holte ihn ran. Morsch, Griesbert und Tisal zogen ihre Stiefel aus und nahmen vorsichtig ihre Plätze ein, die Beine in der kühlen Glitzersee. Dann reichte der Kapitän Morsch und Griesbert jeweils ein Ruder und sprang, das dritte in der Hand, mit einem Satz auf Hainwart. Das Wasser spritzte und die Freunde mussten sich festhalten, um nicht abzurutschen. Griesbert warf ihm einen grimmigen Blick zu. Krumm nahm in Hainwarts Laubkrone Platz und klemmte sich sein Ruder als Steuer lässig unter den Arm. Dann steckte er sich eine Pfeife an, zog zwei-, dreimal, bis es ordentlich qualmte. Danach setzte er direkt auf die bunte Mütze einen Kapitänshut, den er unter seinem Mantel hervorzog, und öffnete die Klappen seiner riesigen Schuhe. »Leinen los, Kameraden!« Plötzlich liefen die beiden Mäuse aus den Schuhen heraus, über den Kapitän und das Tau, mit dem Hainwart am Steg vertäut war, lösten den Knoten und huschten wieder an Bord, noch bevor das Tau ins Wasser gefallen war. Sie salutierten. Zu Morschs Erstaunen hatten die Mäuse den Knoten nicht durchgeknabbert, wie man das vielleicht erwarten würde, sie hatten den Knoten richtig aufgeknotet.

»So, meine Herren«, rief der Kapitän, »legt euch in die Riemen und volle Kraft voraus!« Krumm deutete mit der Pfeife aufs offene Meer, korrigierte aber dann gleich Richtung Osten zur Küste. »Also, da entlang.«

Morsch und Griesbert begannen zu rudern, tauchten die Ruder sanft ein, zogen sie durch das Wasser und kurz darauf wieder heraus, bevor sie sie leicht tropfend wieder durch die Luft nach vorne holten. Tisal lag in Hainwarts Wurzeln und hielt Ausschau. Das Meer war spiegelglatt, die Sonne brachte die Wasseroberfläche zum Glitzern und hoch am Himmel kreisten die Möwen. Aber am Horizont war immer noch das schwarze Sturmband zu sehen. Blitze zuckten, und fern grollte der Donner. Auf Hainwart war davon nichts zu spüren.

Die Mäuse liefen immer wieder über die Freunde hinweg von hinten nach vorn und von vorn nach hinten, stiegen auf Hainwarts Wurzeln, schnupperten oder piepsten etwas in Krumms Ohren. Der Kapitän selbst lag in den Ästen, den Hut tief ins Gesicht gezogen und schien zu schlafen. Morsch beobachtete ihn. Krumm hätte gestern Griesberts Gold nehmen und sich in der Nacht aus dem Staub machen können. Aber er war hier. Vielleicht hatte er ein ehrliches Interesse daran, den vieren zu helfen, oder wollte er nur diese *Nussschale*? Morsch hoffte, dass er kein Seemannsgarn gesponnen hatte.

»Das ist doch die Höhe, wir rudern und der schläft faul in der Sonne!«, riss Griesbert Morsch aus seinen Gedanken.

»Ich schlafe nicht, Herr Ritter«, kam es unter dem Kapitänshut hervor. »Ich lausche dem Meer und dem Wind und natürlich meinen Mäusen, um richtig navigieren zu können.« Er tätschelte das Steuerruder. »Die Grotte ist nicht allzu leicht zu finden. Und es braucht schon höchste Kapitänsbefähigung, um das Meer zu verstehen.«

»Kapitänsbefähigung? Natürlich schläft er, der faule Hund! Und wir plagen uns«, murmelte Griesbert verärgert.

»Ich bin ja auch der Kapitän dieses Schiffs, Herr Ritter, und ihr seid die Mannschaft. Ihr rudert, und ich steuere.«

Sie waren schon geraume Zeit unterwegs. Morsch ruderte und ruderte. Die immer gleich glatte See, das Glitzern der Sonne und der Rhythmus der Ruder machten ihn müde. Die Küste bot auch nicht viel Abwechslung. Mal steile, felsige Klippen, mal kleine, sandige Buchten. Keine Häfen, keine Menschen und auch keine Grotte. Morsch bedauerte Griesbert. Er hatte vergessen, sein Kettenhemd auszuziehen. Der Schweiß lief ihm über die Stirn.

»Ich kann und will nicht mehr«, klagte der Ritter trotzig. »Wann sind wir endlich da?« Er hörte auf zu rudern und ließ die Schultern hängen.

Morsch griff in seine Tasche und reichte ihm die Trinkflasche.

»Keine Pause, nicht jetzt«, sagte Krumm nervös. Er richtete sich auf. Auch die beiden Mäuse wirkten angespannt. Ihre Schnurrhaare zitterten und sie drehten ihre kleinen Köpfe hin und her. Dann rannten sie plötzlich zu Tisal vor und kletterten auf Hainwarts Wurzeln. Es schien so, als würden sie das Wasser beobachten.

»Ich spür's«, sagte Krumm langsam. »Wir sind ganz nah.« Er sah zur Küste.

Morsch und auch die anderen beiden taten es ihm gleich.

»Da«, rief Tisal plötzlich und zeigte in eine Richtung. Jetzt konnte auch Morsch etwas erkennen. An einer Stelle vor ihnen kräuselte sich das Meer. Dort tanzten weiße Schaumkronen auf kleinen Wellen, die sich mitten auf dem Meer sanft brachen.

»Es geht los.« Krumm warf Morsch und Griesbert einen ernsten Blick zu. »Nehmt das nicht auf die leichte Schulter, wenn ihr nicht auf dem kalten, dunklen Meeresgrund enden wollt.«

So ernst hatte Morsch den Kapitän bisher nicht erlebt. Er dachte, dass Griesbert gegenhalten würde, aber der Ritter sagte kein Wort und griff zum Ruder. Langsam nahm Hainwart Fahrt auf. Krumm richtete sich auf, das Steuerruder jetzt fest in der Hand, und suchte einen sicheren Stand in der Laubkrone. So hatte er eine bessere Übersicht. Er wirkte angespannt, was Morsch beunruhigte. Die Mäuse tauschten sich hell piepsend aus. Immer wieder rannte eine der beiden zu Krumm zurück und teilte ihm etwas mit. Morsch hörte aufmerksam zu, aber mehr als »Wasser«, »schneller« und »Gefahr« konnte er nicht verstehen. Krumm nickte hier und da, dann rief er: »Junge! Behalte das Meer im Auge!«

»Mhm«, entgegnete Tisal konzentriert.

»Irgendetwas zerrt an mir, Morsch«, stöhnte plötzlich Hainwart. »Es zieht und schiebt.« Er streckte die Astarme zur Seite. »Was ist das?«

Morsch blickte angestrengt auf die Meeresoberfläche in der Hoffnung, etwas zu entdecken. Aber da waren nur tiefes, fast schwarzes Blau und der helle Strahl der Sonne, der sich im Wasser brach und wie ein einziger strahlender Speer in der Tiefe verloren ging.

»Die Strömung, Herr Baum«, murmelte Krumm. »Sie wird stärker.«

»Da, da vorn, Kapitän, da schimmert was im Wasser«, rief Tisal plötzlich. »Sieht aus wie eine Nadel.«

Morsch spürte, wie seine Anspannung wuchs. Jetzt konnte auch er die scharfe, spitze Nadel sehen, die wie aus dem Nichts auf einer Seite aus der Tiefe bis knapp unter die Meeresoberfläche ragte.

Krumm nickte: »Gut, Junge. Es geht los. Gib mir die Position der Nadeln.«

»Mehrere Nadeln?«, antwortete Tisal überrascht, aber schon im nächsten Moment schrie er: »Da, da, Kapitän, da. Und jetzt da. Ein, ein ganzer Wald.«

»Zeig mir an, wo keine sind«, rief Krumm.

»Was ist das, da unten«, heulte Hainwart gurgelnd. Er schluckte Wasser und spie es wie eine Fontäne in die Höhe.

Morsch erschrak. Immer mehr Felsnadeln schimmerten durch das Wasser. Manche dünn und spitz, manche breit und scharf, und alle ganz knapp unter der Wasseroberfläche. »Zieh deine Äste ein«, rief er. Ihn schauderte. Diese Nadeln würden Hainwart einfach aufreißen, wenn nicht sogar spalten. Dann wären sie alle verloren.

»Konzentriert euch aufs Rudern«, hörte er Krumm. »In einem Rhythmus.« Morsch versuchte, auf Griesberts Schlag zu achten. »Mehr links«, hörte er Tisal. Krumm steuerte.

Die Fahrrinne wurde immer schmaler, und die Nadeln und scharfkantigen Felsen rückten enger und enger zusammen. Morsch meinte, immer wieder Masten und dunkle Schiffsskelette zwischen den Felsen zu sehen. Ihm wurde ganz anders.

Dann ging plötzlich ein Ruck durch Hainwart, der aufstöhnte. Er versuchte mit seinen Armästen dagegenzurudern, was ihn nur mehr schaukeln ließ. Krumm wankte, konnte sich halten. Die Mäuse quiekten aufgeregt durcheinander.

»Die Strömung!«, schrie der Kapitän. »Sie hat uns im Griff. Nun zählt es!«

Morsch hielt sein Ruder fest. Es war, als würde etwas Kräftiges Hainwart packen und mit sich ziehen. Der wandelnde Baum ächzte und knarzte nach Baumeskräften.

»Macht schon, rudert, was das Zeug hält!« Krumm blickte Morsch und Griesbert grimmig an. Morsch legte sich in die Riemen. Die Strömung wurde stärker und trieb Hainwart immer weiter auf den Nadelwald zu.

»Da, da, da, da«, rief Tisal.

Krumm klemmte das Steuer fest unter die Arme und drückte, so gut er konnte, gegen die Strömung.

»Nein, jetzt die andere Richtung«, hörte Morsch Tisals Ruf.

Krumm riss das Steuer herum. Hainwart wurde von der Strömung hin und her und weiter vorwärts getrieben, schluckte Wasser und spie es wieder aus. Morsch umklammerte das Ruder. Griesbert stöhnte. Auch er brachte seine ganze Kraft auf.

»AAACHTUUUNG!«, schrie Tisal. »Vor uns, direkt vor uns kommen Felsen. Links, nach LIIINKS!«

Morsch sah zu Krumm und wartete auf einen Befehl, aber der Kapitän starrte mit schreckensgeweiteten Augen auf die Nadelriffe, die direkt vor Hainwart das Meer in schäumenden Kronen tänzeln ließen. Plötzlich riss Hainwart die Astlochaugen auf und ächzte mit hohlem Knarren: »Haltet euch fest.« Dann packte sein Astarm eine der Felsnadeln. Ein Ruck ging durch ihn. Tisal schrie vor Schreck und hielt sich an den Wurzeln fest. Morsch und Griesbert ließen die Ruder los und umklammerten den Stamm. Und Krumm und seine Mäuse griffen nach den Ästen. Keine Sekunde zu spät. Hainwart drehte sich ächzend und knarzend auf der Stelle nach links, dann ließ er los und trieb haarscharf an den Felsnadeln vorbei, direkt auf die Klippenküste zu. »Das Zerren lässt nach«, stöhnte er.

Alle atmeten auf. Krumm rappelte sich hoch und sagte gefasst: »Gute Arbeit, Mannschaft, gute Arbeit.«

Morsch klopfte erschöpft, aber dankbar gegen Hainwarts Stamm und blickte auf die hohen, zerklüfteten Felsklippen vor ihnen. Gut versteckt in einem Winkel der Felswand, tat sich eine dunkle Grotte auf. Langsam trieb die Strömung Hainwart auf die Öffnung zu, die hoch und gerade so breit war, dass ein einzelnes Schiff hindurchpasste.

»Und nun?«, fragte Griesbert.

»Keine Ahnung«, sagte Krumm.

Morsch atmete durch. Das Schlimmste schien überstanden. Er blickte ins Meer. Das war nicht mehr tief und viel heller, viel blauer. Rechts und links der engen Fahrrinne steckten zwischen den spitzen Felsnadeln und scharfkantigen Felsrücken unzählige gebrochene Masten, Wanten und Schiffsteile. »Glotzt da ein Schädel? Scheußlich«, brummelte Griesbert. Jetzt konnte auch Morsch im Wasser Knochen erkennen, die bleich aus der Tiefe schimmerten.

»Gerade breit genug für ein Schiff«, murmelte Krumm. »Und die Strömung treibt uns genau durch die Schneise. Jede noch so geringe Kursänderung würde uns unweigerlich in die Riffe treiben.«

Hainwart versuchte, seine Armäste so ruhig wie möglich zu halten. Plötzlich ertönte ein schauerliches Heulen. Wie ein gähnendes Maul lag der Eingang zur Grotte jetzt unmittelbar vor ihnen.

»Was ist das?«, stammelte Tisal.

»Kuck höchstpersönlich«, grinste Krumm.

»Der Wind«, entgegnete Morsch. »Er wird da durch die Nischen in den Klippen geblasen, und dann heult es.«

Hainwart schwamm jetzt direkt in die Grotte. Das Wasser war strahlend blau und der dunkle Fels mit großen und kleinen, bunten, ganz schwarzen oder bräunlichen und gräulichen Muscheln besetzt. Manche waren gedreht, andere flach und glatt. Morsch musste unweigerlich an seine Muschel denken. Eine so schöne gab es hier nicht.

Die Grotte verschluckte Hainwart. Schlagartig war das Heulen verschwunden, und je tiefer die Freunde hineingetrieben wurden, umso kühler, feuchter und finsterer wurde es. Hainwart verlor immer mehr an Fahrt. »Kein Zerren mehr.« Sein Knarzen hallte. Die Grotte öffnete sich breit und hoch. Decke und Wände waren nur noch zu erahnen. Die Schauergrotte musste riesig sein. Von der Höhlendecke stießen vereinzelt gleißende Lichtstrahlen herab und tauchten alles in dämmriges Licht.

»Da, dort!« Tisal klang ganz aufgebracht und zeigte direkt nach vorne. Morsch und Griesbert folgten seinem Finger, und Krumm erhob sich mit staunendem Blick: »Die *Nussschale*!« Aus der Dunkelheit schälte sich langsam der riesige, muschelverkrustete Bug eines Segelschiffes und in den wenigen Lichtstrahlen blitzte die Takelage auf. Morsch war erleichtert: Krumm hatte nicht gelogen.

Ein Bauch voller Gold

Da lag die *Nussschale*, bewachsen von Muscheln und Tang. Das Schiff des berüchtigten Piratenkapitäns Kuck und die einzige Möglichkeit heimzukommen. Noch nie zuvor hatte Tisal ein Piratenschiff gesehen. Vorn am Bug hing ein Einhorn mit Fischschwanz. Daneben stand »Nussschale«. Zumindest ließen das die Buchstaben vermuten, die nach all den Jahren verwittert, ausgeblichen und von Tang überwuchert waren. Das Schiff hatte hinten ein kleines Segel, in der Mitte ein großes und vorn am Bug ein weiteres. Die Segel waren natürlich eingeholt und fest vertäut, aber man konnte sich das schon vorstellen. Der Mast in der Mitte ragte am höchsten auf und endete in einem Ausguck, den man über eine lange Strickleiter erklimmen konnte. Hinten am Heck war eine Kajüte mit Fenstern, die mit goldener Farbe umrandet und mit Schnörkeln verziert waren. Das muss einmal prächtig ausgesehen haben, dachte Tisal. Jetzt blätterte die Goldfarbe ab. Auf der Kajüte war ein großes Steuerrad. Tisal konnte es kaum erwarten, an Bord zu gehen, sah aber keine Leiter. Er blickte zu Krumm, der ebenfalls stumm vor Staunen die *Nussschale* betrachtete. »Kein Aufstieg, Kapitän.«

»Aber gut in Schuss, so, an sich«, antwortete Krumm. »Überraschend nach all der Zeit. Segel eingeholt. Anker auf Grund. Als würde das Schiff nur darauf warten, bemannt zu werden und in See zu stechen. Wahrscheinlich muss man Kiel und Rumpf von den vielen Muscheln befreien, aber dann.«

»Nur müssen wir erst mal hinauf«, sagte Morsch.

»Ich könnte doch da hoch«, warf Tisal ein und zeigte auf die schwere, von Tang behangene Ankerkette, die vom Bug ins Wasser reichte. »Das schaffe ich leicht.«

Die anderen stimmten zu und paddelten samt Hainwart mit den Händen vorwärts. Als sie die Kette erreicht hatten, griff Hainwart nach ihr und Tisal kletterte langsam hoch. Sie war glitschig und feucht, aber kein Vergleich zur steilen Mauer des Brimmer Forscherturms. Tisal erreichte die Reling und zog sich an Deck. Er blickte noch einmal zu seinen Gefährten zurück, dann sah er sich auf dem Schiff um. Direkt vor ihm, am Bug, lagen rund zehn Skelette. Die Knochen schimmerten bleich. Tisal schauderte. Ein Skelett trug einen breiten Gürtel mit goldener Schnalle. Darin steckten acht Messer und ein Säbel. Ein anderes hatte mehrere Ketten um den Hals und zwei alte Pistolen in seinen knochigen Händen. Und wieder ein anderes trug ein löchriges Kopftuch auf dem Schädel und ein langes Messer quer im Kiefer. Zwei rostige Schwerter hingen griffbereit um die Rippen. Das musste Kucks Mannschaft gewesen sein, kein Zweifel, als würde sie kampfbereit im Bug lauern und den Eingang zur Grotte beobachten. Tisal folgte ihrem Blick in Richtung Ausgang, der schmal und hell in der Felswand gleißte. Wer von ihnen wohl Kuck war? Jetzt musste er aber erst mal eine Leiter für seine Freunde finden. Tisal wandte sich von den Skeletten ab und ging suchend übers Deck.

»Was ist, Junge?«, hörte Tisal Griesbert rufen. Er lief zur Reling und sah hinunter. »Nichts. Wartet … hier.« Tisal entdeckte eine fein säuberlich zusammengelegte Strickleiter, die direkt an der Reling lag. Er hob sie auf, band ein Ende fest und warf das andere hinunter. Griesbert, Morsch und Krumm paddelten zur Strickleiter und machten Hainwart daran fest. Dann kletterten sie einer nach dem anderen empor.

Tisal sah nach rechts zum Heck, zur Kajüte und zum Steuerrad, und dann nach links zum Bug. Irgendetwas zog ihn wieder dorthin. Er ging auf die Skelette zu, wollte sie sich noch einmal genauer ansehen. Zehn waren es, und alle, nein, nur neun blickten zum

Eingang der Grotte. Seltsam, Tisal war sich nicht mehr sicher. Hatten nicht alle Schädel vorher zum Grotteneingang geschaut? Hinter ihm schepperte es fürchterlich. Erschrocken drehte er sich um. Griesbert war über die Reling geklettert und hatte seinen Helm aufs Deck geworfen. Dann folgten Krumm und Morsch. Nachdem Krumm seine Schuhe geöffnet hatte, liefen die beiden Mäuse heraus und er schritt direkt auf das Steuerruder zu. Die Mäuse folgten ihm. Griesbert inspizierte die große Ankerwinde, und Morsch prüfte dicke Taurollen. »Damit können wir Hainwart hochziehen.«

Hatte sich da gerade was in der Takelage bewegt? Tisal blickte nach oben. Da löste sich etwas und fiel: »Vorsicht!«

Morsch konnte gerade noch einem Seil ausweichen, an dessen Ende ein großer Holzknüppel hing. Dank Tisals Ruf hatte der Knüppel nur knapp seinen Kopf verfehlt.

Tisal lief zu ihm. »Alles in Ordnung?«

»Ja, danke«, stammelte Morsch erschrocken und sah die Takelage hinauf. »Komm, wir brauchen noch ein paar Haken, um Hainwart an Bord zu hieven.« Er ging Richtung Kajüte.

Tisal blieb. Er wollte sich lieber alleine umsehen. In der Mitte des Schiffes war eine Falltür. Er stemmte sie auf. Eine Treppe führte hinab in die Dunkelheit. Tisals Herz pochte. Er griff in die rechte Manteltasche, zog den Leuchterstein heraus und stieg hinab.

Unten roch es muffig und feucht. Tisal blies gegen den Leuchterstein. Zu beiden Seiten waren Fässer vertäut, dazwischen standen Kanonen vor verschlossenen Luken, und überall waren Hängematten aufgespannt. Er musste sich immer wieder darunter hindurchducken. Plötzlich stieß er mit dem Fuß gegen etwas. Es klimperte. Im Schein des Steins sah er leere Flaschen aus braunem Glas. Mit weißer Farbe waren drei Buchstaben darauf gemalt: R, U und M. Er schlich weiter. Langsam wurde es enger. Die Schiffsseiten liefen aufeinander zu. Er näherte sich dem Bug, wo der Weg vor einer schweren, rostigen Gittertür endete. Zum Glück hatte die Zeit dem Schloss so zugesetzt, dass Tisal die Tür einfach aufdrücken konnte. Rechts hinter dem Gitter stand ein Hocker, und weiter vorne war eine zweite, eisenbeschlagene Tür. Sie war fest verschlossen. Er hob den Leuchterstein und sah sich um. Zu seiner Überraschung hing direkt neben der Tür ein Schlüssel. »Einen Versuch ist's wert«, dachte er und griff danach. Der Schlüssel passte. Tisal schloss die Tür auf und traute seinen Augen kaum. Vor ihm lag eine kleine Kammer, die über und über mit Schätzen vollgestopft war: Kisten mit Gold, mit Silber, mit Ketten, Diademen und Juwelen, feine Teppiche und kostbare Leuchter, Becher und Teller aus feinstem Kristall und obenauf lag eine reich verzierte Krone. Alles funkelte und glänzte im Schein des Leuchtersteins. Tisal trat in die Kammer und wollte nach der Krone greifen, da fiel die Tür ins Schloss, ein Klacken, und der Schlüssel wurde abgezogen.

Schüsse im Dunkeln

Morsch öffnete die Tür zur dunklen Kajüte. Er kramte in seiner Tasche, zog die letzte Kerze heraus und entzündete sie. Dann trat er ein. Griesbert und Krumm folgten ihm.

Die Kajüte war recht geräumig. Über die Jahre hatte man aber so viel reingestellt, dass kaum noch Platz übrig blieb. Da gab es in der Mitte einen großen Tisch, eine gepolsterte Bank auf der Rückseite, eine Koje mit Decken, einen bunt verzierten Holzschrank, mehrere Kisten und ein Schreibpult. Auf dem Tisch lag eine Karte. Daneben standen Becher, eine Weinkaraffe und eine Öllampe. Morsch entzündete sie. An den Wänden hingen Bilder mit Burgen, kleinen Buchten und Porträts. Auf einem war ein stolzer Piratenkapitän zu sehen. Ein Bein auf eine prall gefüllte Schatztruhe gestellt, zwirbelte er mit finsterem Blick seinen Schnauzer. Auf seiner Schulter saß ein grau-grüner Papagei. »Muss der alte Kuck sein«, sagte Krumm amüsiert.

»Kuck.«

»Ja, ja, Kuck-Kuck, witzig«, brummte Krumm.

Morsch und Griesbert sahen sich überrascht an. Sie hatten nichts gesagt. Krumm widmete sich der Karte. »Zeigt wohl die Glitzersee. Da, die Südküste. Da muss doch auch Barisia sein.«

Morsch holte seine Brille hervor und zog sie auf. Er und Griesbert schauten Krumm über die Schulter. Der Kapitän fuhr mit dem Finger die südliche Küste der Glitzersee ab und blieb an einer Stelle stehen, an der »barisische Küste« stand. Sein Finger folgte einem langen Strich, der von der Küste ins Landesinnere führte. »Das muss dann der breite Strom oder so sein. Und da …«, Krumm beugte sich nach vorn, um die krakelige Schrift besser entziffern zu können, »… steht: niks zuoln. Nix zu oln… Nichts zu holen.« Er lachte auf. »Scheint ja ein schöner Ort zu sein. Warum wollt ihr eigentlich dort hin?«

»Es ist Tisals Heimat«, antwortete Morsch, rückte die Brille zurecht und betrachtete die Karte genauer.

»Und wir bringen ihn zurück nach Hause«, ergänzte Griesbert.

»Und dann ist da noch etwas«, murmelte Morsch und dachte an die Muschel.

Krumm sah ihn interessiert an. »Aha. Was denn?«

Morsch zögerte. Zwar kannte er Kapitän Krumm erst seit gestern, aber Krumm hatte bei all seinen Geschichten nicht gelogen. Immerhin standen sie jetzt in Kucks Kajüte. Morsch spürte, dass er dem kauzigen Seemann vertrauen konnte. Er nahm seine Tasche ab, holte das Tuchbündel heraus und wickelte es auf. »Die hat mir ein Freund geschenkt, und wenn ich an ihr lausche, höre ich ein Lied, in dem es immer wieder heißt: Ich bitte dich, komm mit mir heim. Ich habe herausgefunden, dass sie ebenfalls aus Barisia stammt.«

»Dann seid Ihr also nicht nur wegen des Jungen auf dem Weg dorthin.« Krumm kratzte sich am Kinn. »Und die singt?«

Morsch nickte. »Kennt ihr euch mit Muscheln aus?«

»Natürlich. Ich bin auf der See zu Hause.«

Morsch reichte Krumm die Muschel, der sie an sein Ohr hielt, die Stirn runzelte, nach einer Weile an ihr roch, grunzte und dann an ihr schleckte. »Hab ich mir doch gleich gedacht«, brummte er.

»Was?«, fragte Morsch.

»Das ist keine Meeresmuschel. Das Rauschen ist sanft, eher ein Plätschern und Glucksen. Und sie riecht und schmeckt nicht salzig, sondern erdig, modrig. Sie stammt aus einem Fluss.« Krumm gab Morsch die Muschel zurück. »Nur das Lied, das kann ich nicht hören.«

»Darf ich auch mal?«, fragte Griesbert. Er hielt sich die Muschel ans Ohr, aber auch er konnte kein Lied hören.

»Eine Flussmuschel also«, sagte Morsch nachdenklich. »Laut dieser Karte gibt es in Barisia einen Fluss.«

»Wir sollten das Tisal zeigen«, sagte Griesbert und blickte sich um. »Wo ist der Junge?«

Morsch und Krumm zuckten mit den Schultern. In der Kajüte war er jedenfalls nicht. Morsch packte die Brille wieder in die Tasche und trat hinaus. »Tisal! Tiiisaaal! Komm, das musst du sehen.« Keine Antwort.

»Wo steckt er nur?«, knurrte Griesbert, der mit Krumm ebenfalls aus der Kajüte getreten war.

Morsch lief zur Reling und sah die Strickleiter hinunter. Hainwart trieb immer noch im Wasser. Jetzt, wo Morsch zu ihm hinuntersah, ächzte er: »Wann holst du mich raus? Mein Holz ist ganz vollgesogen, und irgendwas beißt meine Borke.«

»Du musst dich noch einen Moment gedulden, mein Freund. Tisal ist verschwunden!«

»Zieht mich endlich rauf«, knarzte der wandelnde Baum mürrisch, »hier sind nur totes Holz, beißendes Wasser und dunkler Stein.« Er versuchte sich hochzuziehen, aber Klettern war nichts für einen triefnassen, wandelnden Baum.

Morsch wollte ihm helfen, aber seine Gedanken waren jetzt bei Tisal. Er blickte zu Griesbert und Krumm, als plötzlich eine der beiden Seemäuse blitzschnell aus dem Schiffsbauch auf Krumm zuschoss. Sie kletterte eilig an ihm hoch, bis sie seine linke Schulter erreicht hatte. Krumm sah sie aufmerksam an. Die Maus bebte vor Erregung und piepste aufgebracht. Morsch eilte hinzu und hörte noch die Worte »unten«, »Tür« und »Tod«. Ihm stockte der Atem. Krumm setzte die Maus wieder ab und sagte mit ernstem Blick: »Gefährten. Mink hat beobachtet, wie der Junge allein in den Schiffsbauch vordrang …«

»Mink?«, unterbrach Griesbert überrascht.

Krumm zeigte auf die Maus.

»Und die andere?«

»Munk«, sagte Krumm ruhig. »Darf ich nun fortfahren, Herr Ritter? Also, Mink sah, wie der Junge den Schiffsbauch erkundete und bis zur Bilge …«

»Bilge?«, brummte Griesbert.

»Jetzt lasst den Kapitän erzählen«, sagte Morsch nervös.

»Also, der Junge untersuchte die Bilge, den Raum unter Deck ganz vorne am Schiffsbug, und dabei schlich sich aus dem Dunkel ein wandelndes Gerippe heran, stieß die Tür zur Bilge zu und schloss Tisal ein.«

»Ein wandelndes Gerippe? Und das hat diese Maus erzählt?«, fragte Griesbert ungläubig. »Ich habe ja schon viel Unfug gehört, aber …«

»Griesbert«, rief Morsch. »Wenn Mink recht hat, dann müssen wir Tisal befreien.«

»Ihr glaubt der Maus, Morsch?«, fragte Griesbert mit großen Augen. »Nun denn. Wollen sehen, was uns dort unten erwartet. Wo entlang?«

Krumm zeigte auf die offene Luke. Griesbert stieg hinab. Morsch sah zurück zur Reling. Hainwart musste jetzt warten. »Wir ziehen dich später hoch, alter Freund«, rief er und folgte mit Krumm Griesbert.

»Hier unten ist es aber finster«, schimpfte Griesbert. Plötzlich schepperte es fürchterlich. »Vermalt und zugedreht!«, fluchte er aus der Dunkelheit. »Mein Kopf … hätte ich doch nur den Helm.«

»Habt Ihr Euch verletzt?«, rief Morsch.

»Ich kann gar nichts sehen«, polterte der Ritter.

»Wartet!« Morsch lief wieder hoch, holte die Öllampe aus der Kajüte und kehrte zurück in den Schiffsbauch. Als die Lampe den Raum erhellte, sahen auch er, Griesbert und Krumm die vielen festvertäuten Fässer, die Hängematten und Kanonen und eine Laterne, an der sich Griesbert den Kopf gestoßen hatte. »Dämliche Hängelampe, Teufelsfirlefanz!« Griesbert stapfte wütend Richtung Bilge.

»Griesbert, wartet …«, rief Krumm.

PENG! Plötzlich krachte es ohrenbetäubend. Holzsplitter flogen durch den Schiffsbauch. Ein Schuss, da gab es für Morsch keinen Zweifel. Schnell suchte er Deckung.

»Was war denn das?!«, schrie Griesbert aufgebracht.

»Das sagte ich doch: das wandelnde Gerippe«, rief Krumm.

»Jetzt reicht es mir!« Griesbert wollte weiter nach vorne stürmen, aber Krumm zog ihn hinter ein paar Fässer.

»Vielleicht hat das Gerippe noch eine Pistole. Piraten haben immer zwei. Gebt mir Euer Schwert.«

Griesbert sah Krumm verdutzt an.

»Euer Schwert!«, sagte Krumm und hielt die Hand auf.

Griesbert zog es aus dem Gürtel und reichte es ihm.

Krumm stutzte. »Das ist ja leicht. Das Schwert … Euer Schwert ist ja aus …«

»Holz.« Griesbert blickte missmutig drein.

»Und das hat niemand gemerkt?«

»Ich musste bisher nicht kämpfen.« Griesbert seufzte. »Ich kämpfe nicht gerne, und wenn man damit nur genug herumfuchtelt, dann fällt es auch keinem auf. Ein Ritter braucht nun mal ein Schwert. Und als ordentlicher Knüppel taugt es für ein Gerippe allemal.«

»Na, sei's drum«, sagte Krumm, steckte seinen Kapitänshut auf das Holzschwert, und hielt es samt Hut aus der Deckung. PENG! Der zweite Schuss riss ein großes Loch in den Hut.

»Na, was hab ich gesagt?«, raunte Krumm.

Griesbert blickte ihn erschrocken an.

Vorsichtig lugten Morsch, Griesbert und Krumm hinter den Fässern hervor. Im Dunklen leuchteten zwei blaue Punkte, wie Augen, und ein Knirschen war zu hören, als würde jemand seine Zähne aufeinanderreiben. Krumm beugte sich hinunter zu Mink und Munk und flüsterte den Mäusen etwas zu. Dann huschten sie flink im Schatten der Fässer Richtung Bug. Kurz darauf kamen sie zurückgeeilt und fiepten leise. Krumm nickte: »Aha. Das Gerippe hat zwei Pistolen und einen Säbel. Die Pistolen sind abgefeuert.«

Griesbert blickte erstaunt die Mäuse an, dann nahm er sein Holzschwert zurück. »So, dann hat des Gerippes letztes Stündlein geschlagen.« Entschlossen stapfte er Richtung Bug in die Dunkelheit.

»Vorsicht, Griesbert«, rief Morsch, die Laterne fest in der Hand.

Er folgte ihm mitsamt Kapitän und Mäusen. Zwischen Gitter und Bilge stand ein Skelett mit gespenstisch leuchtenden Augenhöhlen, einer zerfetzten, dunkelblauen Hose und einem Kapitänshut. In der einen Hand schwang es einen großen, gezackten Säbel, in der anderen Hand hielt es eine der beiden Pistolen. Auf seiner Schulter saß das Skelett eines Papageis. »Halt!«, rief es mit kalter, ferner Stimme. Morsch erschauderte. Das musste Kapitän Kuck höchst persönlich sein! »Stehen bleiben!« Das Gerippe schleuderte die Pistole nach Griesbert, verfehlte ihn aber. Plötzlich rumpelte es an der Tür zur Bilge. »Hier! Hier drin! Hilfe!« Dumpf war Tisals Stimme zu hören.

»Keineswegs bleibe ich stehen, du bleicher Knochenhaufen. Jedem einzelnen deiner Knochen werde ich jetzt Manieren einschnitzen«, schimpfte Griesbert und stieß nach vorne. Er versuchte, das Skelett mit seinem Holzschwert zu treffen. Doch es parierte gekonnt und schlug das Holzschwert entzwei.

»Du scheußliches Ding, du Gespenst, du dreimal verlaustes Mistskelett! Lass sofort den Jungen frei, sonst …«, schrie Griesbert und fuchtelte mit dem Rest seiner Waffe herum.

Morsch und Krumm sahen sich um, in der Hoffnung irgendetwas zu finden, mit dem sie Griesbert helfen konnten. Aber hinter der Gittertür war Kuck gut geschützt. Und jeder, der hindurchtreten wollte, musste damit rechnen, dass er den Säbel zu spüren bekam.

»Krumm, da!« Morsch hatte eine kurze Leiter entdeckt, die in einer Ecke lag. Der Kapitän verstand. Zusammen hoben sie die Leiter auf.

»Mink, Munk! Lenkt das Gerippe ab«, raunte Krumm.

Die Mäuse salutierten, schossen an Griesbert vorbei durch das

Gitter und an Kucks Knochen empor. Das Skelett wusste nicht, wie ihm geschah. Kuck begann zu zappeln und zu heulen, versuchte die Mäuse abzustreifen. Der tote Papagei krächzte und schlug mit den Knochenflügeln. Das war die Gelegenheit! »Auf drei«, sagte Morsch zu Krumm. »Eins, zwei …« Zusammen rammten sie die Leiter mit einer solchen Wucht durch die Gitterstäbe, dass Kucks Schädel vom Hals flog, auf den Boden polterte und zur Seite rollte. Griesbert riss die Gittertür auf, stürmte in den Zwischenraum und stellte seinen Fuß auf den Schädel. Mit dem Rest seines Holzschwertes drohte er Kucks Gerippe, das jetzt kopflos gegen die Wand lief. Die beiden Mäuse kletterten zurück auf Krumms Schultern. Krumm packte Kucks Säbel, und Morsch schloss die Tür zur Bilge auf. Heraus kam ein reuiger Tisal. »Tut mir leid, dass ich allein hier heruntergegangen bin«, sagte er und trat beiseite. »Aber schaut mal!«

»Also ist's wahr«, sagte Krumm staunend. »Kuck ist unendlich reich.«

»Kuck«, krächzte das Papagei-Skelett, das jetzt die Position von Kucks Schädel eingenommen hatte.

»Das gehört alles mir. Mir!«, schrie Kucks Schädel, während sein Gerippe in der Ecke stand und die Schiffswand abtastete. »Lasst die Finger davon! Das gehört mir. Wartet nur, bis meine Brüder kommen!«

Unter Halunken

Brüder? Welche Brüder meinte Kuck? Morsch lief ein Schauer über den Rücken. Plötzlich war auf Deck ein Poltern zu hören. Klack, klack, klack. Schritte! Griesbert, Krumm und Tisal hörten es auch. Alle hielten den Atem an und blickten zur Decke. Jetzt war ein schauriges Knirschen und Klappern zu hören. Morsch sah zu Kucks Schädel, der immer noch unter Griesberts Fuß lag. Der Pirat grinste. »Sie kommen. Meine Brüder, alle.«

Tisal schlüpfte hinter ein Fass. Auch Mink und Munk suchten Schutz. Mit zitternden Schnurrhaaren kletterten sie auf Krumms Schultern. Langsam näherten sich die Schritte. Knochen schlugen auf Holz. Klack, klack, klack. Wortlos reichte Krumm Kucks Säbel an Griesbert. Morsch spähte in die Dunkelheit, Richtung Treppe. Plötzlich tauchten blau leuchtende Augenhöhlen auf. Erst zwei, dann vier und dann immer mehr. Es wurde kälter. Die Mannschaft kam!

»Die Gerippe von Deck«, stammelte Tisal.

»Nur Mut, Gefährten«, flüsterte Griesbert.

Jetzt trat das erste ins Licht der Öllampe, grimmig und furchterregend mit zerrissenem Hemd und schartigen Dolchen. Morsch und seine Freunde drückten sich zurück in den Raum zwischen Gittertür und Bilge. Sie schlossen das Gitter und Griesbert hob den Säbel. Dann traten weitere Gerippe aus dem Schatten. »Es ist vorbei«, schnarrte eines schneidend kalt. Die aufeinanderschlagenden Kiefer knirschten. »Runter mit dem Säbel, dann bleibt ihr vielleicht am Leben und könnt eurem feinen König ausrichten, dass er Kapitän Kuck und seine Mannschaft nie zu fassen kriegt.«

»Kuck«, ergänzte der tote Papagei.

»Und unseren Schatz bekommt er auch nicht wieder«, knirschte ein zweites Gerippe.

»Von welchem König redet ihr?«, fragte Morsch.

»Wollt Ihr uns für dumm verkaufen?«, heulte das erste Gerippe. »Vom fetten Radislaus, dem alten Schinder. Die Schlottergrippe soll ihn holen!«

»Radislaus Wenzeslaff, der prächtig Runde?«, fragte jetzt Krumm. »König der vereinten Städte Muschelstrand und Steinhafen sowie Ober- und Fern-Perlmutt?«

»Genau«, heulte das Skelett. »Die Geißel der friedlichen Seeplünderei.«

»Tja«, sagte Krumm amüsiert. »Der braucht den Schatz nicht mehr. Der ist lange tot, schon gut hundert Jahre, wenn nicht mehr.«

Die grimmigen Blicke der blanken Schädel wichen fragender Verwirrung. »Ja, aber … dann …«, stammelte ein Gerippe.

»Seid ihr auch schon mehr als 100 Jahre tot«, ergänzte Krumm grinsend.

»Ja, ja, aber, da-da-das ist doch nicht lustig«, klapperte ein drittes Gerippe und ließ mutlos sein Beil sinken.

»Und die Schiffe vor der Grotte?«, fragte das erste Gerippe.

»Die sind lange wieder in ihren Heimathäfen«, sagte Krumm.

»Das heißt, wir sind alle … tot?«, sagte Kucks Schädel.

Morsch öffnete die Gittertür. »Ja. Ihr seid jetzt Gespenster.«

»Gespenster?« Die Gerippe blickten sich ungläubig an.

»Wir sind ja alle nur noch Knochen, ganz ohne Haut und Haar!«, sagte das zweite Gerippe erschrocken.

»Genau«, sagte Morsch. »Und ihr habt recht. Das ist wirklich nicht lustig.«

»Ja und jetzt?«, rief Kucks Schädel. Morsch nahm ihn und setzte ihn an seinen Platz. Der tote Papagei hüpfte krächzend zur Seite.

»Danke«, stöhnte Kuck. »Besser.«

»Jetzt könnt ihr fahren, wohin ihr wollt«, sagte Krumm. »Die Flotte ist weg, die Städte werden schon lange nicht mehr von einem gemeinsamen König regiert und ihr seid Geschichte. Im Grunde wurdet ihr vergessen.«

»Vergessen«, stammelten die Gerippe traurig vor sich hin.

»Nie und nimmer«, rasselte Kuck. »Jeder fürchtet sich vor Kuck.«

»Kuck«, krächzte der Papagei.

»Leider nicht. Ihr seid nur noch eine Legende«, sagte Morsch.

Kuck blickte nachdenklich zu Boden. »Und warum sind wir noch hier, wenn wir schon so lange tot sind?«, fragte er nach einer Weile.

»Ich habe mal gehört«, begann Morsch, »dass Geister nicht einfach verschwinden und Ruhe finden können, wenn sie noch irgendetwas in Ordnung bringen müssen. Und wenn sie das nicht tun, dann bleiben sie bis in alle Ewigkeit hier.«

»Bis in alle Ewigkeit?«, fragte die Mannschaft erschrocken.

»Bis in alle Ewigkeit«, bekräftigte Morsch.

»Und was können wir da machen?«, fragte das erste Gerippe. »Wir sind ja nur noch Knochen.«

»Ihr müsst etwas Gutes tun, etwas Selbstloses«, sagte Morsch. »Etwas, das euer Gewissen reinwäscht.«

»Wir könnten eure Schuhe putzen«, schlug das zweite Gerippe vor.

»Nein, nicht so etwas. Etwas Selbstloses«, sagte Morsch.

»Na, das ist aber für einen Piraten schon ziemlich selbstlos«, krächzte Kuck.

»An was hängt ihr denn besonders?«, fragte Morsch.

»An unserem Leben«, antwortete das dritte Gerippe stolz.

»Das habt ihr ja bereits eingebüßt«, sagte Griesbert.

Die Gerippe senkten die Schädel und grübelten. »An der *Nussschale*«, sagte eines mit löchrigem Kopftuch.

»Ja, und an meinem Schatz«, ergänzte Kuck.

»Dann wäre es doch selbstlos, wenn ihr uns helft und Schatz und *Nussschale* aufs Spiel setzt«, sagte Morsch.

Die Gerippe schauten sich fragend an. Dann wandte sich das erste Gerippe wieder an Morsch. »Wie meinst du das?«

»Nun, wir würden gerne nach Süden segeln, nach Barisia«, begann Morsch.

»Nach Barisia?«, fragte Kuck enttäuscht. »Da gibt's doch nichts außer Teppiche und Gewürze.«

»Ich will wieder in meine Heimat. Ich wurde von dort entführt«, sagte Tisal.

»Da gibt es aber ein Problem«, fuhr Morsch fort. »Im Moment kommt keiner unbeschadet aufs offene Meer hinaus, weil über dem gesamten Horizont ein schrecklicher Sturm tobt.«

»Warum wartet ihr nicht, bis sich der Sturm gelegt hat?«, fragte das erste Gerippe.

»Der Sturm tobt schon einige Tage und nimmt kein Ende«, sagte Morsch. »Und Kapitän Krumm meinte, dass nur die *Nussschale* so ein Gewitter bezwingen könnte.«

»Ja, das kann nur die *Nussschale*«, sagte Kucks Mannschaft stolz.

»Gut, dann ist es beschlossen«, sagte Kuck. »Wir bringen euch durch den Sturm um unserer Ruhe willen.«

Die anderen Skelette nickten: »Ruhe, endlich Ruhe.«

»Eure Befehle, Kapitän?«, rief das erste Gerippe.

»Hievt den Baum an Bord und dann wollen wir mal Segel setzen!«, sagte Krumm.

»Bauuum an Booord. Seeegel seeetzen!«, wiederholte Kuck, und die Gerippe polterten nach oben. Morsch und seine Freunde folgten.

Es sah schon etwas seltsam aus, als die Gerippe den triefnassen Hainwart an Bord zogen und mit dem Hauptmast fest vertäuten. Auch wenn er sich nicht gerne festbinden ließ, Hainwart war froh, nicht länger im beißenden Wasser treiben zu müssen. Und Morsch überzeugte ihn, dass es besser wäre, wenn er im Sturm angebunden sei, um nicht über Bord zurück ins Meer gespült zu werden.

Dann kletterten die Gerippe in die Masten, lösten die Segel, richteten Seile, knüpften Knoten und lichteten den Anker. Eines kletterte in den Ausguck, Kuck nahm neben dem großen Steuerrad seinen Platz ein, und Morsch, Tisal, Griesbert und Krumm gingen vor zum Bug.

»Was ist mit all den spitzen Felsnadeln und den scharfen Felsrücken?«, rief Tisal.

»Mach dir mal keine Sorgen, Kleiner«, schallte es vom Steuer zurück. »Die Muschelkruste schützt uns.«

Ein Ruck ging durch die *Nussschale*. Es knarrte und ächzte, und das Schiff fuhr langsam aus der Grotte ins Freie. Plötzlich tat es einen Schlag. Die *Nussschale* krachte auf das Riff und blieb in den Felsen hängen. Morsch und seine Freunde hielten sich fest, um nicht über Bord geworfen zu werden. Aber als der Wind die Segel blähte, wurde die *Nussschale*, begleitet von lautem Knirschen und Quietschen, über die scharfen Felsen gezogen. Die jahrhundertealte Muschelschicht schützte ihren Bauch. Dann war sie frei und fuhr dem Sturm entgegen.

Sturmumtost

Die Sonne schien und die Glitzersee machte ihrem Namen alle Ehre. Tisal spürte den Seewind in den Haaren. Er beugte sich über die Reling, betrachtete die Gischt, die sich am Bug der *Nussschale* kräuselte, und war mit seinen Gedanken weit weg, in Barisia. Zuhause war zum Greifen nahe und das machte ihn unsicher. War alles noch so, wie er es kannte? Die üppigen Felder und Obsthaine, die bunten Blumen und Vögel, die weiße Stadt auf dem langen Hügel mit ihren bunten Türen und Fensterläden und dem leuchtenden Palast, hoch über dem Land. Oder hatte sich alles verändert? Was war mit Mirsu, wie ging es seiner Freundin? Tisal hob den Blick und betrachtete das schwarze Sturmband, das langsam, aber unaufhaltsam näher kam. Jetzt galt es erst einmal, den ewig dauernden Sturm zu überwinden. Das ferne Donnergrollen wurde lauter und bedrohlicher. Blitze zuckten und ließen das Schwarz für kurze Momente grau aufflackern. Tisal sah nach hinten zum Heck des Schiffes, wo seine Freunde bei Kuck am Steuer standen. Außer Hainwart, der mit dem Hauptmast vertäut war. Jetzt, wo die Sonne seine Borke getrocknet hatte, überzog ihn eine silberne Salzkruste. Tisal lief zu ihm. »Dein Stamm glitzert wie eine Ritterrüstung.«

Hainwart öffnete seine Astlochaugen und sah Tisal einen Augenblick an. »Aber es beißt, Spross. Ich möchte mich kratzen. Und meine Borke wird immer trockener. Sie reißt«, knarzte er langsam. »Meine Kraft schwindet, meine Krone ist kahl und mein letztes Laub so trocken, als wäre es gefallen. Nirgends kann ich auf diesem toten Holz wurzeln. Ich brauche meine Erde.«

»So kahl bist du doch gar nicht.« Tisal kratzte Hainwarts Borke. »Wir werden das schon überstehen und der Sturm wäscht dir das Meersalz ab. Bis Barisia ist es sicher nicht mehr weit. Dort findest du die beste Wurzelerde, direkt am breiten Strom. Versprochen.«

»Was ist der breite Strom?«, brummte Hainwart.

»Ein Fluss«, antwortete Tisal. »Ein großer grüner, ruhiger Fluss.«

»Ah«, ächzte Hainwart und schloss wieder seine Astlochaugen. »Kühle, feuchte Ufererde.«

Tisal lachte, lief weiter zum Steuerdeck und stieg empor. Gerade fragte Griesbert Krumm, wie es beim letzten Mal war.

»Wie war was?« Krumm wirkte konzentriert.

»Na, die Fahrt in den Sturm. Ihr meintet doch in Steinhafen, dass Ihr es bereits versucht und Euer Schiff dabei verloren habt.«

»Ach das, ja. Das war schon was«, murmelte Krumm und machte eine längere Pause, dann fuhr er fort, die Augen immer auf den Sturm gerichtet: »Na ja, wir segelten einfach darauf zu, genauso wie jetzt. Der Seegang wurde stärker, die Wellen schlugen hoch. Es begann zu regnen. Das Wasser peitschte regelrecht über Deck. Ich konnte keine Befehle mehr geben, so laut heulte der Wind. Vom Donnergrollen ganz zu schweigen. Plötzlich rissen die Segel. Die Wellen waren nun so hoch, dass mein Schiff kippte und kenterte. Der Mast brach, und die Wellen verschluckten uns.«

»Und dann?« Griesbert klang besorgt.

»Dann?« Krumm wandte sich ihm zu: »Dann wachten wir an Land wieder auf. Wir wurden einfach angespült. Niemand war ertrunken. Wir hatten Prellungen und die eine oder andere kleine Wunde. Aber wir waren alle am Leben.«

»Und das Schiff?«, fragte Morsch.

»Verschwunden.«

Die *Nussschale* näherte sich dem Unwetter. Blitze zuckten durch die Wolkenwand. Das Donnergrollen war jetzt so laut, dass man sich die Ohren zuhalten wollte. Und die See wurde unruhiger. Ebenso wie Tisal. Angst und Übelkeit machten sich in seinem Magen breit. Wie gebannt sah er dem tosenden Sturm entgegen. Die Wellen schlugen höher und höher. Die *Nussschale* schaukelte hin und her. Wasser klatschte gegen ihren Bug und die Gischt spritzte hoch über Bord.

Tisal knöpfte seinen Mantel zu. Griesbert setzte den Helm auf und schloss das Visier. Der Wind blähte die Segel nun so stark, dass sie zu zerreißen drohten. Krumm blieb ruhig und wirkte gefasst. Seine Mäuse waren längst in seine Schuhe gekrochen. Kuck rief unbeirrt seine Befehle, die die wandelnden Gerippe befolgten, während sie schaurige Piratenlieder krakeelten und nur laut lachten, wenn eine Gischtfontäne über Bord fegte. Die Sonne war schon lange nicht mehr zu sehen. Graue Wolken hingen bedrohlich über dem Schiff und es wurde kälter. Die Wellen türmten sich zu Bergen. Tisal war, als würde die Nussschale Berg um Berg erklimmen und nach jedem Gipfel ins Tal hinabrauschen. Mal drohte sie durch eine steile Welle umgeworfen zu werden, dann raste sie wieder den Rücken der Welle hinab, um im nächsten Moment wieder auf eine Steigung zu prallen. Jedes andere Schiff wäre längst gekippt, aber die Nussschale tanzte durch die stürmische See. Er verließ das Steuerdeck und wollte zur Kajüte. Dort würde sich der Sturm besser aushalten lassen. Morsch folgte. Die beiden stolperten die schmale Treppe hinab. Starker Regen fegte über Deck. Blitze zuckten und krachten kreuz und quer. Nur noch entfernt waren Kucks Befehle im Tosen und Rumpeln des Sturms zu hören. Wieder raste die Nussschale hinab in die gurgelnde, schwarze Tiefe, um im nächsten Moment auf eine Wellenwand zu klatschen. Tisal kniff seine Augen fest zusammen. Seine Ohren dröhnten. Plötzlich riss ein Tau und peitschte durch die Luft. Tisal duckte sich, sah dem flatternden Tau hinterher. Er ließ das Treppengeländer los und kämpfte sich Richtung Kajüte. »Refft die Segel! Holt sie ein!«, hörte er Kucks Stimme. Da blähte sich das

Hauptsegel und riss, ratsch, in der Mitte durch. Ein Ruck ging durch das Piratenschiff. Kuck konnte das Ruder nicht mehr halten. Die *Nussschale* drehte sich, schwankte gefährlich und drohte über den Wellengipfel zu kippen. Aber der schwere Muschelberg am Kiel hielt sie schräg im Wasser. Tisal ruderte mit den Armen, rang mit dem Gleichgewicht. Rechts ging es in die vor Gischt schäumende Tiefe. Er drehte sich zur Treppe, aber das Geländer war außer Reichweite. Er griff ins Leere, fiel, rutschte über Deck, krachte auf die Reling und stürzte ins wütende Meer. »Tiiisaaal!«, drang Morschs Stimme dumpf durch das Rauschen der Wellen. Tisal schnappte nach Luft. Das Wasser schmeckte salzig. Er musste husten, wusste nicht mehr, wo oben und wo unten war. »Mann über Bord!« Morschs verzweifelter Ruf war das Letzte, was er hörte. Dann umfingen ihn nur noch heulender Wind und eiskaltes Wasser.

Wind und Wasser

Morsch sah, wie Tisal über Deck rutschte und gegen die Reling krachte. Er ließ das Treppengeländer los, stürzte hinterher, aber zu spät. Tisal ging über Bord. Morsch konnte ihn nicht mehr greifen. Das gurgelnde Wasser warf den Jungen hin und her, klatschte ihn in die Wellen und schleuderte ihn wieder in die Höhe, als würde es mit dem heulenden Wind um die Beute kämpfen. »Laaaassss loooosssss!«, dröhnte es lang gezogen und dumpf, und das Gurgeln zischte: »Neeeiiinzsch, meeeiiinzsch!« Eine Böe warf Tisal in die

Höhe. Er tanzte durch die Luft, wurde hierhin und dorthin gerissen und verschwand in den grauen Wolkenmassen. »Mooorrr…«, hörte Morsch Tisal rufen. Dann wurde die Stimme verschluckt. Morschs Herz zersprang. Tränen liefen über seine Wangen. Wieder ging ein Ruck durch die *Nussschale*. Sie drehte sich mit dem Bug in die Welle und rauschte in das nächste Wellental hinab. Morsch verlor den Boden unter den Füßen. Er drohte Richtung Bug zu purzeln, konnte sich aber an die Reling klammern. Gischt spritzte ihm ins Gesicht. Er schloss die Augen und hielt sich, so gut er konnte, fest. Und plötzlich – plötzlich war alles vorbei. Die See war ruhig, als gäbe es keinen Seegang, aber das Tosen, Heulen, Gurgeln und Rauschen war immer noch da, nicht mehr so laut, aber immer noch da. Morsch öffnete die Augen. Es war, als würde die *Nussschale* ankern. Das Deck war nass, aber es türmten sich keine Wellenberge mehr auf. Die Skelette hingen in den Masten und schlaffen Segeln. Krumm zog sich an der Brüstung des Steuerdecks hoch und Griesbert nahm ungläubig seinen Helm ab. Hainwart hing in den Tauen, die ihn festhielten, und schüttelte ächzend seine Krone. Von oben schien die Sonne herab. Aber in einiger Entfernung, rund um die *Nussschale* herum, war alles grau. Sie waren von einem Sturmzylinder umschlossen.

»Das Auge des Sturms«, rief Krumm staunend.

Mink und Munk blickten aus seinen Schuhen. Die Gerippe schüttelten ihre Schädel und rafften ihre Knochen zusammen. Griesbert kam zu Morsch gerannt: »Tisal! Wo ist er?«

»Irgendwo da draußen«, stammelte Morsch verzweifelt.

»Wir müssen ihn retten«, rief Griesbert und begann, sein Kettenhemd auszuziehen.

»Wartet! Still!« Morsch lauschte. »In all dem Gurgeln, Zischen und Heulen sind doch Stimmen!«

»Ich spüre sie auch, Morsch«, ächzte Hainwart. »Wütendes Schäumen und Tosen.«

»Aber ich verstehe sie nicht«, sagte Morsch kopfschüttelnd.

»Wen verstehen?«, rief Griesbert, aber Morsch bedeutete ihm, leise zu sein.

»Konzentriere dich, Morsch«, knarzte Hainwart. »Sturm brüllt.«

Morsch starrte in die graue Sturmwand und lauschte dem Rauschen, Gurgeln, Brausen und Tosen. Aber er konnte nicht das Geringste verstehen. Immer wieder sah er vor seinem geistigen Auge Tisal, wie er, die Arme Hilfe suchend ausgestreckt, von Bord gerissen worden war. »Ich kann es nicht. Es ist zu laut, zu wild. Ich verstehe nichts«, schrie Morsch wütend. Er wusste, dass Hainwart recht hatte. Aufgebrachte Natur war leichter zu verstehen. Aber es wollte ihm nicht gelingen. Ärgerlich schlug er mit der Faust auf die Reling.

»Wurzle in dir«, knarzte Hainwart langsam. »Nur mit Ruhe hast du Kraft.«

Morsch atmete tief durch. Dann schloss er die Augen, lauschte in den Sturm hinein und versuchte, die tosenden und schäumenden Wortfetzen zu trennen. Und plötzlich hörte er es: »Höööör auuufffff!«, heulte es durch die Sturmwand. »Schlusssch, Schlusssch!«, gurgelte es dagegen, als würden Wind und Wasser streiten.

Morsch öffnete die Augen und spähte in den Sturm. Blitze rasten aus den Wolkentürmen und schlugen wie leuchtende Fäuste auf das Wasser, das Fontänen in den Himmel spuckte.

»Giiib iiihn miiir«, heulte der Wind.

»Nimm essss, wenn du kannssst«, schäumte es dagegen.

Morsch sah einen Schatten durch den Sturm wirbeln, der in eine Welle klatschte. War das Tisal?

»Lass ihn los«, dröhnte es aus dem Sturm. »Ich habe ihn geholt.«

»Du?«, gurgelte das Wasser. »Das Holz ist in meinem Griff. Ich drehe es, wie ich es will.«

Wieder wurde der Schatten in die Höhe gerissen. Das musste Tisal sein! »Würdet ihr wohl mit diesem Streit aufhören!«, rief Morsch mit aller Kraft, doch der Sturm brauste und tobte.

»Aber wir streiten doch gar nicht«, entgegnete Griesbert.

»Wind und Wasser, der Sturm«, rief er. »Sie streiten.«

»Wer?« Griesbert war verwirrt.

»Ruhe! Ich muss verstehen, was sie wollen.« Morsch konzentrierte sich wieder.

»Ich mache die Wellen, du Wirbelwicht«, gurgelte das Wasser.

»Du? Ich bin es, der sie formt, nutzloses Nass«, heulte der Wind.

»Schluss jetzt!«, rief Morsch, aber Wind und Wasser nahmen keine Notiz von ihm.

»Er wird es dir schon sagen. Fragen wir ihn«, dröhnte der Wind. Plötzlich erschien der Schatten in der grauen Sturmwand. Morsch erschrak. Es war eindeutig Tisal. Er hing leblos in den Regenwolken. Unter ihm tobte das Wasser, als wollte es ihn greifen und hinabziehen.

»Wer macht die Wellen, Mensch?«, heulte der Wind.

»Bin ich esss?«, spritzte das Wasser.

Was konnte Morsch nur tun?

»Sag schon, Mensch«, dröhnte der Wind. Tisal wurde hin und her geworfen, als würde ihn jemand schütteln.

»Lasst ihn los!«, rief Morsch verzweifelt dazwischen.

»Los, sag es uns«, peitschte das Wasser. »Wer macht die Wellen?«

Hilflos sah Morsch zu Hainwart. Der wandelnde Baum zerrte an seinen Stricken und ächzte: »Macht mich los!«

Griesbert riss Kucks Säbel aus seinem Gürtel und schlug auf die Taue ein, mit denen Hainwart vertäut war. Nach wenigen Schlägen konnte sich der wandelnde Baum losreißen und stapfte auf Morsch zu. Er blickte ihm tief in die Augen, packte ihn bei den Schultern und stimmte ein lang gezogenes Brummen an, einen tiefen Ton, der kurz darauf in einen höheren wechselte und zurück in den tiefen.

»Was macht er da, Morsch?«, rief Griesbert. »Er kann doch jetzt nicht singen!«

Aber Morsch hörte dem Ritter nicht zu. Er schloss die Augen und spürte Hainwarts beruhigenden Gesang. Dann summte er mit, stimmte sich auf Hainwarts Melodie ein. Er wandte sich zum Sturm, holte tief Luft, öffnete die Augen und sang aus voller Kehle: »Höret mir zu, Wasser und Wind. Höret die Worte, die zutreffend sind. Nicht Heulen, nicht Wogen, nicht Schäumen, nicht Toben. Von euch zweien ist's keiner allein. Für Wellen müsst ihr gemeinsam sein!«

Plötzlich stürzten die Wellen in sich zusammen. Blitze und Regen ließen nach. Wind und Wasser beruhigten sich. Tisal klatschte ins Meer und sank.

»Was singst du da, Mensch?«, hörte Morsch das Dröhnen des Windes und das Rauschen des Wassers zu gleicher Zeit. »Wir müssen gemeinsam sein? Was soll das bedeuten?«

»Gebt uns den Jungen wieder!«, rief Morsch schwer atmend. »Dann will ich es euch erklären.«

Da wurde Tisal aus dem Wasser in die Höhe geworfen und unsanft zur *Nussschale* gewirbelt. Bevor er auf Deck krachte, konnte ihn Hainwart auffangen. Er legte ihn behutsam ab. Krumm und Griesbert eilten zu dem bleichen triefnassen Jungen, der sich plötzlich aufbäumte, Wasser spuckte und nach Luft rang. Sie halfen ihm auf die Beine, aber er brach erschöpft und vor Schwindel zusammen. Hainwart stützte ihn. Morsch fiel ein Stein vom Herzen. Tisal lebte!

»Sprich, Mensch«, heulte der Wind.

»Ihr wollt also klären, wer von euch für die Wellen verantwortlich ist?«

»Ja, und die weiße Gischt, die immer so glitzert«, antwortete das Wasser.

»Hört mir zu«, begann Morsch. »Ohne Wasser kann es keine Wellen geben …«

»Hab ich's doch gesagt«, schäumte das Wasser.

»Nicht so schnell«, fuhr Morsch fort. »Ohne Wind gibt es auch keine Wellen!«

»Da hörst du's«, heulte der Wind.

»Schluss, ihr zwei!«, rief Morsch bestimmt. »Seid augenblicklich still und hört mir zu!«

Schlagartig beruhigte sich der Sturm, die Sonne zerriss die grauen Wolken und im Handumdrehen war die Glitzersee ruhig wie eh und je.

»Wind«, sagte Morsch, »versuch mal, Wellen zu machen.«

Eine leichte Brise hob an. Dort, wo sie auf das Wasser traf, begann das Wasser zu flirren. Langsam entstanden kleine Wellen, die ringförmig nach außen abebbten. Mehr geschah nicht.

»Jetzt du, Wasser«, sagte Morsch.

Das Wasser begann nun, sich hin und her zu wiegen, und kleine Wellen schwappten leicht gegen die *Nussschale*. Doch viel mehr passierte nicht.

»Seht ihr?«, sagte Morsch. »Ihr könnt es nur zusammen. Wasser, bewege dich hin und her, und Wind, blase auf das wogende Wasser.«

Das Wasser begann sich also wieder hin und her zu wiegen und der Wind blies auf die seichten Wellen. Langsam, aber stetig wurden sie höher. Dann kräuselte sich Gischt wie eine schäumende Krone auf den Wellen, und die *Nussschale* geriet ins Wanken. Die Brise wurde zum Wind. Immer höher stiegen die Wellen und klatschten gegen die *Nussschale*, die jetzt so stark wankte, dass alle an Deck sich festhalten mussten.

»Halt! Das genügt«, rief Morsch.

Die See beruhigte sich wieder.

»Seht ihr? Die Wellen macht ihr gemeinsam.«

»Wir danken dir, Mensch«, rauschten und plätscherten Wind und Wasser sanft.

»Gern geschehen«, antwortete Morsch.

»Du verstehst das Wetter und die See?«, fragte Krumm erstaunt.

Morsch lächelte und blickte dankbar zu Hainwart. »Ich habe einen guten Lehrer, was die Natur angeht.«

Krumm legte Morsch den Arm um die Schulter und raunte ihm ins Ohr: »Wir könnten ein wenig Rückenwind und eine günstige Strömung gebrauchen.«

Morsch nickte und wandte sich wieder an Wind und Wasser. »Wir müssen nach Süden. Ein paar Wellen und eine steife Brise wären hilfreich. Würdet ihr uns helfen?«

Da begann das Wasser sich hin und her zu wiegen und der Wind blies sanft auf das Meer und die *Nussschale*.

»Segel setzen!«, rief Kuck.

Die wandelnden Gerippe setzten die verbliebenen Segel. Und die *Nussschale* nahm wieder Fahrt auf, Richtung Süden, der Küste von Barisia entgegen.

Land in Sicht

Und nun ersticke ich am Gift,
das langsam in die Ader dringt,
und alles Leben niederringt, es faulen meine Glieder.
…
Ein junges, reines Herz brauch ich.
Du reifes Herz, ich bitte dich,
komm, führ's in meine Lande, zu Gunsten alter Bande.
…
Damit die Ader weiterfließt,
damit das Leben wieder sprießt …
…
Ich bitte dich, komm mit mir heim.
Ich kann es nicht, so ganz allein.
Und wenn ich nicht nach Hause kann,
vergehen sehr bald Land und Mann.
…

Morsch saß allein in der Kajüte. Die Muschel hatte ihm weitere Strophen offenbart. Er lauschte, verstand aber kein weiteres Wort. Nur die traurige Vogelstimme war noch zu hören. Nachdenklich betrachtete er die Muschel. Eine Flussmuschel, hatte Krumm gesagt. Konnte nicht mit »Ader« auch »Fluss« gemeint sein? Immerhin lebt nichts ohne Wasser, egal ob es ein breiter Fluss oder der kleine Bach in seinem Tal waren. Pflanzen, Tiere und auch Menschen brauchten Wasser. Was, wenn nicht der Vogel in der Muschel, sondern der Fluss vergiftet wurde? Der Fluss, aus dem die Muschel stammte. Würde dann nicht alles vergiftet, das vom Fluss lebt? Musste deshalb die Muschel so bald heim, um den Fluss zu retten? Ging es wirklich um Barisias breiten Strom? Morsch kratzte sich am Kopf. Was könnte eine Muschel gegen das Gift ausrichten, und was bedeutete das mit dem reinen Herzen und der alten Bande? Tisal hatte ein junges, reines Herz, offen für alles, dem er gegenübertrat. Das hatte er nicht nur bei der Drachendame bewiesen. Und er selbst, Leopold Morsch, hatte er wirklich ein reifes Herz? Er wusste es nicht, aber die Muschel musste ja ihn meinen. Niemand anderes konnte den Gesang hören, geschweige denn verstehen. Und dann war da dieses barisische Kinderlied, das die gleiche Melodie wie der Vogelgesang in der Muschel hatte. Gab es da eine Verbindung? Morsch grübelte, er konnte sich an den Text nicht mehr erinnern. Er musste mit Tisal sprechen.

Morsch packte die Muschel wieder in die Tasche und ging an Deck. Die Sonne schien. Wind und Wasser schoben die *Nussschale* zügig an. Krumm und Griesbert standen neben Kuck am Steuerruder. Hainwart war frei und stand vorne im Bug. Nachdem sich der Sturm gelegt hatte, gab es keinen Grund mehr, ihn zu vertäuen. Tisal saß in seiner Laubkrone und hielt Ausschau nach der barisischen Küste. Morsch ging zu ihnen. Immer wenn die *Nussschale* auf die nächste Welle klatschte, stob eine frische Gischtwolke über den Bug.

»Wie geht es euch?«, fragte Morsch.

»Es ist schön, wieder frei zu sein«, knarzte der wandelnde Baum. »Auch, wenn ich hier auf dem toten Holz nicht wurzeln kann. Aber der Spross sagt, dass es nicht mehr weit ist und ich bald feuchte Ufererde schmecken darf.«

Wieder stob eine kühle Gischtfontäne über Bord, die Hainwart mit einem ächzenden Stöhnen genoss. Tisal hatte den Blick fest nach vorne gerichtet.

»Kannst du mir noch mal das Kinderlied vorsingen?«, fragte ihn Morsch.

Tisal sah zu Morsch. »Das Flusslied? Warum?«

»Mich interessiert der Text«, sagte Morsch.

»Ja, Spross, sing das Flusslied«, knarzte Hainwart. »Das kräftigt bestimmt meine Triebe.«

Tisal nickte. Nachdem er sich vergewissert hatte, dass noch kein Streifen Land am Horizont zu sehen war, kletterte er von Hainwart, räusperte sich und sang in der gleichen Melodie wie die Muschel:

Einst gab ich mein, als Not war groß,
in seinen Dienst, das war mein Los,
und sein Los ward der Dienst an mir.
Zusammen garantieren wir das Wohl von Land und Mann.
Und kennt ein jeder seine Pflicht, das Glück auch währen kann.

Dieses Mal hörte Morsch ganz genau hin. Sang hier der Fluss selbst? Und ging es hier nicht um die alten Bande? Morsch war sich sicher. Das Flusslied beschrieb die alten Bande aus dem Muschelgesang. Aber zwischen wem bestanden sie?

»Wann besingst du die Ufererde, Spross?«, brummte Hainwart.

»Mehr Strophen gibt es nicht«, lachte Tisal. »Und ich weiß nicht, ob eine über Erde so schön wäre.«

»Doch, das wäre sie.«

»Sag mal, spielt der Fluss in Barisia eine wichtige Rolle?«, fragte Morsch.

»Natürlich«, nickte Tisal. »Alle leben am breiten Strom und dort sind auch alle Felder. Ansonsten gibt es nur Wüste.«

»Wüste?«, knarzte Hainwart.

»Na, Land, in dem es nur Sand gibt und nichts wächst«, antwortete Tisal.

Hainwart riss die Astlochaugen auf. »Trockenes, totes Land?«

»Keine Angst«, beruhigte ihn Tisal. »Ich habe dir doch gesagt, an den Ufern gibt es mehr als genug gute Erde.«

»Der Fluss ist also eure Lebensader?«, fragte Morsch.

»Ja, mein Vater hat das auch immer gesagt.«

»Und ist eine Muschel für Barisia wichtig?«

»Das hast du mich schon bei den Osellis gefragt. Ich weiß es nicht.«

»Gibt es welche im breiten Strom?«

»Da habe ich noch nie eine gefunden, nur an der Küste.«

Morsch nickte nachdenklich. Wenn seine Muschel eine Flussmuschel war, sollte es dann nur diese eine geben? Das konnte er sich kaum vorstellen. Gerade wollte er Tisal fragen, ob nicht jemand anderes einmal eine Muschel im Fluss gefunden hatte, als vom Ausguck ein »Land in Siiicht!« ertönte. Das Skelett dort oben hatte sich weit über die Brüstung gelehnt. »Land in Sicht!«, rief es erneut.

Hainwart hob Tisal in seine Krone, der seine Augen zusammenkniff und in Fahrtrichtung spähte. »Da, seht!«, rief der Junge.

Morsch konnte erst nichts erkennen, aber dann, ganz schmal und fein tauchte am Horizont ein schmaler Streifen auf, der Himmel von Wasser trennte.

»Barisia«, murmelte Tisal vor sich hin.

»Dann sind wir also endlich da«, brummte Griesbert, der nach vorne gekommen war.

Bald schon konnte Morsch das Land besser erkennen. Die Küste war nicht so schroff wie im Norden. Sie war feiner, mit langen Sandstränden. Dann zeichneten sich mehrere weiß getünchte Häuser und Palmenhaine ab, die an einer breiten Flussmündung lagen.

»Das ist der breite Strom«, sagte Tisal. »Und das ist Port Baris, unsere Hafenstadt.«

»Klein für eine Hafenstadt«, bemerkte Griesbert. »Wohl eher ein Hafendorf.«

»Gut so«, knarzte Hainwart. »Dann ist mehr Erde für Büsche und Verwurzelte da.«

»Es scheint nicht viel los zu sein.« Morsch schirmte mit seiner Hand die Augen gegen die Sonne ab. Je näher die *Nussschale* Port Baris kam, umso besser war zu erkennen, dass niemand im Dorf unterwegs war. Der Ort schien verlassen. Kein Matrose, kein Fischer, keine Menschenseele. An den Stegen lagen auch keine Schiffe vor Anker. Nur ein kleiner Kahn schwankte ruhig im Wasser der Mündung.

Wind und Wasser ließen nach und die *Nussschale* steuerte langsam einen der Stege an.

»Ich schmecke die Erde in der Luft«, knarzte Hainwart. »Hebt mich vom toten Holz herunter!«

Schon legten einige wandelnde Gerippe Taue über die Reling, um Hainwart von Bord zu hieven, während die anderen das Schiff festmachten. Just in dem Moment konnte Morsch erkennen, wie aus einem der weiß getünchten Gebäude eine kleine Gruppe heraustrat. Sie trugen alle schwarze Brustpanzer, Lanzen und Helme mit langem Federbusch. Die kleine Gruppe marschierte Richtung Steg, blieb aber plötzlich wie angewurzelt stehen.

»Unsere Mannschaft hat die Soldaten wohl erschreckt«, grinste Griesbert.

»Soldaten.« Tisal klang nachdenklich. »Raul Oselli hatte schon von ihnen gesprochen. Ich dachte, er meint die Palastgarde. Aber solche wie die da vorne gab es noch nie in Barisia, schon gar nicht mit Waffen.«

Morsch und Griesbert sahen den Jungen erstaunt an.

Hainwart half den Gerippen, ihm die Taue anzulegen. Es konnte ihm gar nicht schnell genug an Land gehen. Dann wurde der wandelnde Baum auf den Steg herabgelassen. Krumm warf die Strickleiter über die Reling und stieg hinab. Morsch, Griesbert und Tisal folgten.

Die Planken des Stegs knarzten, als Hainwart aufsetzte. Morsch und seine Freunde banden ihn los, während Krumm die Türen seiner Schuhe öffnete. Mink und Munk kamen heraus und kletterten auf seine Schulter.

Krumm streckte Morsch zufrieden die Hand hin. »Das war eine

aufregende Fahrt. So was erlebt man nicht alle Tage und, auch wenn ich anfänglich an eurer Seetauglichkeit gezweifelt habe, bin ich wirklich froh, euch begegnet zu sein. Aber jetzt …«

»Wie?«, unterbrach ihn Tisal. »Du willst uns verlassen?«

»Nun ja, wir gehören einfach nicht aufs Land. Ich bin ein Kapitän und kein Baum. Und dann sind da das Schiff und der Schatz …«

»Den wir durch fünf teilen«, sagte Griesbert schnell.

»Also wenn schon, dann durch sechs.« Tisal sah zur *Nussschale*. »Die Piraten sollen nicht leer ausgehen.«

»Wartet.« Morsch zeigte auf die Skelette, die oben an der Reling standen. »Seht.« Die Gerippe wurden allesamt durchsichtig, erst ganz leicht, dann immer stärker. Sie lösten sich einfach auf. Zuerst wirkten sie ein wenig ängstlich. Aber mit jeder Sekunde wirkten sie glücklicher, ganz so, als fiele ihnen ein sehr schwerer Stein vom Herzen. Die Gerippe waren schon zur Hälfte verschwunden, da begann Tisal zu winken: »Danke und gute Reise!«

Morsch und Hainwart folgten seinem Beispiel. Als die Mannschaft mitsamt Kapitän und Papagei sich in Luft aufgelöst hatte, sagte Griesbert zu Krumm: »Das war es dann wohl mit eurer Mannschaft.«

»Und wenn schon«, antwortete Krumm. »Die *Nussschale* können ich und meine Mäuse schon schaukeln. Jetzt sollten wir uns aber erst mal etwas Ordentliches zu trinken suchen, dann teilen wir den Schatz.«

Alle waren einverstanden. Als der Steg auf das Land traf, zögerte Tisal. Er schluckte, atmete tief ein und machte seit langer Zeit den ersten Schritt in seine Heimat. Er kniete nieder und fuhr mit der

Hand über den Boden. Dann stand er auf und blickte den breiten Strom hinab. Hainwart trat neben ihn, klopfte ihm auf die Schulter und knarzte nickend: »Ursprungserde.«

Tisal sah seine Freunde entschlossen an, dann gingen sie auf das Empfangskomitee zu, das in einiger Entfernung wartete: vier Soldaten, angeführt von einem kleinen und ziemlich dicken Hauptmann. Ein mächtiger Schnurrbart zierte sein Gesicht. Als die Freunde sich näherten, hob er die Hand und rief: »Halt! Im Namen von Baron Schwarzmoor, Oberlandesaufseher und regierender Thronplatzhalter. Was wollt ihr hier und was führt ihr bei euch?«

Morsch wollte gerade antworten, da trat Griesbert auf den Hauptmann zu und säuselte freundlich: »Wir würden gerne ein Bad nehmen, etwas Gutes essen und dann einfach in Ruhe schlafen.«

»Aha, und wer seid Ihr?«, fragte der Hauptmann unsicher.

Griesbert baute sich breitbeinig auf, die Hände in die Seiten gestützt. Sein Säuseln wich bedrohlichem Knurren. »Ich bin Ritter Griesbert vom Berg, Bezwinger der Finsterforst-Räuberbande, Drachenseher, Drachensprecher und Drachenreiter, Finder der *Nussschale* und Besänftiger des dauernden Sturms. Und das, Herr Hauptmann, sind …«

»Ich bin Kapitän Krumm und das ist meine Mannschaft«, unterbrach ihn Krumm mit einer knappen Verbeugung.

»Aha. Nun dann, willkommen in Barisia, Herr Ritter«, stammelte der Hauptmann. In Anbetracht dieser seltsamen Reisegruppe schien er nicht recht zu wissen, was er tun sollte. Er stolperte einfach beiseite. Und seine Soldaten kamen aus dem Staunen nicht heraus, als der Ritter erhobenen Hauptes und ohne sie eines Blickes zu würdigen seinen Weg fortsetzte, gefolgt von drei Menschen, zwei Mäusen und einem wandelnden Baum.

Als sie die Soldaten passiert hatten, drehte sich Griesbert zu Krumm um: »Ich schätze es nicht, wenn ich unterbrochen werde, Herr Kapitän.«

»Ihr hattet Euch so aufgeblasen, Herr Ritter«, grinste Krumm. »Da wollte ich nicht nachstehen.«

»Aufgeblasen?« Griesbert funkelte Krumm an. »Stimmt es denn nicht, dass ich …«

»Doch, doch, es stimmt schon, dass ihr ein Ritter seid. Der Rest? Na, ich weiß nicht.«

Griesbert wurde rot. »Wie bitte? Ihr könnt Euch glücklich schätzen, dass wir Euch trotz eures hanebüchenen Seemannsgarns überhaupt als Kapitän gewählt haben. Sonst würdet ihr jetzt noch saufend in diesem *Fettigen Fisch* euren Mäusen beim Tanzen zusehen!« Griesbert wandte sich ab und stapfte wütend weiter.

»Er ist doch allzu berechenbar«, grinste Krumm ihm nach.

Morsch war froh, dass der Kapitän Griesbert und den Hauptmann unterbrochen hatte. Er hatte so ein Gefühl, es wäre besser, wenn man hier nicht zu viel über sie wusste.

Port Baris war wie ausgestorben. In den engen Gassen stand die Hitze. Nirgends war eine Menschenseele zu sehen. Einzig das Kreischen der Möwen und die Brandung waren zu hören, und das Gurren von Tauben. Morsch erschrak. Über ihnen, auf dem Dach eines Hauses stand ein Türmchen, in dessen Seiten schmale Holzstangen unter kleinen Eingängen steckten. Und auf manchen dieser Stangen hockten schwarze Tauben. Einige putzten ihre Schnäbel, andere liefen kopfnickend auf und ab und wieder andere begutachteten die Neuankömmlinge. Von diesen gurrten zwei besonders laut, als würden sie sich unterhalten. Morsch zählte insgesamt sieben.

»Schau einer an«, sagte Griesbert immer noch etwas wütend. »Schwarze Tauben. Auch hier. Sogar ziemlich viele.«

»Sei's drum«, brummte Krumm. »Da vorne sind Fensterläden offen. Da scheint jemand zu sein. Kommt!«

Es gab wirklich nur ein Haus, das offene Fensterläden hatte, und über der Eingangstür stand »Her---ge«. Die Buchstaben in der Mitte waren so verblichen, dass sie nicht mehr zu erkennen waren. »Na dann, auf ein Bier«, sagte Krumm und betrat eine schattige Veranda. Hier war es dank der leichten Brise angenehm kühl und es gab drei Tische. Keiner war besetzt.

Hainwart blieb neben der Veranda stehen. »Die Sonne brennt so heiß. Ich spüre, wie mein Laub und meine Äste verdorren.«

Griesbert wischte sich den Schweiß von der Stirn. »Erst ist es Euch zu felsig, dann zu nass, und jetzt, wo wir an Land sind, ist Euch das auch wieder nicht recht. Merkt Euch, Ritter beschweren sich nicht! Sie ertragen.«

»Wirklich?«, grinste Krumm.

»Euch hat keiner gefragt.« Griesbert sah ihn finster an und warf dann einen Blick in die Herberge. »Selbst hier ist niemand anzutreffen«, murrte er. »Lasst uns Platz nehmen.«

»Ich wandle zum Strom und suche Ufererde«, knarzte Hainwart.

»Die hast du dir auch verdient«, sagte Tisal.

Hainwart nickte und trottete zurück zum Fluss.

Morsch, Griesbert, Tisal und Krumm hatten sich gerade an einen der Tische gesetzt, als eine alte Frau heraus auf die Veranda trat. Sie hatte eine Schürze umgebunden und wirkte sehr träge und müde. Morsch musste unweigerlich an eine Schildkröte denken.

»Gäste. Das ist selten«, sagte sie langsam. »Was darf's sein?«

»Nun, gute Frau«, begann Morsch. »Wir wünschen ...«

»Wann geht die nächste Fähre zur Hauptstadt?«, brach es aus Tisal heraus.

Die Alte schien überrascht. Ihre müden Augen ruhten einen Augenblick auf Tisal, dann schüttelte sie den Kopf und sagte langsam: »Es gibt keine Fährverbindungen mehr, mein Junge.«

»Und eine Straße?«, fragte Griesbert.

Wieder schüttelte die Frau den Kopf. »Der Fluss ist die Straße, aber Boote kommen kaum noch hier herunter.« Sie lächelte sanft. »Früher brachten Flusskähne Teppiche und Stoffe, fremde Segelschiffe lagen vor Anker und es roch nach Gewürzen, Tee und der weiten Welt. Viele Sprachen mischten sich und die Reisenden handelten und tauschten. Da war meine Herberge gut besucht.« Sie blickte in die Ferne. »Aber jetzt, jetzt kommt niemand mehr.«

»Warum sind alle fort?«, fragte Morsch.

»Sie mussten in die Hauptstadt. Nur ich bin geblieben, schaue dem Verfall des Ortes zu und koche für die Soldaten, die einzigen Gäste, die noch kommen.« Sie atmete tief durch. »So was gab es früher nicht.«

»Und warum mussten alle in die Hauptstadt?«, fragte Morsch.

»Frondienst in der Mine.« Ihre Worte klangen bitter.

»Schön, schön«, unterbrach Krumm. »Aber jetzt bringt uns was zu trinken.«

Die Alte sah ihn traurig an, nickte und schlurfte zurück in die Herberge. Kurz darauf war das Klappern von Geschirr zu hören. Krumm lehnte sich gemütlich zurück und Mink und Munk kletterten auf den Tisch.

»Eine Mine, Soldaten und Frondienst.« Tisals Stimme zitterte. »Was ist aus meiner Heimat geworden?«

»Zeiten ändern sich, Junge«, sagte Krumm. »Man muss sich anpassen.«

Tisal ballte stumm die Fäuste. Die Alte brachte Speisen und Getränke. Morsch beobachtete Tisal. Der Junge rührte das Essen kaum an, starrte auf seinen Teller und schob die kleinen, runzligen Kartoffeln mit der Gabel hin und her. Als die Alte die Teller abräumte, fragte Morsch: »Wie kommen wir am besten in die Hauptstadt, wenn keine Boote mehr fahren?«

Die Alte legte die Stirn in Falten. »Ihr könnt meinen Kahn nehmen. Ich brauche ihn nicht mehr. Er liegt im Hafen.«

»Gut«, schmatzte Griesbert. »Was soll er kosten?«

Die Alte sah Tisal wieder einen Moment lang an, lächelte und sagte dann: »Nichts, ich schenke ihn euch, damit er nicht nutzlos verfällt, wie alles hier.«

»Vielen Dank, sehr großzügig«, sagte Griesbert.

»Ich danke euch«, sagte die Alte. »Hoffnung tut gut.«

Morsch und Tisal sahen sie überrascht an, aber Griesbert und Krumm schoben schon ihre Stühle zurück, klopften zum Dank auf den Tisch und machten sich auf den Weg zum Hafen. Tisal folgte ihnen. Morsch wollte sich noch einmal bedanken, aber die Alte schüttelte nur stumm den Kopf und lächelte ihn an. »Achtet auf den Jungen und auf die Tauben«, flüsterte sie. »Und traut niemandem.« Dann trug sie das Geschirr ins Haus.

Morsch blickte ihr nach und folgte schließlich seinen Gefährten. Als er den Taubenschlag passierte, zählte er nur noch sechs Tauben.

Bei den Schattenklippen

Während Hainwart glücklich am Flussufer stand und wurzelte, verbrachten Morsch und seine Freunde die Nacht auf der *Nussschale*. Am nächsten Morgen teilten sie den Piratenschatz. Zum Glück passten die Edelsteine und Juwelen in Morschs Tasche. Krumm behielt die Kannen, Schalen, Becher, Teppiche und die Krone. Dann nahmen Morsch, Griesbert und Tisal Abschied vom Kapitän und seinen Seemäusen und suchten Hainwart. Der war schnell gefunden. Unter all den Palmen gab es nur einen einzigen Baum, dessen Krone rot-golden leuchtete.

»Mein Laub ist wieder kraftvoll, meine Borke wieder fest«, knarzte Hainwart zufrieden, als seine Freunde sich näherten. »Deine Heimat hat eine saftige Erde, Spross. Du hast mir nicht zu viel versprochen. Wo wandeln wir jetzt?«

»Auf dem Fluss nach Süden«, antwortete Morsch, froh, dass es seinem Freund besser ging.

»Auf dem Wasser, wieder auf totem Holz?« Hainwart ließ die Astarme hängen und blickte seine Freunde aus großen Astlochaugen an.

»Erst zu felsig, dann zu nass, gestern zu heiß und zu trocken«, brauste Griesbert auf. »Sollte Euch eine frische Abkühlung da nicht recht kommen? Reißt Euch zusammen!«

»Im Fluss kannst du dir auch die letzten Spuren Meersalz abwaschen«, sagte Tisal. »Und ich verspreche dir, in Barisia kannst du überall wurzeln.«

Hainwart sah gar nicht zufrieden aus, soweit man das einem wandelnden Baum ansehen konnte. Er trottete hinter Morsch, Griesbert und Tisal zum Steg. »Muss ich wieder euer Schiff sein?«

»Nein«, lächelte Morsch und zeigte auf den Kahn, der dort vertäut lag.

Hainwart nickte ächzend und stieg in den breiten Strom, während die anderen drei im Kahn Platz nahmen. Tisal machte die Leine los und band sie um Hainwart. Dann setzte er das kleine dreieckige Segel, nahm das Steuer in die Hand und die drei fuhren Richtung Hauptstadt, den treibenden Hainwart im Schlepptau.

Die Morgenluft war frisch. Der breite Fluss roch würzig und süßlich nach Erde und Blumen. Die Ufer waren nebelverhangen. Gemächlich fuhren die Freunde den sanft rauschenden Strom aufwärts. Sie glitten abwechselnd an bunt leuchtenden Seerosen, Schilfwäldern und Palmenhainen vorbei. Frösche quakten. Hier und da war der lang gezogene Schrei eines blütenweißen Reihers zu hören, der durchs Uferdickicht stakte. Bald wurde es wärmer, und die Sonne vertrieb den Nebel. Wiesen, Haine, Felder reichten mal weit vom Ufer ins Land hinein, mal wurden sie nach wenigen Metern von der gelb-flirrenden Wüste verschluckt, sodass nur ein dünner Streifen Grün Sand von Wasser trennte. »Wie sonderbar«, dachte Morsch. Dieses Land war so ganz anders als sein kleines, immergrünes Tal, das nur im Winter unter einer weißen Decke schlief. Es war wie ein Sinnbild für den Kampf zwischen Leben und Tod, zwischen Wasser und Wüste. Das ganze Land wäre dem Tode geweiht, sollte der Fluss sterben. Seltsam war auch, dass er eine Vertrautheit mit diesem Land spürte, die er sich nicht erklären konnte.

»Ich weiß nicht, ob ich noch hierher gehöre.« Tisal blickte starr auf den Fluss. »Die Soldaten, die Mine.« Er seufzte.

»Natürlich gehörst du hierher«, brummte Griesbert. »Was auch immer vor uns liegt, wir sind an deiner Seite!«

Morsch nickte und warf einen Blick auf Hainwart, der mit geschlossenen Astlochaugen hinter ihnen trieb.

Eine Brise blähte das Segel und der Kahn nahm Fahrt auf. Gegen Mittag, die Sonne brannte vom Himmel, tauchte am Ufer eine kleine Hütte auf, die inmitten eines Feldes stand. Das Feld war nicht abgeerntet, obwohl seine Büsche und Bäume reife Früchte trugen. Niemand war zu sehen. »Hallo?«, riefen Griesbert und Morsch, aber niemand antwortete. »Vielleicht wurden die Bewohner zum Frondienst in die Hauptstadt eingezogen«, knurrte Griesbert.

Nachmittags wurde es kaum kühler. Die Wüste war nah an den

Fluss herangerückt. Auf dem rechten Ufer stiegen jetzt Klippen so hoch auf, dass sie das ganze Ufer zu ihren Füßen in Schatten tauchten.

»Als hätte man einen Berg einfach in zwei Teile geschnitten und einen hier liegen gelassen«, sagte Griesbert staunend. »Schaut mal, da sind überall Höhlen.«

Griesbert hatte recht. Unzählige Höhlen klafften in der hoch aufragenden Felswand.

»Das sind die Schattenklippen.« Tisal klang nachdenklich.

»Schattenklippen?«, fragte Griesbert und kratzte sich am Helm.

Tisal nickte. »Wenn jemand in Barisia stirbt, trauern wir fünf Tage. Dann tritt er seine letzte Reise an, hierher, zu den Schattenklippen. Seine Familie und alle Freunde begleiten ihn bis zu seinem letzten Schlafplatz.«

»Dann sind hier alle Menschen bestattet, die jemals in Barisia gestorben sind?«, fragte Morsch.

Tisal zuckte mit den Schultern. »Ich denke ja.«

»Auch dein …?«

»Vater«, vollendete Tisal Morschs Worte und nickte traurig.

»Möchtest du zu ihm?«

Tisal schwieg. Morsch spürte, dass er seinen Vater besuchen wollte, aber aus Furcht vor dem, was ihn erwartete, zögerte.

»Habt ihr das auch gesehen?«, rief Griesbert plötzlich. Er deutete Richtung Schattenklippen.

Morsch kniff die Augen zusammen und folgte Griesberts Finger. Plötzlich bewegte sich etwas auf einem Sims in der Nähe einer

Höhle, auf halber Höhe der Felswand. Irgendjemand oder irgendetwas huschte in die Höhle hinein.

»Was war das?«, stammelte Tisal. »Ein Mensch?«

»Vielleicht«, raunte Griesbert. »Das finden wir nur heraus, wenn wir dort hingehen.«

»Aber wir sollten vorsichtig sein«, mahnte Morsch.

»Ach was«, polterte Griesbert. »Was soll da oben schon sein? Vielleicht kann es oder er uns sagen, wie lange wir noch bis zur Hauptstadt unterwegs sind.«

Am Ufer gab es eine Anlegestelle, die weit auf den breiten Strom hinausführte. Tisal reffte das Segel und steuerte den Steg an. Sie banden Hainwart los und den Kahn fest. Dann folgten die vier einem breiten, gepflasterten Weg in den Schatten Richtung Felswand. Es war nicht weit zu den Klippen, die eine tiefe Ruhe ausstrahlten. Nach und nach waren die großen und kleinen Höhleneingänge besser zu erkennen. Leitern und in den Felsen geschlagene Treppenstufen, Balkons und schmale Simse führten hoch, beinahe bis zur Klippenspitze. Der Weg endete vor einer langen Rampe mit ausladenden Stufen. Zu beiden Seiten der untersten Stufe standen zwei Steinfiguren mit wallenden Mänteln. Ihre Köpfe wurden von Kapuzen bedeckt, und sie blickten zu Boden. Morsch stutzte. Die Figuren hatten keine Gesichter. Die Oberfläche war ganz glatt geschliffen, ohne jede Kontur.

»Die Wächter der Ruhe«, sagte Tisal ehrfürchtig.

Sie stiegen die Rampe empor. Mit jedem Schritt wurde es kühler und stiller. Am Ende der Rampe war ein großer rechteckiger Platz.

In der Mitte stand ein Podest. »Hier rasten die Reisenden, bevor sie die letzte Ruhe finden«, flüsterte Tisal. Er berührte das Podest und atmete tief ein. »Dann winken alle, die mitgereist sind. In die Höhle der Ruhe wird der Reisende nur von seiner Familie begleitet.«

»Hast du jemals eine letzte Reise erlebt?«, fragte Morsch.

Tisal nickte. »Meine Mutter. Aber ich war noch klein.«

Griesbert sah zu den Höhlen hinauf. »He da! Hallo«, rief er.

»He da. Hallo, hallo … hallo … … hallo«, kam es von den Schattenklippen zurück.

»Hall…llooo!«

»Hall…llooo, looo, loo…lo«, antwortete der Fels.

»Lasst uns mal raufsteigen«, sagte Griesbert.

»Ich komme da nicht hoch«, knarzte Hainwart. »Kein Platz und zu steil.«

»Na, dann bleibt ihr drei hier und ich klettere mal hoch«, brummte Griesbert und ging am Podest vorbei auf die Felswand zu. Zu beiden Seiten eröffnete sich ein breiter Balkon. Hier lagen nebeneinander die ersten Höhlen. Die Eingänge waren mit Säulen geschmückt, und über jeder Höhle war der Fels glatt geschliffen. Griesbert wollte eben über eine Steintreppe weiter nach oben steigen, als es klackte und polterte. »Vorsicht!«, rief Morsch. Griesbert konnte gerade noch beiseite springen, da krachte ein Felsbrocken genau auf die Stelle, wo er eben noch gestanden hatte. Kiesel und Steine folgten. Griesbert atmete schwer. Er war kreidebleich, wurde aber im nächsten Augenblick rot vor Wut: »Ja, Teufelsfelssturzsteinbrocken noch mal, wer war das?«, schrie er und richtete seine geballte Faust nach oben.

»Na warte, wenn ich dich erwische!« Dann stürmte er die enge Treppe nach oben.

Morsch suchte die Felswand ab, konnte aber niemanden entdecken, der die Lawine ausgelöst haben könnte.

»Das sind die Toten.« Tisal zitterte am ganzen Leib. »Sie wollen nicht gestört werden, und wir haben hier nichts zu suchen.«

»Beruhige dich, Tisal«, sagte Morsch. »Das waren nicht die Toten. Da oben ist jemand ganz lebendig.«

»Verschwindet!«, ertönte eine schrille Stimme. »Wir wollen unsere Ruhe. Ruuuuhhheeee!«, ertönte es noch schriller.

»Ich habe es doch gesagt, die Toten.« Tisal blickte Morsch und Hainwart angsterfüllt an.

»Ich bitte dich. Gerade bist du noch mit einer Mannschaft aus wandelnden Piratenskeletten gereist und jetzt hast du vor diesem Steinwerfer Angst?« Morsch sah Tisal ernst an. »Das sind nicht die Toten, glaub mir. Lass uns Griesbert folgen. Ich möchte wissen, wer dort oben ist.«

»Und ich?«, ächzte Hainwart.

»Halte hier Wache und beobachte die Höhlen. Wenn sich etwas regt, rufst du«, entgegnete Morsch, packte Tisal am Arm und die beiden folgten Griesbert, der mittlerweile den ersten Balkon hinter sich und eine Leiter erklommen hatte und höher und höher stieg.

»Veeerschwindeeet!«, ertönte es wieder schrill aus der Felswand und ein Hagel aus Geröll und kleinen Steinen prasselte direkt auf Griesbert hinab. Glücklicherweise trug er seinen Helm. Schimpfend und fluchend kletterte er weiter nach oben.

»Da!«, dröhnte Hainwarts Ruf. Der wandelnde Baum zeigte mit seinen Astfingern auf einen Balkon auf halber Höhe der Felswand.

»Was ist das?«, stammelte Tisal.

Dort oben saß etwas Zotteliges. Plötzlich sprang es auf und galoppierte auf allen vieren zu einem Höhleneingang. »Geeeht fort!«, schrie es schrill und verschwand in der Dunkelheit.

Die letzte Ruhe

Morsch und Tisal erreichten den schmalen Balkon vor der Höhle, in der das Wesen verschwunden war. Morsch wurde schwindelig. Erst jetzt bemerkte er, wie hoch sie in all der Eile geklettert waren. Unten stand Hainwart. Er wirkte ganz klein und blickte nach oben. Morsch drückte sich an die Felswand. Der Wind riss an seinen Kleidern. Er atmete tief durch und schob sich vorsichtig weiter, dicht gefolgt von Tisal. Schritt für Schritt erreichten sie die finstere Höhle. Griesbert stand davor und spähte hinein. »Komm schon raus, du Spaßvogel!«, rief er zornig.

Keine Antwort.

»Komm raus, sonst komme ich rein und hol dich!«

»Nein!«, kam es plötzlich schrill zurück.

Morsch spähte in die Dunkelheit, konnte aber nichts erkennen.

»Haut ab! Wir wollen unsere Ruuuheee!«, heulte die Stimme.

»Du machst mir keine Angst. Ich bin gestern noch mit einem Haufen Geisterpiraten über die Glitzersee gesegelt. Wenn du mich erschrecken willst, musst du dich ein bisschen mehr anstrengen«, polterte Griesbert.

»Sehr geehrter Herr«, begann Morsch freundlich, »wir sind vier Reisende auf dem Weg zur Hauptstadt und wir würden gerne wissen, wie weit es noch ist. Kommt doch heraus, damit wir uns unterhalten können.«

»Ha«, kam es aus dem Dunkel zurück, »damit ihr mich mitnehmen könnt.«

»Wieso sollten wir das wollen?«, fragte Morsch.

»Damit ich für euch schufte.«

»Wir wollen nur nach dem Weg fragen«, sagte Morsch.

»Das ist doch lächerlich«, krähte es aus der Dunkelheit. »Einfach den Fluss runter. So. Ich komm nicht raus. Verschwindet!«

Morsch merkte, wie ihn Tisal am Ärmel zupfte. Er drehte sich um und war überrascht. Tisal hielt ihm einen leuchtenden Stein hin. Morsch wusste sofort, woher der Stein kam. Er nahm ihn und leuchtete in die Höhle. Der Schein erfüllte den ganzen Raum. Die glatten Wände reichten vielleicht sechs Meter in den Felsen, und rundherum standen Podeste, wie Betten. Darauf ruhten lange steinerne Kästen. In ihre Deckel waren ganz fein schlafende Gesichter geschnitten. Es war sehr kalt in der Höhle. Morsch nahm seinen Mut zusammen und ging hinein. Seine Freunde folgten. Ganz hinten in einer Ecke, hinter dem letzten Steinsarg, bewegte sich etwas. Morsch hielt inne und sagte freundlich: »Hallo?«

»Nein«, kam es schrill aus der Ecke.

»Wir tun dir nichts. Wir sind einfache Reisende.«

»Wirklich?«, fragte es aus der Ecke.

»Wirklich!«, sagte Morsch.

Langsam tauchte hinter dem Sarg ein Kopf auf, wild geschmückt mit Palmwedeln und Ästen. Regungslos blickte das Wesen Morsch an. »Ihr seht nicht wie die fremden Söldner aus«, sagte es misstrauisch.

»Weil wir keine sind«, antwortete Morsch.

Jetzt richtete sich der Steinwerfer auf. Wie ein Busch war er auch am ganzen Körper mit Palmwedeln und Ästen geschmückt, trug aber ansonsten ganz normale Kleidung.

»Wie heißen Sie denn?«, fragte Morsch.

»Sag ich nicht.«

»Na gut. Mein Name ist Leopold Morsch, und meine Begleiter heißen Ritter Griesbert vom Berg und …«

Mit offenem Mund starrte der Steinwerfer Tisal an. »Tisal«, flüsterte er. »Tisal Baris, Prinz von Barisia?«

Tisal nickte langsam.

»Es heißt, Ihr wäret verschwunden, Prinz! Ich bin Glondo Zwickel, zu Diensten.« Der Steinwerfer verbeugte sich. »Euer Vater ist …«

»Verstorben«, sagte Tisal. »Ich weiß. Und Schwarzmoor regiert.«

Glondo nickte niedergeschlagen.

»Was ist in Barisia passiert?«, fragte Tisal.

»Seit Euer Vater seine letzte Ruhe gefunden hat, ließ Schwarzmoor alle Dörfer und Höfe nach Arbeitskräften absuchen. Seine Söldner haben alle in die Hauptstadt verschleppt.«

»Verschleppt?«, fragte Griesbert. »Wozu?«

Glondo senkte den Blick. »Ich weiß es nicht. Ich halte mich versteckt. Niemand bereist mehr den breiten Strom. Und wenn doch, dann diese fremden Söldner.« Traurig sah Glondo Tisal an und sagte leise: »Wollt Ihr ihn sehen? Euren Vater, Prinz. Er schläft dort oben, in der Königshöhle.«

Tisal erstarrte. Er wirkte unentschlossen, aber nach einem Augenblick nickte er.

»Na dann, kommt.«

Morsch, Tisal und Griesbert folgten Glondo aus der Höhle, über Balkone, ein paar Treppen und das eine oder andere Gesims hinauf, bis sie die höchste Höhle erreicht hatte. Zu beiden Seiten waren Säulen aus dem Felsen geschlagen und über dem Eingang war in eine glatt geschliffene Stelle ein bekrönter Kranich auf zwei Wellenlinien geschnitten. Glondo Zwickel trat beiseite. Tisal blieb stehen, zögerte, dann sah er sich zu seinen Freunden um. Morsch nickte ihm zu und Griesbert nahm Haltung an. Er salutierte und sagte mit ernstem Blick: »Ich bin bei Euch, Prinz. Nur Mut, ich werde immer hinter Euch stehen.«

Tisal fachte den Leuchterstein an, atmete tief ein und betrat die Königshöhle. Morsch und Griesbert folgten.

Die Höhle war genauso schlicht und kalt wie die anderen Höhlen, nur war sie viel tiefer und die Särge lagen nicht auf Podesten, sie standen aufrecht nebeneinander an den Wänden, einer nach dem anderen. Im Schein des Leuchtersteins strahlten die fein modellierten, schlafenden Gesichter auf den Deckeln unendliche Ruhe und Zufriedenheit aus. Das waren also Tisals Ahnen, dachte Morsch. Wie lange seine Familie wohl zurückreichte? Es waren jedenfalls sehr viele Särge. Links standen die Könige, rechts die Königinnen. Tisal schritt sie ab, und es dauerte eine ganze Weile, bis sie das Ende erreichten. Dort standen zwei letzte Särge. Morsch betrachtete die schlafenden Gesichter auf den Deckeln. Tisals Mutter strahlte Güte aus. Sie wirkte zufrieden. Und Tisals Vater sah dem Jungen sehr ähnlich. Das schlafende Steingesicht war ernst und würdevoll. Tisal berührte den Sarg seines Vaters. Er seufzte, hob seinen Kopf und sah seinen Vater lange schweigend an. Morsch und Griesbert wagten nicht zu stören. Da begann Tisal plötzlich zu flüstern, ganz so, als sei er im Zwiegespräch mit seinem Vater. Er nickte, schüttelte den Kopf und sagte nach einer Weile: »Ich weiß nicht, ob ich das kann.«. Durch Griesbert ging ein Ruck. Er legte dem Jungen die Hand auf die Schulter. Tisal atmete tief ein. Als hätte er plötzlich einen Entschluss gefasst, sagte er langsam: »Ich bringe das wieder in Ordnung, Vater. Versprochen.« Dann wandte er sich ab und ging mit festem Blick zum Ausgang der Höhle. Morsch verspürte ein wenig Stolz, als er dem Jungen hinterhersah. Aus dem verschüchterten Kind im Finsterforst war ein Junge geworden, der sein schweres Erbe antrat. Dann folgten auch er und Griesbert zum Ausgang der Königshöhle.

Während Hainwart die Nacht wurzelnd am Ufer verbrachte und den Kahn bewachte, blieben die anderen drei bei Glondo in seinem Lager in einer der unteren Höhlen. Sie unterhielten sich noch lange über die Vorkommnisse in Barisia, aber viel mehr, als dass sich mit König Baris' Tod alles verändert hatte, wusste auch er nicht zu berichten. Aber in der Hauptstadt ging etwas vor sich, da war sich Glondo sicher. Und das war nichts Gutes.

»In Barisia gab es nie eine Armee und schon gar keine fremden Söldner«, sagte Tisal.

»Wie, gar keine Armee? Das war also dein Ernst?« Griesbert war überrascht.

»Mein Vater hatte nur eine Palastwache, die morgens die Fensterläden auf- und des Nachts wieder zumachte. Meist standen sie an irgendwelchen Türen und lächelten nett«, antwortete Tisal.

»Aber wenn ihr keine Armee habt, wie verteidigt ihr dann euer Land?«

»Was meinst du mit verteidigen?«

Tisals Frage verblüffte Griesbert. »Na ja. Wenn jemand angreift, dann müssen doch Soldaten die Grenzen und den Palast schützen mit Schwert und Schild.«

»Solange ich lebe, war das nie der Fall«, sagte Tisal und blickte zu Glondo, der den Kopf schüttelte. »Mein Vater hat mir auch nie von so was erzählt. Er sagte immer, dass man miteinander sprechen soll, wenn es Ärger gibt. Gespräche lösen alles.«

»Nun ja, so einfach …«, brummte Griesbert verstimmt und murmelte den Rest in seinen struppigen Bart.

Morsch lächelte. Ihm gefiel Tisals Sichtweise. Aber er kannte auch die Menschen. Wie leicht war es für den Stärkeren, sich mit Gewalt durchzusetzen. Verfolgten Menschen nicht gerne gedankenlos ihre Ziele? Er dachte an Wilbort Weinfass oder die Forscher von Brimm. Hatten die Menschen in Barisia bisher nur Glück gehabt, oder konnte man mit ein wenig Rücksicht wirklich in Frieden und Einklang leben? Schwarzmoor schien genau das für sich schamlos auszunutzen. »Warum braucht Schwarzmoor überhaupt Soldaten?«, sagte Morsch in die Runde. »Ist nicht eigentlich das die spannende Frage?«

Barisia auf dem langen Hügel

Die Nacht war kurz und der Morgen dämmerte. Nach einem kleinen Frühstück verabschiedeten sich Morsch, Tisal und Griesbert von Glondo und wollten gerade die Höhle verlassen, als Glondo sie zurückhielt. »Wartet.« Er zeigt hinaus auf die Wächter der Ruhe. »Eine schwarze Taube.«

Die Taube stolzierte auf dem Kopf des rechten Wächters hin und her. Sie schien sich umzusehen.

»Bleibt hier«, raunte Glondo, zog einen Stein aus einem Sack am Höhleneingang und schlich hinaus. Langsam ging er auf die Taube zu. Als sie ihn entdeckte, blieb sie auf der Statue sitzen und beäugte ihn gurrend. »Na du?«, säuselte Glondo und wog den Stein in seiner Hand.

»Gurr.« Die Taube drehte ihren Kopf, blickte nach rechts, nach links, dann wieder auf Glondo.

Da sprang Glondo auf sie zu, hob den Arm und warf mit einem »garstiger Spion« den Stein, verfehlte sie aber.

Die Taube flog auf, gurrte aufgebracht, drehte eine Runde und flog nach Norden.

»Komm ja nicht wieder, sonst verspeise ich dich zum Abendessen!«, schrie ihr Glondo nach.

»Sag, Glondo, was hat es mit den Tauben auf sich?«, fragte Morsch. »Du hast sie *garstiger Spion* genannt.«

Glondo nickte bitter. »Sie sind Schwarzmoors Augen, berichten über alles, was sie sehen. Und sie tragen seine Befehle Strom auf, Strom ab. Besser, wenn sie einen nicht entdecken.«

»Danke.« Morsch war froh, dass die Taube fort war.

»Haltet die Augen offen«, flüsterte Glondo, als Morsch, Griesbert und Tisal ihm noch einmal zum Dank die Hand schüttelten. Dann gingen sie zum Ufer, banden den Kahn los und Hainwart fest und stiegen in das Boot. Der warme Wind erfasste sanft das Segel, und sie nahmen Kurs auf Barisia.

Ruhig glitt der Kahn den breiten Strom entlang, vorbei an Palmenhainen und Schilfdickicht, an vereinsamten Höfen und bunten Feldern. Dahinter lagen die gelben Dünen und hellbraunen Sandsteinfelsen der Wüste.

Am späten Nachmittag entdeckte Tisal am Ufer einen alten Mann. Er reffte das Segel und steuerte auf ihn zu. »Hallo«, rief er. Morsch und Griesbert winkten, und Hainwart drehte sich ein wenig, um besser sehen zu können. Der alte Mann beugte sich über mit Datteln gefüllte Körbe. Es bereitete ihm sichtlich Mühe, sich aufzurichten und zum Fluss zu wenden. Sein langes, staubgraues Gewand täuschte nicht über seinen ausgezehrten Körper hinweg. Er blickte den Freunden aus leeren Augen entgegen, sagte nichts und hob keine Hand zum Gruß. Als Tisal an der Uferböschung beidrehte, deutete der Mann auf die Körbe und rief: »Nehmt, was der Palast braucht.«

»Wir wollen nichts von Eurem Obst«, antwortete Griesbert. »Wir sind auf dem Weg in die Hauptstadt und vielleicht könnt Ihr uns sagen …«

»Nehmt, was der Palast braucht«, heulte wieder der Alte.

»Wir möchten nur …«

»Nehmt, was der Palast braucht! Nehmt was der …«

»Ja, hört Ihr denn gar nicht zu?«, polterte Griesbert.

Der Alte schaute den Ritter mit großen Augen an, dann raffte er sein Gewand und verschwand mit langen Schritten im Palmenhain. Die Freunde blickten ihm verdutzt hinterher. Morsch seufzte. »Lasst uns weiterfahren. Je schneller wir in die Hauptstadt kommen, umso eher wissen wir, was hier los ist.«

Im Morgengrauen des nächsten Tages waren die Ufer wieder in nebligen Dunst gehüllt. Weiße Reiher wateten durch das Schilf und suchten mit ihren langen Schnäbeln im Uferschlamm nach Nahrung. Es war still. Nur das sanfte Rauschen des Flusses und hier und da ein Plätschern und Glucksen waren zu hören. Morsch steuerte den kleinen Kahn.

»Warum heißen eigentlich das Land und die Hauptstadt Barisia?«, fragte Griesbert in die Stille.

»Keine Ahnung«, antwortete Tisal. »Wenn wir Stadt und Land unterscheiden wollen, sagen wir *Barisia am breiten Strom* für das Land und *Barisia auf dem langen Hügel* für die Stadt, oder kurz Barisia für das Land und Hauptstadt für die Stadt.«

»So?« Griesbert zog eine Augenbraue hoch. »Liegt die Hauptstadt denn auf einem langen Hügel?«

Tisal nickte.

Plötzlich tauchten im tiefgrünen Flusswasser schwarze Schlieren auf, die träge den breiten Strom hinabtrieben. Auch wenn die Schlieren knapp eine Ruderlänge vom Kahn entfernt schwammen, lag ein stechender Gestank in der Luft. Morsch, Griesbert und Tisal mussten husten und Morsch schossen die Tränen in die Augen. »Achtung«, rief Griesbert, der im Bug saß. Eine große schwarze Lache hielt direkt auf den Kahn zu. Morsch blickte zu Hainwart, der im Kielwasser schwamm.

»Was ist da vor uns?«, knarzte der wandelnde Baum.

»Nichts weiter«, versuchte Morsch ihn zu beruhigen. »Halte dich einfach ruhig.« Er zog Hainwart mit dem Tau etwas näher an den Kahn, in der Hoffnung, dass die schwarzen Schlieren vom Bug geteilt und an seinem Freund vorbeitreiben würden.

»Lass das lieber«, rief Griesbert.

Morsch drehte sich nach vorn und sah, wie sich Tisal über die Reling beugte, um etwas von dem schwarzen Zeug einzufangen.

Griesbert zog ihn zurück. »Was so scharf riecht, kann nicht gut sein«, brummte der Ritter und hielt seinen Arm vor Mund und Nase.

Morsch und Tisal taten es ihm gleich. Als der Kahn auf den schwarzen Teppich traf, zischten die Planken der Bootswand und ätzender Dampf stieg auf. Morsch erschrak und sah zu Hainwart. Die Schlieren vermischten sich mit dem Kielwasser. Hainwart heulte auf. Sein Stamm, seine Äste und das Laub, alles zischte und dampfte. Hainwart schlug mit seinen Astarmen um sich. »Der Fluss, er frisst meine Borke!«, stöhnte er. »Morsch, hilf mir!«

Aber Morsch konnte nichts tun. Wie hätte er den wandelnden Baum vor den schwarzen Schlieren schützen können? Erst als der schwarze Teppich vorbeigezogen war, beruhigte sich Hainwart langsam und trieb wie geschlagenes Holz im Fluss, der immerhin seine Wunden kühlte.

Immer wieder tauchten schwarze Schlieren im Flusswasser auf, aber Morsch konnte ihnen ausweichen. Und Hainwart blieben weitere Schmerzen erspart.

»Scheußliche Brühe«, hustete Griesbert. »Ist das immer so?«

Tisal schüttelte stumm den Kopf.

Still saßen die drei Freunde im Kahn und fuhren im Morgennebel den breiten Strom hinauf. Nur Hainwart knarzte hier und da. Er hatte noch Schmerzen.

»Jetzt dürfte es nicht mehr weit sein«, murmelte Tisal nach einer Weile. Dann schimmerte der lange Hügel durch den morgendlichen Dunst und war immer klarer zu erkennen. Ein lang gezogener Hügel, der von Norden nach Süden anstieg und auf seinem Rücken eine Stadt trug. Am höchsten Punkt brach er schroff ab. Hier ragte inmitten üppiger Gärten, umgeben von einer Mauer, ein Palast in die Höhe. Die weiß getünchten Häuser der Stadt mit ihren bunten Türen und Fensterläden reichten bis an die Palastmauer heran und glichen einem weißen Juwel, das in der Morgensonne in allen erdenklichen Farben schimmerte. Der breite Strom floss nahe am Fuß des langen Hügels entlang. Dort wuchsen Palmenhaine, Obstbäume und Gemüsefelder. Alles wirkte wie ein Gemälde. Nirgends bewegte sich etwas. Keine Menschenseele war zu sehen, und die wenigen Höfe schienen leer. Am Ufer schaukelten die vertäuten Fischerboote sanft auf dem Wasser. »Seltsam. Sonst sind immer Schiffe auf dem Fluss«, flüsterte Tisal und reffte das Segel.

Morsch steuerte einen Steg an und machte Hainwart los, während Griesbert den Kahn vertäute. Als der wandelnde Baum aus dem Fluss stieg, konnten die Freunde seine Wunden sehen. Die Borke war an vielen Stellen abgelöst und das Holz tief schwarz, als wäre es verbrannt. Sein Laub war fast ganz verdorrt. Sein Astlochgesicht vor Schmerzen verzerrt, zitterte und stöhnte Hainwart bei jedem Schritt. Er sah an sich herab, schüttelte seine Laubkrone und ächzte: »Wie Feuer.«

»Wurzle«, sagte Tisal. »Ruhe dich aus und versorge deine Wunden. Hier findest du die beste Erde in ganz Barisia.«

»Danke, Spross«, stöhnte der wandelnde Baum. »Ich brauche Ruhe, muss Kraft sammeln und meine Wunden harzen. Ich …« Seine Astlochaugen fielen zu. Hainwart erstarrte, während sich seine Wurzeln tief in das Ufer gruben.

Morsch klopfte ihm sacht gegen den Stamm. Dann sah er zum Hügel. »Wir sollten uns umsehen.«

»Folgt mir«, sagte Tisal.

Ein schmaler Pfad schlängelte sich durch die verwahrlosten Felder. Die drei Freunde kamen an ein kleines Bauernhaus. Fenster und Tür waren verschlossen. Griesbert klopfte. »Hallo! Jemand zu Hause?«

Stille. Dann ging plötzlich die Tür einen Spaltbreit auf und eine alte Frau streckte ihren Kopf heraus. »Wir haben doch gestern Abend alles am Palast abgeliefert«, wimmerte sie mit zittriger Stimme. »Gleich gehen wir wieder aufs Feld, versprochen. Bitte tut uns nichts, Herr.« Sie senkte ihr Haupt.

Griesbert sah sie fragend an. »Euch etwas antun? Das liegt mir fern.«

Die Frau hob den Blick und sah jetzt ihrerseits Griesbert überrascht an.

»Gute Frau, wir …«, begann Griesbert, aber sie zog den Kopf zurück und schloss die Tür. »Was war denn das?«

Tisal trat an die Tür und klopfte noch einmal, doch die Tür blieb geschlossen.

»Die Menschen haben Angst«, antwortete Morsch. »So viel ist sicher. Lasst uns in die Stadt hinaufgehen.«

Der schmale Pfad endete am Fuß des langen Hügels. Von dort führte eine gepflasterte Gasse den Hügel hinauf direkt zum Palast. Die Fensterläden und Türen der Häuser entlang der Gasse waren verschlossen. Niemand war zu sehen oder zu hören. Nicht einmal eine Katze huschte vorbei. Es war gespenstisch und still. Nur eine leichte Brise zog durch die Gassen, das Einzige, was hier lebendig schien.

»Niemand da?«, zerriss Griesbert die Stille, aber er erhielt keine Antwort.

Sie folgten der Gasse vorbei an geschlossenen Geschäften und Werkstätten, vorbei an abgedeckten Brunnen, bis sie einen kleinen quadratischen Platz erreichten. Tisal sah nach links und rechts und murmelte gedankenverloren: »Das ist der Marktplatz. Hier war immer was los.« Er zeigte auf ein Haus, vor dessen Eingang ein paar schwere Tische gestapelt standen. Die Fensterläden waren vernagelt. »Hier war das Gasthaus und dort«, er zeigte quer über den Platz, »der Laden von Idris, unserem Schneider.« Tür und Fensterläden der Schneiderei waren zu. An der Tür hing ein Schild, auf dem in großen Buchstaben stand: »ERST MAL GESCHLOSSEN«.

Tisal überquerte den Platz und blieb an einem mächtigen, verzierten Torbogen stehen. »Hier beginnen die Gärten und der Brunnenweg, der direkt zum Palast führt.« Die Palastgärten hinter dem Tor waren verwildert. Überall lag welkes Laub und die Sträucher wuchsen weit in den Weg. »Meister Pintilu wird in Ohnmacht fallen«, sagte Tisal.

»Pintilu?«, fragte Morsch.

»Der Gärtner. Dort.« Tisal zeigte auf einen kleinen runden Platz mit Bänken und einem Brunnen in der Mitte. »Hier waren immer Bürger. Sie schlenderten durch die Gärten oder hielten einfach nur ein kleines Schläfchen. Und jetzt? Keine Seele.« Auf dem Weg zum Palast blieb Tisal immer wieder stehen, blickte sich um und erzählte, wie er als kleiner Junge durch die Gärten gelaufen war und sich versteckt, in den vielen Brunnen geplanscht oder die bunten Vögel beobachtet hatte, die in den Kronen der Bäume nisteten. Morsch sah die einstige Schönheit des Palastgartens vor sich, aber jetzt war alles trostlos. In den Brunnen schwamm faules Laub, die Wege waren überwuchert und die Vögel verschwunden.

Bald erreichten sie das Palasttor, von dem die hellblaue Farbe abblätterte. Tisal rüttelte, aber es war fest verschlossen. Griesbert wollte gerade klopfen, als aus dem Garten dumpfe, rhythmische Schläge an Morschs Ohr drangen. »Hört ihr das?«, flüsterte er.

»Da hackt jemand Holz«, raunte Griesbert.

»Es kommt von dort.« Morsch zeigte mitten in den verwilderten Garten. Er drückte Äste und Sträucher beiseite und schlich vorsichtig in die Richtung, aus der die Geräusche kamen. Seine Freunde folgten ihm. Plötzlich blieb Morsch stehen und spähte durch die Büsche. Mitten im Garten war eine kahle Stelle, auf der ein halb nackter Mann stand und Holz hackte. Immer und immer wieder fuhr seine Axt auf einen Hackblock nieder und teilte Stammstücke. Daneben lagen einige Baumstämme, die zum Teil schon von ihren Ästen befreit waren, und ein Stück weiter stand eine große Säge. Ein zweiter Mann sammelte die Holzscheite und stapelte sie in eine große, hölzerne Schubkarre. Nur mit Mühe hielten die Lumpen um seinen Körper. Morsch entdeckte einen Kerl in schwarzer Rüstung, der im Schatten eines umstehenden Baumes lehnte. An seiner Seite baumelte ein Säbel. Neben ihm saß ein zweiter Kerl in Rüstung auf dem Boden. Ihre nach oben spitz zulaufenden Helme hatten sie auf einen Baumstumpf gelegt. Hinter ihnen führte ein Trampelpfad ins Dickicht und Richtung Palastmauer. »Die sind größer und stämmiger als die Soldaten in Port Baris«, flüsterte Griesbert. »Hat nicht Glondo von fremden Söldnern gesprochen?«

»Schneller, du fauler Hund«, bellte jetzt der erste Söldner, »oder wünschst du dir ein paar Peitschenhiebe? Du weißt doch, dass der Baron Faulheit nicht duldet.«

Der zweite lachte schallend. Die beiden Arbeiter zuckten zusammen und arbeiteten weiter, so schnell sie konnten.

»Die holzen unseren schönen Garten ab«, flüsterte Tisal erschrocken. »Die tausendjährigen Bäume.«

Morsch war froh, dass Hainwart am Flussufer geblieben war. Dieser Anblick hätte seine Wurzeln verdorren lassen. Er deutete auf den Trampelpfad. »Und das Holz transportieren sie dann weiter, dort, zur Palastmauer.«

»Was die da wohl machen?«, sagte Griesbert.

Morsch bemerkte, wie Tisal plötzlich starr vor Schreck wurde. Er hatte Tränen in den Augen, schluckte und zeigte auf den Holzfäller. »Das … das ist Meister Pintilu.«

»Der Palastgärtner?«, flüsterte Griesbert.

Tisal nickte langsam. Der Holzfäller wirkte müde und erschöpft. Seine Augen starrten traurig auf den Hauklotz. Morsch fühlte, wie sich ihm der Hals zuschnürte. Wie schrecklich es für den Mann sein musste, den uralten Garten zu zerstören, um den er sich sein ganzes Leben gekümmert hatte. Griesbert ballte die Fäuste und lief rot an. »Diesen feinen Baron kauf ich mir. So ein Unhold!«

»Lasst uns sehen, wo dieser Trampelpfad hinführt«, sagte Morsch.

Vorsichtig schlichen sie an der Lichtung vorbei. Da knackte plötzlich ein Ast unter Griesberts Füßen.

»Was war das?« Der stehende Söldner blickte zum Dickicht.

Langsam erhob sich der zweite Söldner und zog seinen Säbel. »Hallo! Wer da?«

Morsch, Griesbert und Tisal blieben wie angewurzelt stehen. Sie wagten kaum zu atmen.

»Geh und sieh nach«, sagte der zweite Söldner.

»Wieso ich? Geh doch du.«

»Na, weil ich zuerst auf die Idee gekommen bin, dass du nachschauen sollst.«

»Aber ich bewache doch die beiden.« Der erste Söldner zeigte auf die Holzfäller, die aufgehört hatten zu arbeiten.

»Das kann ich doch auch machen.«

»Ich bin aber zuerst auf die Idee gekommen, dass sie bewacht werden müssen.«

Die beiden Söldner sahen sich an.

»Ich hör nix mehr«, sagte der erste.

Der zweite nickte. »Und ihr! Macht einfach mal Pause? Los hacken!«, befahl er barsch.

Meister Pintilu und sein Gehilfe zuckten zusammen und fingen wieder an zu arbeiten – tock, tock, tock. Die Söldner starrten noch einen Moment in das Dickicht, widmeten sich dann aber wieder den Gefangenen.

Morsch sah Griesbert streng an und legte seinen Zeigefinger auf den Mund. Dann schlichen sie weiter. Kurz darauf erreichten sie den Trampelpfad. Durch die Bäume war schon die Palastgartenmauer zu erkennen, in der ein breiter Spalt klaffte. Die herausgeschlagenen Mauersteine waren zu beiden Seiten aufgeschichtet worden.

Der Pfad führte direkt darauf zu. Ungesehen erreichten die drei den Durchbruch und blickten hindurch auf einen breiten Felsvorsprung. Am Rand des Vorsprungs stand ein Aufzug, ein Gerüst aus kräftigen Stämmen und Balken. Ein starkes Seil führte über eine Winde nach unten. Die drei schlichen vor. Gut fünfzig Meter ging es steil in die Tiefe, und unten, hinter dem langen Hügel, lag eine Baustelle. Überall liefen Menschen zwischen Baracken hin und her, schleppten Holzscheite und Steine, warfen beides in große glühende Öfen oder schaufelten schwarze Schlacke und Kohle auf große Haufen. Schmiedehämmer schlugen im Rhythmus mit quietschenden Schleifsteinen und zischenden Schmelzöfen. Über allem schallten die Rufe von Söldnern, die zur Arbeit antrieben. Die staubige Luft stank nach Kohle und Feuer.

Tisal war bleich, taumelte und hielt sich am Aufzug fest. Griesbert und Morsch stützten ihn und halfen ihm zurück zur Palastgartenmauer. Dort musste sich der junge Prinz hinsetzen. »Das ist ja grauenhaft«, stammelte er. »Dort unten ist alles grau und schwarz und stinkt.«

»Wir sollten uns zurückziehen und uns gut überlegen, was wir als Nächstes tun«, sagte Morsch nachdenklich. »Eines ist sicher. Tisal ist hier nicht mehr willkommen.«

Griesbert nickte ernst.

Mirsu und die Geschichtenerzählerin

Vorsichtig schlichen Morsch, Tisal und Griesbert zurück zum Marktplatz. »Das ist nicht mehr Barisia«, sagte Tisal niedergeschlagen. »Das ist das Gegenteil von allem, was ich kannte.«

»Wir werden Schwarzmoor zur Rede stellen«, nickte Morsch. »Aber zuerst brauchen wir einen Plan.«

»Pssst!«

»Habt ihr das auch gehört?«, fragte Griesbert.

Morsch sah sich um, aber auf dem Marktplatz war niemand zu sehen. »Pssst! Hier drüben.« Da war es wieder.

»Wo drüben?«, schnauzte Griesbert. »Komm raus, wo immer du bist.«

Da klapperte etwas. Es kam von der Schneiderei. Einer der zugenagelten Läden bewegte sich, als würde jemand von innen dagegendrücken. Tisal rannte hin.

»Nicht!« Griesbert wollte ihn zurückhalten. »Das ist vielleicht gefährlich.« Aber Tisal hörte nicht. Morsch folgte dem Jungen. Als sie sich der Schneiderei näherten, konnte er erkennen, dass der Fensterladen einen Spalt aufgedrückt worden war. »Pssst! Hier«, kam es aus dem finsteren Spalt.

»Wer bist du und was willst du von uns?«, fragte Tisal.

»Ihr seid nicht von hier, ihr … TISAL? Du lebst! Ich wusste es.«

Morsch erkannte ein Augenpaar, das im Dunkeln schimmerte.

»Ja, aber wer bist du?«, stammelte Tisal.

»Ich bin's, Mirsu.«

»MIRSU!«, rief Tisal freudig. »Was machst du da drin und was ist hier überhaupt los?«

»Pssst! Ihr müsst weg von der Straße. Schwarzmoor lässt alles überwachen. Kommt rein.«

Tisal nickte und der Fensterladen schloss sich. »Komm, Morsch. Sie ist eine gute Freundin und wird wissen, was hier los ist.«

Sie winkten Griesbert und gingen um das schmale Haus herum. Auf der Rückseite war ein Holztor. Tisal drückte es auf. Dahinter lag ein kleiner Innenhof. Rechts und links standen Blumenkästen und Blumentöpfe mit verdorrten Pflanzen an den Wänden. Tisal ging zur Hintertür des Hauses, die nur angelehnt war, und öffnete sie. Sie führte in einen langen, schmalen Raum. Licht fiel auf einen Tisch mit Scheren, Nadeln, Fäden, Garnen und Stoffresten, links standen dicke, dünne, große und kleine Holzpuppen und über allem lag eine Staubschicht. Am Ende des Raumes war eine zweite Tür.

»Sieht aus, als wäre der Schneider mir nichts, dir nichts ausgezogen«, sagte Griesbert, »oder einfach mir nichts, dir nichts verschwunden, von einem Moment auf den anderen.«

»Ja, seltsam«, nickte Morsch.

Plötzlich öffnete sich mit leisem Knarzen die zweite Tür, und ein Mädchen drückte sich hindurch. Sie war vielleicht so alt wie Tisal. Ihre Haut war etwas dunkler und ihre tiefbraunen Augen strahlten: »Du bist es wirklich!« Ihr dicker, geflochtener, schwarzer Zopf hüpfte, als sie auf Tisal zulief und ihn umarmte. »Alle sagen, du wärst tot.«

»Tot? Ich?«, entgegnete Tisal. »Ich wurde nur entführt.« Er wandte sich zu Morsch und Griesbert. »Darf ich vorstellen: Griesbert vom Berg und Leopold Morsch. Sie haben mich vor Räubern gerettet und hierher begleitet.«

Mirsu lächelte Morsch und Griesbert zu, dann senkte sie den Blick. »Wir sind alle sehr traurig. Dein Vater ist …«

»Ich weiß. Ich war bei den Schattenklippen.«

»Er ist vor Kummer gestorben, weil du verschwunden bist. Schwarzmoor hat alle Palastwachen ausgesandt, um dich zu suchen, aber ohne Erfolg.«

»Und jetzt regiert er?«

»Ja«, nickte Mirsu. »Er sagt, es sei besser so, bis ein neuer König gefunden wird. Aber es wurde alles nur schlimmer. Er hat angefangen, Eisensteine zu schlagen und am Fuß des langen Hügels schmelzen zu lassen. Alle müssen auf der Baustelle arbeiten, auch die Frauen und Kinder. Vater zwingt er, die alten Bäume im Palastgarten zu fällen, für Feuerholz. Und sie schmeißen Teppiche ins Feuer, sogar die schönen.«

»Und was macht er mit dem Eisen?«, fragte Morsch.

»Er lässt Säbel und Lanzenspitzen schmieden und Rüstungen für die Armee.«

»Was für eine Armee?«, fragte Tisal.

»Schwarzmoors Armee. Alle jungen Männer müssen lernen, wie man kämpft. Die anderen schmelzen die Eisensteine, schaffen neue heran oder bringen die geschmiedeten Sachen in den Palast.«

»Warum wehrt sich niemand?«, fragte Griesbert aufgebracht. »Schwarzmoor ist doch nur einer.«

Mirsu schüttelte den Kopf. »Nein, er ist nicht allein. Kurz nach dem Tod des Königs kamen Fremde ins Land. Fremde mit Waffen. Sie machen, was Schwarzmoor ihnen befiehlt. Alle, die sich widersetzt haben, wurden von ihnen in den Kerker gesteckt und dann verbannt.«

»Verbannt?« Tisal war entsetzt. »Wer?«

»Idris, sein Sohn, der Teppichknüpfer Nascha und der alte Taulin. Außerdem droht Schwarzmoor damit, den Gefangenen etwas anzutun, wenn sich jemand weigert zu arbeiten. Er sagt, dass er sie für den Ungehorsam der anderen hart bestrafen muss.«

»So ein Halunke«, knurrte Griesbert. »Heuert Söldner an, um die Wehrlosen zu unterdrücken. Keine Ehre im Leib.«

Morsch nickte nachdenklich. »Wir sollten überlegen, wie es weitergeht.«

Ratlos sahen ihn Griesbert, Tisal und Mirsu an.

»Tisal sollte auf alle Fälle versteckt oder zumindest unerkannt bleiben«, begann Morsch. »Schwarzmoor wird dich sofort einsperren, wenn er dich findet.« Dann blickte er zu Mirsu. »Wir brauchen ein gutes Versteck. Wie kommt es, dass die Söldner dich nicht gefangen haben?«

»Ich verstecke mich bei Märe Mund.«

»Der Geschichtenerzählerin?«, fragte Tisal.

»Ja«, nickte Mirsu. »Auf ihrem Hof unten am Fluss. Die Fremden kommen immer am gleichen Tag vorbei, sodass wir wissen, wann ich mich woanders verstecken muss«, grinste sie.

»Und diese Geschichtenerzählerin muss nicht für Schwarzmoor schuften?«, fragte Griesbert.

Mirsu schüttelte den Kopf. »Sie ist schon sehr alt. Märe weigert sich, ihm zu helfen. Sie sagt immer, Schwarzmoor könne ihr nichts mehr anhaben.«

»Können wir ihr vertrauen?«

Mirsu und Tisal nickten heftig mit den Köpfen.

»Dann auf zur Geschichtenerzählerin!«, sagte Morsch.

Sie vergewisserten sich, dass die Luft rein war, und verließen die Schneiderei.

Mirsu führte sie durch die schattigen Gassen Barisias bis zum Fuß des langen Hügels. Hier schlugen sie sich in das nächstgelegene Feld. Gut versteckt zwischen vertrockneten Kornähren, welken Büschen, niedrigen Obstbäumen und hohen Palmen machten sie sich auf den Weg zum Fluss, um Hainwart zu suchen. Mirsu staunte nicht schlecht, als der wandelnde Baum die Uferböschung hinaufstieg. Als er aber sein Astlochgesicht zu einer traurigen Grimasse verzerrte und auch noch knarzte, dass es den Verwurzelten gar nicht gut gehe und Fluss und Erde scharf schmecken würden, da starrte Mirsu ihn mit weit aufgerissenen Augen an.

»Darf ich vorstellen?«, sagte Tisal. »Mirsu, die Tochter des Palastgärtners und meine Freundin. Und das ist Hainwart, der wandelnde Baum aus dem Finsterforst.«

Hainwart lächelte schief und verneigte sich, dass seine Blätter raschelten. Die Narben waren von glänzendem Harz überzogen und Borke und Laubkrone sahen etwas besser aus.

»Ein sprechender Baum?«, stammelte Mirsu und blickte Tisal an. »Den muss Vater kennenlernen!«

»Alles zu seiner Zeit«, sagte Morsch. »Jetzt sollten wir uns erst mal zum Hof von Frau Mund begeben.«

Die Sonne stand hoch, als sie inmitten von Feldern und unweit des Flusses einen Hain erreichten. Es gab einen gemauerten Stall und ein Wohnhaus. Morsch fiel gleich auf, dass sich hier jemand um Blumen, Sträucher und Bäume kümmerte. Alles blühte, Grillen zirpten und ein paar Hühner liefen gackernd umher. Nur eines zerriss die Idylle: Stimmen. Mirsu erstarrte, hielt ihren Atem an und presste ihren Zeigefinger auf die Lippen. Morsch, Griesbert und Tisal verstanden sofort: Irgendetwas stimmte nicht. Mirsu drückte sich an die Stallmauer und schob sich vorsichtig die Mauer entlang, um in den Hof zu blicken. Morsch, Tisal und Griesbert schlichen ihr nach. Hainwart blieb hinter ihnen.

Im Hof stand eine Kuh und zerkaute gemütlich Heu. Müde blickte sie zum Wohnhaus hinüber, vor dessen Eingang ein blütenweißer Vorhang hing. Davor standen drei Kerle in schwarzer Rüstung, mit Helm, Säbel und Lanze. Ganz so wie die Söldner, die Morsch im Palastgarten gesehen hatte. Aus dem Wohnhaus tönte es barsch: »Na, komm schon, Märchentante! Schwarzmoor gewährt dir eine Audienz.«

Im nächsten Moment trat eine Frau mit langem, schlohweißem Haar durch den Vorhang. Ihr Gesicht war von vielen Falten zerfurcht, aber ihr Blick war klar und fest. Sie war kleiner als Morsch, und die bunten Streifen ihres weiten Kleides waren längst verblichen. »Was will er von mir?«, fragte sie ruhig, während ein vierter Söldner aus dem Haus trat.

»Mmh«, brummte dieser. »Irgendwas mit einer Legende.«

Märe Mund blickte ernst. »So? Ich glaube nicht, dass ich ihm helfen kann.«

»Er glaubt das aber«, sagte der Söldner kalt. »Und wage ja nicht, ihn zu hintergehen. Jetzt los!« Er gab Märe einen Stoß und der Trupp setzte sich samt Geschichtenerzählerin in Bewegung. Die Kuh blickte ihnen kauend nach.

Griesbert hatte seine Hand an den Knauf des Piratensäbels gelegt und wollte gerade aufspringen, aber Morsch hielt ihn zurück: »Das sind zu viele.«

»Ach was«, schnauzte Griesbert. »Hainwart und ich schaffen die.«

Hainwart sah von Morsch zu Griesbert und von Griesbert zu Morsch.

»Aber Barisia ist nicht geholfen, wenn wir jetzt mit dem Kopf durch die Wand rennen«, entgegnete Morsch. »Nur, wenn sie nichts von uns wissen, haben wir eine Chance.«

Hainwart nickte bedächtig.

Mirsu war bleich. Sie hatte Tränen in den Augen. Tisal nahm sie in den Arm. »Was jetzt?«, flüsterte er.

Morsch vergewisserte sich, dass der Trupp in den Feldern verschwunden war. »Lasst uns hineingehen. Dann sehen wir weiter.« Er wandte sich an Hainwart. »Alter Freund, kannst du auf und ab wandeln und die Umgebung im Auge behalten? Du bist unter all den Verwurzelten am unauffälligsten.«

»Wenn du meinst«, knarzte der wandelnde Baum und stapfte davon.

Unter den Blicken der Kuh huschten sie über den Hof und durch den Vorhang in Märes Haus. Die Einrichtung war einfach. Um einen runden Tisch, der über und über mit Ornamenten verziert war, standen drei niedrige Bänke mit vielen Kissen. Morsch stellte seine Tasche auf eine Bank, während Griesbert am Eingang stehen blieb und durch den Vorhang den Hof im Auge behielt. Tisal und Mirsu nahmen Platz.

»Mirsu«, begann Morsch und setzte sich, »erkläre uns noch einmal von Anfang an, was hier eigentlich vorgeht.«

Mirsu schluckte. »Das meiste habe ich euch schon erzählt. Alles begann, als Tisal verschwand.« Sie blickte Tisal an. »Dein Vater ließ dich suchen. Schwarzmoor sollte das machen, hatte aber keinen Erfolg. Deswegen wurde dein Vater sehr traurig und zog sich zurück. Wir haben ihn kaum noch gesehen. Und du weißt, dass er sonst jeden Tag mit uns sprach.«

Tisal nickte nachdenklich. »Er wollte immer wissen, was die Untertanen traurig und was sie glücklich macht.«

»Genau, aber er blieb in seinen Gemächern«, sagte Mirsu. »Alle, die ihn sprechen wollten, wurden schon am Palasttor abgewimmelt oder mussten zu Schwarzmoor.«

»Und dann?«, fragte Morsch.

»Hat Schwarzmoor irgendwann den Tod des Königs verkündet und gesagt, dass er so lange regiert, bis ein würdiger Nachfolger gefunden wäre, damit Barisia nicht im Chaos versinkt. Seitdem sind die Fremden da und allen geht es schlecht.«

»Wie war es vorher?«, fragte Morsch.

»Es ging allen gut«, antwortete Tisal bitter. »Kummer hielt nie lang an.«

»Und von was lebten eure Untertanen?«, brummte Griesbert.

»Wir hatten alles. Brot, Gemüse, Früchte, Fische aus dem Fluss. Barisia war berühmt für seine feinen Teppiche und edlen Gewürze, die wir mit Händlern aus anderen Ländern tauschten.« Tisal sah Mirsu an, die zustimmend nickte.

»Aber wieso hat Schwarzmoor dann alles verändert, wenn es dem Land doch so gut ging?«, fragte Morsch.

Mirsu zuckte mit den Schultern.

»Ich habe mal erlebt«, begann Tisal, »wie er meinem Vater sagte, er wolle mit Soldaten Gold und Edelsteine aus anderen Ländern holen. Aber mein Vater sagte, dass Barisia reich genug sei und Soldaten nur Ärger bringen.«

»Dein Verschwinden und der Tod deines Vaters kamen Schwarzmoor also sehr gelegen?«, fragte Morsch.

»Ungeheuerlich«, knurrte Griesbert finster. »Du meinst …?«

Morsch blickte in die Runde. »Nun, dafür brauchen wir natürlich Beweise.«

Tisal sah stumm zu Boden.

»Mirsu?«, fragte Morsch. »Was hat es mit dieser Legende auf sich, von der die Söldner sprachen?«

»Keine Ahnung«, antwortete Mirsu. »Aber Märe murmelt oft, dass Schwarzmoor lieber auf die Legende hören und sich besinnen sollte, und dass er ohne Muschel eh nicht König werden kann.«

»Ohne Muschel?«, sagten Morsch und Tisal gleichzeitig.

Mirsu nickte. »Das sagt Märe immer.«

»Wer könnte etwas über die Legende wissen?«, fragte Morsch und schob seine Tasche unter den Tisch.

Mirsu zuckte mit den Schultern. »Weiß nicht genau. Märe natürlich. Sie meinte mal, dass sie gerne einen Blick in eine sehr alte Schriftrolle werfen würde. Die soll dein Vater in seinem Arbeitszimmer haben. Da steht alles drin.« Sie blickte zu Tisal, der aber nicht mehr dazu sagen konnte.

»Ich schlage vor, wir warten erst einmal, ob Märe Mund zurückkehrt«, sagte Morsch.

»Und wenn nicht?«, fragte Griesbert.

»Dann«, sagte Morsch, »muss einer von uns in den Palast schleichen und mehr über die Legende und Schwarzmoors Pläne herausfinden.«

Lange saßen Morsch, Tisal, Griesbert und Mirsu in Märe Munds Haus und warteten, aber die Geschichtenerzählerin kehrte nicht zurück. Draußen war es bereits dunkel geworden.

»Schwarzmoor hat sie sicher in den Kerker gesteckt und wird sie verbannen«, schluchzte Mirsu. »So wie all die anderen. Dann gibt es niemanden mehr, der sich gegen ihn stellt.«

Morsch beobachtete Tisal, der starr zu Boden blickte. Er spürte, dass der junge Prinz seinem Volk mit aller Kraft helfen wollte. Aber wie sollten Tisal, Griesbert, er, Hainwart und Mirsu gegen Schwarzmoor und die Söldner vorgehen? Morsch wusste es nicht.

Tisal nickte entschlossen und stand auf. »Jetzt bin ich hier. Und ich werde ihm die Stirn bieten.«

»Wir werfen diesen Hochstapler vom Thron«, stimmte Griesbert ein.

»Dann werde ich morgen in den Palast gehen«, sagte Morsch.

»Nein!«, rief Tisal. »Ich kann nicht einfach abwarten und nichts tun. Das ist meine Aufgabe, und es ist mein Land. Ich gehe!«

Einen Augenblick sah Morsch ihn ernst an. Dann sagte er freundlich: »Tisal, du musst mir versprechen, dass du dich versteckt hältst. Griesbert und Hainwart bleiben bei dir. Ihr müsst die Tasche bewachen.«

»Aber«, begann Tisal.

Morsch schüttelte den Kopf. »Das ist zu gefährlich, und du darfst Schwarzmoor unter keinen Umständen in die Hände fallen. Verstehst du?«

Enttäuscht blickte Tisal zu Boden und setzte sich wieder.

»Mirsu, kennst du einen Weg in den Palast?«, fragte Morsch.

»Der Dienstboteneingang ist immer verschlossen, und das Palasttor wird bewacht«, antwortete Mirsu nachdenklich. »Da werden nur die Fremden eingelassen, oder wenn die Waffen von der Baustelle geliefert werden.«

»Von der Baustelle?«, fragte Morsch.

»Ja«, nickte Mirsu. »Da schmelzen sie die Eisensteine und schmieden die Waffen. Die werden dann von der Baustelle in den Palast gebracht.«

»Von wem?«

»Na, von den Arbeitern.«

»Wann?«

»Immer zur Mittagsstunde.«

Morsch lächelte. »Das ist es. Ich schleiche mich morgen früh auf die Baustelle und mische mich unter diejenigen, die die Waffen in den Palast bringen. Mit etwas Glück bringe ich etwas über die Legende und Schwarzmoors Pläne in Erfahrung.«

»Und ich bringe dich im Morgengrauen zu den Baracken. Du musst nur aussehen wie ein Barisier«, sagte Mirsu. »Ich suche dir was zum Anziehen.«

Morsch blickte entschlossen in die Runde. »Abgemacht. Aber jetzt sollten wir schlafen, damit wir morgen ausgeruht sind.«

Eine Taube im Palast

Morsch wurde wach. Er ließ seine Freunde schlafen und schlich hinaus. Der Morgen dämmerte noch nicht. Es war dunkel und kühl. Ihn fröstelte. Alles um ihn herum war still. Nur die Kuh sah müde von ihrem Strohhaufen auf. »Wenn das nur gutgeht«, dachte Morsch. Angst hatte er nicht, aber Bedenken. Er war nun wirklich kein Einbrecher, aber der Einzige, der entbehrlich war, sollten ihn die Söldner schnappen. Tisal durfte nicht gehen, und Griesbert musste ihn beschützen. Mirsu sollte auch nicht in Gefahr geraten. Und Hainwart bliebe niemals unerkannt. Es war also an ihm, Leopold Morsch, dem Einsiedler aus einem kleinen Tal weit weg von hier. Morsch ging zur Kuh und kraulte ihre Ohren. »Na, wollen wir tauschen? Gefällt es dir, Heu zu fressen und der Sonne beim auf- und untergehen zuzusehen?«

Die Kuh legte ihren Kopf gegen seinen Bauch.

»Du hast ja recht«, seufzte Morsch. »Jetzt ist es an mir. Komme was wolle.«

Die Kuh schnaubte, als würde sie ihm zustimmen.

»Guten Morgen«, ertönte Mirsus Stimme hinter ihm. Morsch wandte sich um. Das Mädchen stand lächelnd im Vorhang. »Die anderen werden wach. Wir sollten Frühstück machen. Dann suche ich dir etwas zum Anziehen heraus.«

Morsch nickte, tätschelte der Kuh den Kopf und folgte Mirsu ins Wohnhaus.

Gemeinsam frühstückten sie Kuchen und Tee. Keiner sprach. Dann suchte Mirsu für Morsch ein Paar zerschlissene Hosen und einen blau-grau gestreiften, abgetragenen Kapuzenmantel heraus. Zum Glück passte er. »Schmiere dir etwas Erde ins Gesicht und auf die Hände, damit du wie ein Arbeiter aussiehst«, riet Mirsu und reichte Morsch noch ein Halstuch. »Das wirst du brauchen.«

»Ich möchte nicht tatenlos herumsitzen«, sagte Tisal, als würde er einen letzten verzweifelten Versuch unternehmen wollen, Morsch umzustimmen. »Ich möchte helfen.«

»Deine Stunde kommt früh genug«, antwortete Morsch entschlossen. »Erst mal dürfen sie dich nicht erwischen. Verstanden?« Er blickte zu Griesbert.

Der Ritter nickte und lehnte sich gemütlich zurück.

»Also gut, dann los.« Morsch nahm die Brille aus seiner Tasche, verstaute sie im Kapuzenmantel und trat dann mit Mirsu hinaus.

Der Morgen dämmerte. Vereinzelt drangen die Rufe der weißen

Reiher vom Fluss herauf und zerrissen die Stille. Im Hof stand Hainwart. Sein rot-goldenes Laub war wieder dicht und seine Borke hatte keine Risse mehr. Die Wunden waren geschlossen. Nur knotige Narben zeugten noch von den schwarzen Schlieren im Fluss.

»Keine schwarz-gerüsteten Zweibeiner weit und breit«, knarzte der wandelnde Baum. »Wo wollt ihr hin?«

Morsch weihte ihn in den Plan ein.

Hainwart nickte stumm. »Pass auf dich auf, Morsch.«

»Pass du mir auf den Spross auf«, antwortete Morsch. »Ihm darf nichts geschehen. Und warne Griesbert, wenn sich jemand dem Hof nähert.«

Hainwart brummte zustimmend. »Sei wach, Morsch. Die Sonnenseite des Hügels bringt nichts Gutes.«

»Ich vertraue auf mein Glück«, lächelte Morsch schwach. »Wird schon schiefgehen.«

»Schief?«, knarzte der wandelnde Baum.

»Ach, so eine Redensart, alter Freund.« Morsch zog die Kapuze über den Kopf, klopfte Hainwart freundschaftlich gegen den Stamm und schlich mit Mirsu von Märe Munds Hof.

»Schief«, ächzte Hainwart laubschüttelnd und blickte den beiden nach.

Mirsu führte Morsch über einen schmalen Pfad durch vom Morgennebel verhangene Felder. Vor ihnen ragte der lange Hügel schroff und grau in den Himmel. Schnell war sein Fuß erreicht und die beiden schlugen sich rechts in ein Kornfeld, dessen Ähren die schweren Köpfe hängen ließen, und folgten immer entlang der Felswand, die sie unweigerlich zur Baustelle führen musste. Bald mischte sich kalter Rauch in die frische Morgenluft, und kurz darauf vernahm Morsch lautes Klopfen und Stimmen: »Aufstehen, faules Pack, die Arbeit wartet!«

Mirsu blieb stehen und zeigte auf einen langen Holzschuppen, dessen Umrisse durch die Ähren schimmerten. »Da liegen die Baracken«, flüsterte sie. »Viel Glück! Ich helfe Hainwart und bewache den Hof.«

Morsch nickte und Mirsu verschwand. Er schlich vorsichtig weiter. Am Rande des Kornfeldes hielt er inne. Vor ihm standen fünf Holzbaracken. Zwei Söldner hämmerten fest gegen die Türen und riefen ihren Spruch. Morsch wartete einen Atemzug, dann huschte er zum Eingang der nächstgelegenen Baracke und drückte sich an die Bretterwand. Niemand hatte ihn bemerkt. Die Barackentür ging auf und müde Gestalten stolperten gebückt und in dreckige Kleider gehüllt in die Morgendämmerung hinaus, als würde jeder Schritt schmerzen. Morsch nutzte die Gunst der Stunde und mischte sich unter sie. Die Barackenbewohner nahmen ihn nicht wahr. Sie husteten und rieben sich die von der harten Arbeit gezeichneten Hände. Mit leerem Blick stapften sie auf die Baustelle, zwischen meterhohen schwarzen Schlacke- und Kohlebergen hindurch zu schiefen Schuppen, aus denen Kinder Schubkarren mit Werkzeugen holten. Jeder bekam eine Schaufel oder eine Hacke in die Hand gedrückt. Dann wurden die Öfen und Schmieden angefeuert und begannen, fürchterlich zu fauchen, zu rauchen und entsetzlich zu stinken. Die Arbeiter banden sich Tücher vor Nase und Mund. Morsch tat es ihnen gleich. Bald darauf ertönte das immer gleiche Hämmern der Schmieden, nur von den harschen Befehlen der Söldner unterbrochen.

Niemand kümmerte sich um Morsch. Er begab sich zum großen Lastenaufzug, der sich grell quietschend mit einer Ladung Holzscheite senkte. Morsch half, die Scheite zu den Öfen zu schleppen. Dabei kam er ganz nah an der Mine vorbei, die sich tief in die Rückseite des langen Hügels fraß. Kinder krochen in schmale Schächte und brachten in Körben Eisensteine heraus. Morsch blieb erschrocken stehen. Aber schon im nächsten Augenblick wurde er von hinten weitergeschoben. Als er sein Holz abgeliefert hatte, machte er sich auf den Rückweg zum Aufzug. »He, du!«, hörte er einen Söldner hinter sich. Morsch wurde eine Schaufel in die Hand gedrückt. »Los, Schlacke wegschaffen, beeil dich!« Er wurde zu einem der stinkenden schwarzen Berge geschoben und begann mit anderen zusammen die zähflüssige Masse in Schubkarren zu schaufeln. »Was passiert damit?«, fragte er beiläufig.

»Kommt in den Fluss«, antwortete eine Arbeiterin ohne jeden Ton in der Stimme. Dann stockte sie und sah Morsch überrascht an. »Wer bist du?«

»Schaffen nicht Quatschen!«, rief ein Söldner.

Die Arbeiterin zuckte zusammen, griff nach der vollen Schubkarre und schob die Schlacke fort. Morsch war froh, dass er nicht antworten musste, und schaufelte weiter.

Die Arbeit war hart und die Zeit verstrich nur langsam. Morsch folgte dem Trott der anderen. Als die Sonne hoch am Himmel stand, ertönte endlich ein Horn und die Söldner riefen zur Pause. Morsch eilte zurück zum Lastenaufzug, wo gerade einige Kisten aufgeladen wurden. Er reihte sich unter die Arbeiter und packte mit an. Mit dem Aufzug war ein großer, dicker Söldner hinabgekommen, der jede einzelne Kiste inspizierte. Dann blickte er die Arbeiter grinsend an. »Die Hälfte von euch kann essen, die andere schleppt.«

Schnell traten einige Arbeiter zurück. Die anderen waren zu langsam. Ihnen blieb nichts anderes übrig, als auf den Aufzug zu steigen. Morsch folgte ihnen. Der Aufzug setzte sich mit einem Ruck in Bewegung und wurde unter Knarzen und Rütteln langsam nach oben gezogen. Je höher Morsch kam, desto dichter wurde der Rauch. Er musste husten und seine Augen tränten. Und dann war der Rauch plötzlich weg. Erleichtert atmete er auf. Die anderen zogen ihren Mundschutz herunter und wischten über ihre rußgeschwärzten Gesichter.

Der Aufzug wurde langsamer und blieb an der oberen Kante des langen Hügels stehen. Hier warteten zwei, die Morsch gleich erkannte. Es waren die Söldner, die gestern die Holzfäller beaufsichtigt hatten.

»Los! Ihr kennt den Weg«, rief einer der beiden.

Die Arbeiter hoben die schweren Kisten an und schlurften im Gänsemarsch durch die Mauerspalte in den Palastgarten. Morsch war der Letzte. Nach kurzer Zeit erreichten sie das offene Palasttor und schritten in einen quadratischen Innenhof, in dessen Mitte ein runder Brunnen mit einer einzelnen Fontäne sprudelte, der von einem reich verzierten Holzpavillon überdeckt war. Um die Säulen des Pavillons wuchsen welke Rosenbüsche. Zu allen Seiten gab es Gebäude. Das prächtigste und höchste stand links vom Palasttor. Eine breite Treppe führte zum Eingang. »Das muss der Palast sein«, dachte Morsch. Der Tross ging aber auf ein niedrigeres Gebäude zu, direkt gegenüber dem Palasttor, und hinein in einen kleinen kahlen Empfangssaal. Die Arbeiter wussten genau, wo sie die Kisten hinzubringen hatten. Sie stiegen zur Linken eine gewundene Treppe hinab und folgten mit hallenden Schritten einem dunklen Gang vorbei an vielen Türen. Vor einer blieb die Gruppe stehen. Der erste Arbeiter öffnete sie, und die Kisten wurden einzeln in einen großen Raum getragen. Die Söldner blieben im Gang stehen und unterhielten sich. Morsch wartete, bis er an der Reihe war. Dann betrat er den Raum. Durch schmale Schächte drang ein bisschen Licht. Hier lagerten Fässer und Kisten und allerlei andere Dinge. In einem Regal waren viele Rüstungen und Helme aufgereiht und an einer anderen Wand lehnten Lanzen und Säbel. Morsch stellte seine Kiste ab und blickte vorsichtig in den Gang zurück. Die Arbeiter standen wieder in einer Reihe und blickten auf ihre Füße, während die Söldner sich immer noch unterhielten. Niemand achtete auf ihn. Kurz entschlossen schob er vorsichtig die Tür zu. Von draußen hörte er jetzt dumpf eine Söldnerstimme. »Alles untergebracht? Dann zurück, marsch!« Schritte hallten, die allmählich leiser wurden, bis gar nichts mehr zu hören war außer Morschs Atem.

Er öffnete die Tür einen Spaltbreit, spähte auf den Gang, schlüpfte hinaus und schlich zur gewundenen Treppe. Hier hielt er inne und horchte. Stille. Mit ein paar schnellen Schritten stand er in der kahlen Empfangshalle. Die Tür zum Innenhof stand weit offen. Außer einem Söldner, der im Schatten am großen Palasttor schlief, war niemand zu sehen. Links war ein langes Gebäude mit großen Toren. Es sah aus wie ein Stall. Davor standen verzierte Sänften. Eines der Tore stand offen und Morsch konnte Befehle und das Klirren von Waffen hören. Rechts war der Palast. Er war über vier Stockwerke hoch und hatte lange Balkone, von denen bunte Blumen hingen. Vor der Freitreppe und dem Eingang standen keine Wachen. Schnell huschte er über den Hof, vorbei am Brunnenpavillon mit den verwelkten Rosenbüschen und die Freitreppe hinauf. Er blieb an der Eingangstür stehen und horchte, dann drückte er vorsichtig die Tür auf und blickte in eine hohe Halle. Der Boden war ganz aus weißem Marmor und an den Wänden hingen lange, fein geknüpfte Teppiche. Sie zeigten edel gekleidete Personen mit stolzer Haltung und sanftem Blick. »Tisals Ahnen, die Könige von Barisia«, dachte Morsch. Staunend durchquerte er die Eingangshalle auf einen Rundbogen zu, hinter dem ein großer, hoher Saal mit Arkaden zu beiden Seiten folgte. Morsch spähte hinein. Die Fenster waren verhängt oder durch Läden geschlossen. Nur durch eines, das weit oben im Dach war, drangen Sonnenstrahlen, die den Saal in ein gespenstisches Zwielicht tauchten. Mitten im Saal stand auf einem Podest ein hölzerner Thron, umgeben von einem Blumenmosaik, das den ganzen Boden bedeckte und so wirkte, als würde man durch einen Garten wandeln. Plötzlich hörte Morsch Schritte und Stimmen. Aus dem Dunkel der Arkaden trat ein kräftiger, kahlköpfiger Mann in schwarzer Rüstung, sein Blick finster und ernst. Er war hochgewachsen, sogar etwas größer als Griesbert, ganz anders als die Menschen in Barisia.

Wie ein aufgeregtes Schoßhündchen folgte ihm ein kleiner untersetzter Kerl mit runder Brille, der Kladde und Stift in der Hand hielt. Schnell drückte sich Morsch hinter einen der Wandteppiche.

»Eure Durchlaucht«, krächzte der Schreiber unterwürfig, »was wollt Ihr der Oberen von Ofir schreiben?«

Der finstere Ritter blieb im Durchgang zur Eingangshalle stehen. »Was haben wir?«, entgegnete er ruhig und kalt.

»Äh, mh, Anrede, Anrede, Anrede, dann äh, mh, sie solle vorsichtig sein, und na ja ...«

»Schreib!«, befahl der Ritter und diktierte langsam: »Schick mir Gold und Edelsteine, sonst muss ich dich besuchen. Barisia ist nicht mehr schwach ... nein, schreib ... mächtiger als einst! Wir holen uns, was uns gebührt ... nein, schreib ... was uns gehört!«

»Und wie soll ich enden, Herr?«

»Schreib: mit steigender Ungeduld, König Zornhelm Schwarzmoor von Schwarz-Barisia.«

»König?«, wiederholte der Schreiber vorsichtig und schluckte.

Schwarzmoor sah ihn finster an. »Zweifelst du daran?«

»Aber, Herr, niemals!«

Schwarzmoors Gesicht ging in ein böses Grinsen über. »So? Der Prinz wurde doch gut versorgt, oder nicht, Pulverus?«

»A-a-auf mich könnt ihr euch verlassen, immer«, stammelte Pulverus.

»Verlassen?« Schwarzmoors Stimme glich einem schneidenden Eishauch. »Die Muschel ist dank deines Scharfsinns fort, nicht wahr?«

Pulverus stand der Schweiß auf der Stirn. Er zitterte. »A-aber Herr, i-ich dachte, d-dieses Symbol der alten Könige würde nur P-p-probleme m-m-machen.«

Schwarzmoor trat einen Schritt auf Pulverus zu, der an die Wand des Torbogens zurückwich. »Du solltest beten, dass die Muschel gefunden wird oder Märe Mund ihr Wissen preisgibt.«

»G-ganz sicher, Durchlaucht, g-ganz sicher«, hechelte Pulverus. »Die Muschel wird gefunden. Die Tauben berichten ja, dass …«

»Still!«, fauchte Schwarzmoor. »Wir wollen sehen, ob sie Neuigkeiten über die Fremden haben. Komm!« Er verneigte sich verächtlich grinsend vor Tisals Ahnen, dann gingen die beiden zur Eingangstür hinaus.

Morschs Herz schlug ihm bis zum Hals. Das war seine Chance. Schnell huschte er in den Thronsaal und lief unter den Arkaden bis zu der Stelle, wo Schwarzmoor und sein Schreiber hergekommen waren. Hier führte ihn eine schmale Treppe nach oben. Im Handumdrehen fand er sich auf einem Balkon wieder, der rund um den Thronsaal verlief. Nirgends war jemand zu sehen, keine Wachen, keine Diener. »Umso besser«, dachte er. So konnte er sich in Ruhe umsehen. Viele Türen gab es nicht, und alle standen offen. Die Zimmer waren finster, die Läden der hohen Fenster fest verschlossen. Morsch konnte nur die Silhouetten der herumstehenden Möbel erkennen. Er musste das königliche Arbeitszimmer finden. Morsch schlich den Balkon entlang, von Tür zu Tür, als er plötzlich das Gurren einer Taube vernahm. Morsch spähte hinunter in den Thronsaal. Und wirklich, ganz hinten, in der dunkelsten Ecke des Thronsaals saß eine schwarze Taube auf einer Stange, größer als die in Port Baris oder die in Morschs Tal. Seelenruhig pickte sie Körner aus einer Schale. Schnell duckte sich Morsch hinter die Balkonbrüstung. »Wieso habe ich sie vorher nicht bemerkt?«, wunderte er sich und wagte kaum zu atmen. Hatte ihn die Taube gesehen? Regungslos wartete er einen Augenblick, dann spähte er über die Brüstung. Die Taube war fort. Morsch konnte sie nirgends sehen. Er spürte, dass er sich beeilen musste, und lief den Balkon entlang, bis er an eine Tür aus weißem Holz kam. Sie war überall mit kleinen Pflanzen-Schnitzereien versehen. Die Knäufe waren goldene Reiher, die stolz ihre Hälse in die Höhe reckten und eine Krone trugen, ganz wie im Wappen Barisias. Morsch drehte einen Reiher-Knauf und öffnete vorsichtig die Tür. Er blickte in einen hellen Raum mit zwei großen Fenstern, deren Läden nicht geschlossen waren. Der Boden war aus dunklem Holz. Edle Möbel schimmerten im Sonnenlicht. In der Mitte stand ein breiter Schreibtisch, auf dem sich ein paar Briefe neben Schreibfedern aus gelbem Porzellan stapelten, an der linken Wand hing eine große Karte und rechts gab es ein Regal mit Büchern: das königliche Arbeitszimmer. Morsch schlüpfte hinein und schloss die Tür. Schnell kramte er seine Brille hervor, setzte sie auf und überflog die Buchrücken im Regal, aber nichts deutete auf eine Legende hin und eine Schriftrolle war auch nirgends zu sehen. Er ging zum Schreibtisch und sah die Briefe durch in der Hoffnung, etwas über Schwarzmoors Niedertracht zu finden. Nichts. Neben dem Regal gab es eine weitere Tür, und sie stand offen. Morsch schlich hindurch. Das königliche Schlafzimmer: ein großes Himmelbett mit Nachttisch, ein weißer Waschschrank und drei große Kleiderschränke für die königliche Garderobe. Morsch ging zum Nachttisch und öffnete die kleine Schublade.

»Sucht Ihr etwas Bestimmtes?« Eine kalte Stimme ließ Morsch zusammenfahren. In der Tür stand Schwarzmoor höchstpersönlich, flankiert von zwei grimmigen Söldnern, eine große schwarze Taube auf der Schulter. »Schafft ihn in den Kerker!«

Ein Berg Teppiche

Es wurde hell und die Vögel stimmten ihr Morgenkonzert an. Tisal saß mit Griesbert schweigend in Märe Munds Wohnhaus. Morsch und Mirsu waren noch nicht lange fort. Der Ritter goss sich Tee nach und gähnte. Dann lehnte er sich zurück und schloss die Augen.

Tisal starrte auf den Tisch. »Herumsitzen und nichts tun«, dachte er grimmig. So lange war er fort gewesen, hatte viele Abenteuer erlebt und sollte jetzt einfach nur warten? Er, der Thronfolger? War es nicht seine Aufgabe, Schwarzmoor zu bekämpfen? Tisal biss sich auf die Unterlippe. Zur Untätigkeit verdammt. Das war nicht fair. Sein Blick traf Morschs Tasche, die unter dem Tisch stand. Er musste an die Muschel denken. Was hatte Mirsu gesagt? Schwarzmoor könne ohne Muschel nicht König werden? Warum ohne Muschel? Was hatte das zu bedeuten? Er grübelte. Aber natürlich! »Die Teppiche in der kleinen Audienz«, murmelte er vor sich hin.

»Die was?«, grunzte Griesbert, der dösend seinen Tee schlürfte.

»Nichts«, sagte Tisal so ruhig wie möglich. Er war aufgeregt. Er hatte eine Idee. Die kleine Audienz, gleich neben dem Thronsaal. Dort hatte sein Vater immer die Untertanen empfangen. Der Thronsaal war nur für große festliche Anlässe. In der kleinen Audienz wurde wirklich regiert, und dort hingen Wandteppiche: »Die schönsten und ältesten Barisias.« Tisal hatte die Stimme seines Vaters im Ohr. »Sieh sie dir nur gut an, mein Sohn!« Tisal hatte die Teppiche vor Augen. War auf manchen nicht eine Muschel zu sehen? Tisal war sich nicht mehr sicher. Aber er spürte, dass die Teppiche ihm helfen konnten. Egal, was Morsch gesagt hatte, er musste in den Palast, in die kleine Audienz. »Ich füttere die Kuh«, sagte er beiläufig und sah gespannt zu Griesbert.

»Mmh«, brummte der Ritter. Er war ein wenig eingeschlummert. Auf seinem Bauch stand die Teetasse, die bei jedem Atemzug angehoben und wieder abgesenkt wurde.

Leise schlich Tisal nach draußen. Er verspürte ein Kribbeln im Magen und sah zum langen Hügel hinüber. Jetzt nur noch an Hainwart vorbei. Wo war der wandelnde Baum? Tisal konnte ihn nirgends entdecken. Das war seine Chance! Er würde ja nicht lange brauchen und wäre sicherlich vor Morsch zurück. Während er das dachte, hatte er schon den Rand des Hofes erreicht, sah sich noch einmal um und lief los, weg vom Hof, ins nächste Feld. Endlich unternahm er etwas! Nur mal einen Blick in den Palast werfen, ganz heimlich.

Tisal traf auf einen schmalen Pfad, der zur Stadt führte. Die Luft war rein. Sollte jemand auftauchen, würde er sich schon schnell genug in die Felder schlagen und verstecken können. Aber gerade als er dem Pfad folgen wollte, traf ihn etwas hart am Kopf. »Au!« Er duckte sich. Plötzlich sauste etwas über ihn und kullerte den Pfad entlang: eine große Nuss.

»Spinnst du?«, hörte er plötzlich Mirsus Stimme. »Was machst du hier?« Sie trat aus dem Dickicht ganz in seiner Nähe.

»Wie redest du mit deinem zukünftigen König?«, entgegnete Tisal aufgebracht.

Mirsu sah ihn verärgert an und warf ihm eine weitere Nuss an die Brust.

»Hey!« Tisal rieb sich die schmerzende Stelle.

»Wenn sie dich erwischen, haben wir gar keinen König mehr. Kannst du nicht auf Morsch hören? Du bringst dich und uns alle in Gefahr.«

Tisal schwieg einen Augenblick, dann sagte er: »Ich muss einen Blick in die kleine Audienz werfen, Mirsu. Die Teppiche, verstehst du?«

»In den Palast? Hast du Morsch denn gar nicht zugehört?«

»Ich ertrage es nicht, auf Märes Hof herumzusitzen. Und du hast doch selbst gesagt, dass Schwarzmoor eine Muschel braucht. Und auf den Teppichen ist eine Muschel zu sehen. Vielleicht ist das wichtig. Mirsu, bitte!«

Sie sah ihn mitleidig an. »Gut, aber wir gehen zusammen und du bleibst bei mir, verstanden?«

Tisal nickte, im Herzen froh, jemanden an seiner Seite zu haben. Die beiden folgten dem Pfad Richtung Stadt.

Niemand war auf den Feldern. Tisal und Mirsu hatten wenig Mühe, ungesehen den Stadtrand zu erreichen. An der Mauer des ersten Hauses versteckten sie sich und spähten die Hauptstraße hinauf. Alles war ruhig. Im Schatten der Häuser schlichen beide die Straße hinauf. Sie spähten in jede Gasse, um nicht unerwartet irgendwem in die Arme zu laufen. Da ging plötzlich direkt vor ihnen eine Haustür auf und zwei Söldner traten auf die Hauptstraße. »Morgen geht's wieder raus, Alter, verstanden?«, rief der eine noch zurück.

Als der zweite Mirsu und Tisal entdeckte, stutzte er: »He, warum seid ihr nicht auf der Baustelle?«

Mirsu und Tisal blieben wie gelähmt stehen. Tisal rang fieberhaft nach einer Ausrede. Da schubste ihn Mirsu in eine Seitengasse und rannte an den Söldnern vorbei.

»Haaalt, ihr Kröten!«, rief der eine.

Durch Tisal ging ein Ruck und er lief los, einfach durch die Gasse, so schnell er konnte. Links ging ein schmaler Weg ab. Tisal bog ein, verfehlte die Hausecke nur knapp. Überall standen Fässer, ein Schubkarren. Er sprang daran vorbei, lief weiter, scharf nach rechts. Der Weg machte einen Knick, wieder rechts. Noch eine Biegung. Tisal wagte nicht, sich umzusehen. Die Schritte seines Verfolgers hallten durch die Gassen. »Bengel, bleib stehen!« Tisal wich mit einer geschickten Drehung einem Sack aus und schlitterte in die nächste scharfe Biegung, diesmal nach links. Er lief auf eine Treppe zu, sprang die Stufen empor, zwei, drei auf einmal, und hielt inne. Er musste durchatmen. Sein Herz raste. Hoffentlich hatten sie Mirsu nicht erwischt. Er blickte sich um. Gerade versuchte der Söldner, die Biegung zu nehmen, stolperte aber über den Sack und stürzte. Der Helm schepperte gegen die Treppe. »Bengel!«, schrie er und rappelte sich auf. Tisal nutzte den Moment, lief weiter, direkt auf einen kleinen Platz. Links führten zwei steile Treppen nach unten, geradeaus war ein Weg und ein schmaler bog nach rechts. Tisal wusste genau, wo er war. Nach rechts, Richtung Palast. Er hörte, wie der Söldner fluchend die Treppe hinaufstieg. Schnell weiter! Die Gasse mündete in eine Gabelung. Er entschied sich für links. Mehr Hindernisse. Die Rufe des Söldners wurden leiser und seine Schritte verhallten. Tisal erreichte einen zweiten Platz. In der Mitte stand ein runder Brunnen. Er lief direkt darauf zu und versteckte sich schwer atmend dahinter. Seine Lunge brannte. Vorsichtig spähte er über den Brunnenrand. Plötzlich stolperte der Söldner aus der Gasse. Tisal duckte sich und versuchte, sein Atmen zu unterdrücken.

»Verflucht! Wo ist der Bengel hin?«

Tisal wagte einen vorsichtigen Blick über den Brunnenrand. Der Söldner hatte beide Hände auf die Oberschenkel gestützt und keuchte. Er schwitzte und musste ständig seinen Helm zurechtrücken, um besser sehen zu können. Dann richtete er sich auf und bog den Rücken durch. Tisal duckte sich. »Weiter«, hörte er den Söldner seufzen.

Die Schritte entfernten sich. Tisal fiel ein Stein vom Herzen. Hoffentlich war Mirsu nichts passiert! Vorsichtig blickte er hinter seinem Versteck hervor. Der Söldner lief Richtung Marktplatz. Tisal folgte ihm.

Als der Söldner Idris' Schneiderei passiert hatte, blieb er auf dem Marktplatz stehen und sah sich um. Tisal versteckte sich im Hintereingang zur Schneiderei. Da schlitterte plötzlich der zweite Söldner aus einer anderen Gasse auf den Marktplatz, blieb keuchend stehen und sah seinen Kameraden fragend an. Sie zuckten mit den Schultern und schüttelten ihre Köpfe. Mirsu hatten sie also auch nicht erwischt. Tisal war erleichtert. Aber wo war sie nur? Er sah sich um und da entdeckte er sie plötzlich. Sie hatte sich unter einige Bänke verkrochen, die an einer Hauswand übereinandergestapelt standen. Sie streckte den Kopf heraus, ohne dass die Söldner etwas merkten. Tisal winkte. Mirsu hatte ihn entdeckt. Die Söldner unterhielten sich und wandten ihr den Rücken zu. Vorsichtig kroch sie unter den Bänken hervor. Ganz leise schlich sie zu Tisal. Ein kurzes Stück musste sie über die Straße laufen, ganz ohne Deckung. Mirsu blickte noch einmal zu den Söldnern und rannte los. Dann passierte es. Sie stolperte und stürzte. Die beiden Söldner drehten sich blitzschnell um. Tisal schoss aus seinem Versteck hervor, half ihr auf die Beine und zog sie in Idris' Hinterhof. Zu spät! Die Söldner hatten sie entdeckt. Tisal und Mirsu rannten auf die Hintertür zu, öffneten sie und schlüpften in die Schneiderei. Sie saßen in der Falle. Im nächsten Augenblick würden die Söldner durch die Tür kommen. Tisal sah sich gehetzt um. Es war nahezu finster. Wut packte ihn. Wo sollten sie sich verstecken? Da zog ihn Mirsu zu Boden, öffnete eine Luke und stieg eine steile Treppe hinunter. Im Hinterhof hallten die Schritte der Söldner. Tisal folgte und zog die Luke zu. Nun war es stockfinster.

Mirsu griff seinen Arm. »Und jetzt?«, flüsterte sie.

Tisal kramte aus seiner Manteltasche den Leuchterstein hervor und blies sanft dagegen. »Wir brauchen ein gutes Versteck, sonst sind wir verloren.«

Der Keller war groß und mit allerlei Schränken, Regalen, aufgerollten Stoffbahnen, Säcken, Kisten und Gerümpel zugestellt. Von oben hörten sie dumpf die Schritte der Söldner. Noch hatten sie die Luke nicht entdeckt. Mirsu war nervös. »Da.« Tisal zeigte auf einen großen, alten Schrank, der ganz hinten in einer Ecke halb verdeckt von anderem Kram stand. Mirsu nickte. Die beiden schoben sich unter umgestürzten Stoffbahnen hindurch und kletterten über das Chaos in Idris' Keller. Sie erreichten den Schrank, da hörten sie Schritte auf der Luke. Tock, tock. Ein Söldner trat dagegen.

»Schnell!« Mirsu öffnete den Schrank und schlüpfte hinein. Tisal folgte, zog die Tür zu, blies den Leuchterstein aus und lauschte.

»Kommt raus. Es ist aus. Kommt schon, erspart uns das lästige Suchen!«

Tisal wusste, dass es aus war. Die Söldner würden den Schrank öffnen und sie finden. Er machte sich Vorwürfe. Er hätte auf Morsch hören sollen. Mirsu packte seinen Arm fester. Sie zitterte.

»Hol Licht! Irgendwo muss es eine Laterne geben«, war dumpf die Stimme eines Söldners zu hören.

Jetzt war alles vorbei. Mirsu sank erschöpft gegen die Rückwand. Klack. Da gab plötzlich die Rückwand nach! Mirsu drohte zu fallen und hielt sich erschrocken an Tisal fest. Der entfachte seinen Leuchterstein. Die Schrankrückwand war zurückgeglitten und gab nun den Abstieg in einen dunklen Tunnel frei. Ein muffiger Geruch schlug ihnen entgegen. Aus dem Felsen gehauene Stufen führten hinab ins Ungewisse. Tisal und Mirsu sahen sich an. Dann stiegen sie in den Tunnel und schlossen hinter sich die Schrankwand.

Der Gang war eng, feucht und kühl. Tisal blies etwas stärker gegen den Leuchterstein, hielt ihn in die Höhe und ging voraus. Mirsu folgte.

»Weißt du, wo der Gang hinführt?«, flüsterte sie.

Tisal schüttelte den Kopf. »Wenn mich nicht alles täuscht, dürften wir unter dem Palastgarten sein.«

Der Gang war mal enger, mal breiter, bis er vor einer dunklen Holzwand endete. »Noch ein Schrank?«, fragte Mirsu.

»Vielleicht.« Tisal suchte die Holzwand ab. Er spürte einen leichten Luftzug und entdeckte einen kleinen Hebel, der direkt am Boden in der Wand eingesetzt war. Er drückte ihn. Lautlos glitt die Holzwand zur Seite und gab einen kleinen Raum frei, wie das Innere eines Schranks, der über und über mit Teppichen gefüllt war. »Komm, wir müssen nur ein paar davon herausziehen und können durch. Halt mal.« Tisal reichte Mirsu seinen Leuchterstein und begann, die ersten Teppichrollen in den Gang zu ziehen. Bald war genug Platz, um durch den Schrank zu steigen.

»Schau mal«, sagte Mirsu überrascht. »Wie schön die Teppiche sind! Ganz fein gewoben. So was schaffen selbst die besten Knüpfer von Barisia nicht.« Sie hielt den Leuchterstein über einen halb aufgerollten Teppich.

»Das ist doch …« Tisal rollte ihn ganz auf. »Das sind die Teppiche aus der kleinen Audienz! Was machen die hier? Komm, lass sie uns aufrollen und die Bilder ansehen!« Tisal stieg in den Schrank und öffnete leise die Schranktür zur Vorderseite, um einen Blick zu riskieren, als plötzlich die restlichen Teppichrollen beide Schranktüren aufdrückten und mitsamt Tisal aus dem Schrank purzelten.

»Tisal!« Mirsu sprang hinterher und hielt den Leuchterstein in den dunklen Raum. »Bist du verletzt?«

Tisal rappelte sich auf, griff nach dem Stein und sah sich um. Der Schrank führte in einen kleinen Raum. An den Wänden standen leere Kisten und Schränke. Türen und Deckel waren offen. Der gesamte Raum war leer, bis auf den Teppichschrank. Gegenüber war eine Tür. »Habe ich's mir doch gedacht«, sagte Tisal. »Weißt du, wo wir sind?«

Mirsu schüttelte den Kopf.

»Im Palast!« Tisal grinste. »Wir sind in der Schatzkammer!«

»Die ist ja vollkommen leer.«

Tisal nickte »Ich kenne sie nur voll. Hier wurden alle Geschenke aufbewahrt, die mein Vater aus fernen Ländern bekommen hat. Wenn man die Kammer mit einer Lampe betrat, begann sofort alles zu funkeln und zu glänzen.«

»Schwarzmoor muss alles ausgegeben haben«, sagte Mirsu ernst.

»Vielleicht für die Söldner.« Tisal zuckte mit den Schultern. »Er hat nur die Teppiche hier gelassen.« Er beugte sich zu einem der herausgefallenen Teppiche, zog ihn in den Raum und rollte ihn auf. »Schau, da ist ein silberner Reiher.« Der Teppich war rot und hatte eine verzierte Silberborte. Ein feines Pflanzendekor umrahmte das Bild eines aus silbernen Fäden geknüpften Vogels, der majestätisch auf einer Welle thronte. Zu seinen Füßen war eine fein gedrehte, silbrig-weiße Muschel. Mirsu zog einen anderen heraus und rollte ihn auf. Schnell hatten die beiden den Boden der Schatzkammer mit den Wandteppichen ausgelegt und betrachteten sie. Alle Teppiche waren rot und immer auf die gleiche Art verziert. Nur die Bilder unterschieden sich. Da gab es einen Thron mit einer Krone darauf. Auf einem anderen war ein Mann zu sehen, der mit der silbrig-weißen Muschel im Wasser stand. Dann gab es den Reiher auf der Welle. Auf dem nächsten waren goldene Kornähren über Wasser zu sehen. Ein weiterer Teppich zeigte bunte Fische, die aus dem Wasser sprangen. Dann war da ein Bild mit vielen feiernden Menschen. Auf einem anderen Teppich waren allerlei Früchte über Wasser dargestellt. Und zu guter Letzt gab es ein Bild mit einem Mann, der auf einem Thron saß und eine Krone trug. Er hielt die silbrig-weiße Muschel in der Hand. Mirsu und Tisal zogen noch die zwei Teppiche in den Raum, die sie in den Geheimgang gezerrt hatten, und breiteten auch diese beiden letzten aus. Auf einem war ein Fluss mit Wellen zu sehen und auf dem anderen nahm ein Mann die Muschel an sich, die ihm der Reiher auf der Welle zu geben schien. »Immer der gleiche Mann und immer die gleiche Muschel«, murmelte Mirsu.

Tisal nickte. »Die Muschel ist also wichtig. Nur wissen wir jetzt immer noch nicht, warum sie es ist.« Enttäuscht blickte er die Teppiche an. Da drangen plötzlich Schritte an sein Ohr. Tisal bedeutete Mirsu, still zu sein, löschte den Stein und schlich zur Schatzkammertür. Er lauschte. Die Schritte passierten die Tür. Vorsichtig drehte Tisal den Knauf und öffnete die Tür einen schmalen Spalt. Dahinter lag ein dunkler Gang. Zur Linken führte eine Wendeltreppe hinab und von unten drang ein schwacher Lichtschein nach oben. Tisal vernahm eine dumpfe Stimme: »So, da wären wir«. Dann wurde etwas auf- und kurz darauf wieder zugeschlossen. Tisal wusste, was dort unten war: der Kerker. Jetzt kamen die Schritte wieder näher. Schnell zog er seinen Kopf zurück. Die Tür ließ er einen Spalt offen. Die Schritte wurden lauter und der Lichtschein stärker. »Wie lange soll der da unten schmoren?«, ertönte eine raue Stimme.

»Will ich lieber nicht wissen«, antwortete eine andere leise.

»Wer war das überhaupt? Der war doch nicht von hier.«

»Keine Ahnung.«

Zwei Söldner stapften in geschwärzten Rüstungen die Wendeltreppe hinauf. Tisal hielt den Atem an.

»Ist egal. Wer ist auch so blöd und bricht in die Gemächer des Königs ein?«, sagte die raue Stimme.

Langsam wurden die Stimmen leiser und verhallten in der Dunkelheit. Tisal entfachte den Leuchterstein und sah Mirsu ernst an. »Morsch ist im Kerker. Wir müssen ihn da rausholen!«

Die Legende vom Gischtvogel

Die schwere Kerkertür fiel ins Schloss und die Söldner entfernten sich. Es war düster um Morsch und es roch muffig. Da stand er, allein, und keiner seiner Freunde wusste, wo er war. Morsch nahm seine Brille ab, ließ sich gegen die Kerkertür fallen und rutschte an ihr herab, bis er saß. Nur langsam gewöhnten sich seine Augen an die Umgebung. Der Raum schien rund zu sein. Links waren spärliche Scharten in der Wand, durch die ein wenig Licht und Luft kroch. Gegenüber der Tür lag ein Haufen Stroh. Und darin regte sich etwas. Morsch kniff die Augen zusammen. »Hallo? Ist da wer?« Langsam zog er sich an der Kerkertür hoch, machte einen Schritt in den Raum und spähte in das Halbdunkel. War das ein Stoffknäuel, das sich da regte? »Hallo?«, raunte er erneut.

»Willkommen in Schwarzmoors Kerker«, sagte eine alte, brüchige Stimme und das Stoffknäuel erhob sich.

Morsch wich zurück.

»Keine Angst.« Das Knäuel trat aus dem Halbdunkel auf Morsch zu und schlug seine Kapuze zurück. Hervor kam langes schlohweißes Haar und ein altes, von Falten zerfurchtes Gesicht.

»Märe Mund«, sagte er erstaunt.

»Du kennst mich?«, entgegnete sie überrascht und lächelte. »Du siehst nicht so aus, als wärst du von hier.«

Märes freundliche grüne Augen schlugen Morsch in ihren Bann. »Mein Name ist Leopold Morsch. Ich komme aus einem kleinen Tal, weit weg von hier«, sprudelte es aus ihm heraus. »Ich bin mit Tisal und zwei Freunden über die Blauberge und die Glitzersee nach Barisia gekommen, um den Jungen zurück in seine Heimat zu bringen, und ich habe die Muschel dabei.« Er wusste nicht wie ihm geschah. Aus einem unerfindlichen Grund hatte er tiefes Vertrauen zu Märe Mund.

»Du bist in Begleitung von Prinz Tisal und der Muschel?« Märe Munds Überraschung wuchs. »Was machst du hier unten?«

»Der Baron hat mich erwischt, als ich seine Gemächer durchsuchen wollte.« Morsch blickte zur Tür und senkte seine Stimme.

»Ich muss mehr über die alte Legende erfahren. Mirsu erzählte uns davon.«

»Mirsu?«

»Ja«, nickte Morsch. »Und dass Schwarzmoor auf die Legende hören sollte und er die Muschel braucht, um König zu werden. Ich hatte gehofft, durch die Legende einen Weg zu finden, Tisal zurück auf seinen Thron zu helfen. Aber jetzt sitze ich hier fest.« Morsch grinste schief. »Alles, was ich mit Eurer Hilfe in Erfahrung bringen kann, wird uns nun nichts nützen.« Er setzte sich ins Stroh.

Sie setzte sich neben ihn und sah ihn stumm an. »Lieber Leopold«, begann sie nach einem Augenblick. »Dann hast du eine lange Reise hinter dir?«

Morsch nickte.

»Geht es dem Prinzen gut?«

Wieder nickte Morsch.

Sie lächelte. »Und du möchtest wissen, was hier vor sich geht und was es mit der Muschel auf sich hat?«

Morsch nickte zum dritten Mal.

»Dann werde ich deine Wissbegier ein wenig stillen. Nun, Leopold, als König Runal starb, gab es für die Barisier nur einen möglichen Nachfolger, Tisal, den Sohn des Königs. Du musst wissen, dass auf dem Thron all die Jahrzehnte immer ein Baris saß. Aber der Prinz war verschwunden. Also übernahm Schwarzmoor die Staatsgeschäfte. Das störte zunächst niemanden. Alle hofften auf die Rückkehr des Prinzen, und Schwarzmoor trat ja nur als Platzhalter für den wahren Regenten auf und ließ Tisal suchen. Aber dann schwand mit jedem Tag die Hoffnung, und Schwarzmoor übernahm ganz langsam und klammheimlich den Thron. Mir war bald klar, dass an der Sache etwas faul sein musste. Schwarzmoor ließ niemals wirklich nach Tisal suchen, und langsam, aber deutlich veränderte er die Staatsgeschäfte in seinem Sinn. Als er dann König Runals Tod verkündete, ging alles sehr schnell. Die Söldner kamen, die Mine wurde gegraben und die Schmelzöfen und Schmieden wurden gebaut. Und wer damit nicht zufrieden war und nicht half, bekam Schwarzmoors Zorn zu spüren. Aber ich hatte die Hoffnung noch nicht aufgegeben, weil Schwarzmoor ohne die Zustimmung des Gischtvogels Barisia niemals regieren kann. Ohne die Zustimmung würde er das Land und sich selbst ins Unglück stürzen. Zumindest lehrt uns das die Legende vom Gischtvogel. Ich hatte gehofft, er würde das einsehen.«

»Gischtvogel?«, wiederholte Morsch und kratzte sich nachdenklich am Bart.

Märe nickte. »Der Herr des Flusses. Die Legende ist uralt.« Sie räusperte sich. »Hör gut zu. Einst war Barisia arm und karg. Die Wüste reichte bis an den Fluss, und auf den Feldern wuchs nichts. Die wenigen Menschen, die hier lebten, litten Hunger. Viele zogen fort und suchten woanders ihr Glück. Aber ein Mann wollte das nicht akzeptieren. Er glaubte fest daran, dass man am breiten Strom Getreide anpflanzen konnte. Lange trotzte er den schweren Bedingungen, bis auch er endlich erkennen musste, dass der Boden nichts hergab. Er wusste sich nicht mehr zu helfen. Also fiel er vor dem Fluss auf die Knie und flehte, dass er doch nur das Nötigste brauchte, damit er und seine Familie leben konnten. Da begann der Fluss schneller zu fließen. Wellen wurden Wogen, bis aus der größten ein Vogel entwuchs, der Gischtvogel. Die Woge schäumte und tanzte am Ufer, und majestätisch thronte der Vogel auf ihr. Prüfend sah er den Mann an, spürte dessen Aufrichtigkeit und verhieß ihm und seinen Nachfahren ein glückliches Leben, wenn er nur immer das Wohl des Landes über sein eigenes stellte. Der Mann verneigte sich in tiefem Dank und versprach, bis an sein Lebensende dem Land und seinen Bewohnern zu dienen. Der Gischtvogel überreichte ihm ein Zeichen ihres Paktes, die Woge verschluckte den Vogel, und der Fluss floss wieder ruhig. Der Mann und seine Familie begannen das Land zu bebauen, und schon bald wuchsen Getreide und Gemüse im Überfluss. Der Reichtum zog immer mehr Menschen an und sie brauchten einen Herrscher. Also krönten sie den, der die Woge gerufen hatte, den Bauern Baris. So bekam das Land seinen König und seinen Namen. Und solange König Baris selbstlos regierte, gab es keinen Mangel.« Sie atmete tief durch und schwieg.

»Das barisische Wappen und das Flusslied«, sagte Morsch langsam. »Der Gischtvogel steht im Wappen und er ist es, der im Flusslied singt und diesen Pakt beschreibt.«

Märe lächelte und nickte.

Morsch dachte nach. »Ihr meint, dass das Land also von einem umsichtigen Herrscher regiert werden muss …«

»Der nicht von Gier getrieben wird und dem Land und seinen Bewohnern nicht mehr abverlangen darf, als ihm zusteht«, vervollständigte Märe nickend. »Solange er dies beherzigt, hält er den Pakt mit dem Fluss ein.«

»Und wenn die Gier siegt«, sagte Morsch langsam, »bricht der Pakt und das Königreich wird wieder karg. Die Menschen müssten gehen, und der gierige König wäre allein und arm. Merken denn Schwarzmoor oder die Barisier nicht, dass der Baron das ganze Land ins Unglück stürzt?«

Märe schüttelte traurig den Kopf. »Nein. Die Legende ist für sie nur ein altes Märchen. Viele kennen kaum mehr als das Flusslied. Der wahre Kern der Legende ist das Geheimnis der Könige, weitergegeben vom Vater an den Sohn. Mir selbst wurde das erst klar, nachdem das Unglück seinen Lauf genommen hatte. Deswegen bat ich Schwarzmoor, die alte Legende ernst zu nehmen, weil sonst Barisias Schicksal besiegelt wäre.« Sie machte eine Pause und sagte dann: »Er dankte mir für meinen Rat und ließ mich aus dem Palast bringen.«

»Und der König muss ein Baris sein, ein Nachfahre des Bauern?«

Märe strich sich durch ihr schlohweißes Haar. »Das weiß ich nicht. Die Familie Baris verstand diesen Pakt. Unter ihnen ging es dem Land gut. Ich bin mir sicher, dass Tisal seine Pflicht verstehen und ernst nehmen wird. Aber vielleicht würde der Gischtvogel auch mit Schwarzmoor einen Pakt schließen, wenn dieser seine Gier und seine Unnachgiebigkeit zügeln oder vor dem Herrn des Flusses verbergen könnte. Es gibt ein Ritual, mit dem der Gischtvogel gerufen werden kann, und dazu braucht Schwarzmoor die Gabe des Gischtvogels.«

»Die Gabe des Gischtvogels?«

»Die Muschel, Leopold. Sie ist das Zeichen des Paktes und so alt wie die Legende. Es heißt, dass aus ihr der Herr des Flusses spricht.«

Morsch sah Märe fasziniert an.

»Wie ich gestern erfahren habe«, fuhr Märe fort, »hat Schwarzmoor die Gabe nicht mehr. Und da fragte er mich, ob und wie er ohne sie das Ritual vollführen könne. Ich sagte ihm, dass ich es nicht wüsste, und sitze nun hier. Er will mich hier schmoren lassen, bis ich es ihm sage.«

»Aber Ihr wisst es wirklich nicht.«

»Genau, Leopold«, antwortete Märe ernst. »Aber jetzt möchte auch ich etwas wissen: Wie kommt es, dass jemand aus einem kleinen Tal, weit weg von hier, den Prinzen von Barisia trifft und mit ihm und der Muschel nach Barisia kommt?«

Morsch betrachtete seine Mitgefangene, die ihn erwartungsvoll anblickte. Er hätte Märe alles erzählt. Also begann er mit Landrichs Besuch im kleinen Tal. Mit Staunen folgte Märe seiner Geschichte. Und als Morsch geendet hatte, sagte sie: »Du bist mutig, Leopold.«

Morsch schüttelte den Kopf.

»Doch, das bist du«, sagte Märe.

Morsch lächelte verlegen und blickte auf das Stroh, auf dem er saß. Ihm fiel wieder die Legende ein. »Gab es schon einmal einen gierigen Herrscher, der Barisia in den Ruin getrieben hat?«

»Nein. Das gab es noch nie. Bisher regierte die Familie Baris. Sie nahm die Legende immer ernst.«

»Wenn die Menschen also wüssten«, sagte Morsch langsam, »dass Tisal wieder zurück ist und er den Gischtvogel ruft, wäre Schwarzmoor geliefert.«

»Vielleicht, wären da nicht die Söldner. Sie hören auf Schwarzmoor, und er ist zu allem fähig.«

Morsch nickte nachdenklich. »Auch wenn wir wüssten, wie das Ritual funktioniert, wir sitzen hier fest und können nichts unternehmen.«

»Kopf hoch, Leopold«, lächelte Märe wieder. »Deine Geschichte klang ganz so, als wäre das Glück auf deiner Seite.«

Die Gabe und der Plan

»Morsch! Hallo, Herr Morsch.«

Klack! Das Sichtfenster der Kerkertür wurde aufgeschoben und ein Augenpaar blickte herein.

Morsch sprang auf und lief zur Kerkertür. »Bist du das, Mirsu?«

»Ja, ich bin's.«

»Still! Nicht so laut.« Eine zweite, dumpfe Stimme kam hinzu.

»Wer ist da bei dir?«, sagte Morsch aufgebracht. »Ist das Tisal? Ich hab doch gesagt, er soll …«

»Ja, ja, ist ja gut, Morsch«, hörte er jetzt Tisal deutlicher. »Geht es dir gut? Haben sie dir etwas angetan?«

»Mir geht es gut«, antwortete Morsch. »Aber wie seid ihr …?«

»Wir haben einen Geheimgang gefunden«, sagte Mirsu, »der bis in die Schatzkammer führt, und die ist leer. Alles ist weg.«

»Ich suche den Schlüssel und wir holen dich da raus«, mischte sich Tisal wieder ein.

»Nein, auf keinen Fall!«, antwortete Morsch. »Ihr begebt euch nicht weiter in Gefahr. Verstanden? Frau Mund ist bei mir.«

»Märe Mund?«, hörte Morsch beide gleichzeitig sagen.

»Jawohl, die alte Märe«, sagte jetzt die Geschichtenerzählerin. »Prinz, Ihr müsst Euch verstecken! Wenn Euch Schwarzmoor erwischt, ist alle Hoffnung verloren.«

»Frau Mund kennt eine interessante Geschichte«, sagte jetzt wieder Morsch, »die uns helfen kann, Tisal wieder auf seinen Thron zu bringen und Barisia zu retten. Es geht um die Gabe des Gischtvogels und …«

»Die Gabe von was?«, waren wieder Mirsu und Tisal zu hören.

»G i s c h t v o g e l«, wiederholte Märe deutlich. »Der Herr des Flusses. Die Gabe ist ein Zeichen seines Vertrauens in die Könige von Barisia.«

Stille. Es klang so, als würden Tisal und Mirsu tuscheln. Dann sprach Mirsu wieder durch das Guckloch. »Wir haben einen Vogel gesehen, auf einem Teppich, in der Schatzkammer.«

»Genau. Die Teppiche aus der kleinen Audienz«, mischte sich Tisal ein. »Ein silberner Reiher war auf einem, und ein Thron und Menschen an einem Fluss und noch viel mehr. Vielleicht ist das der Gischtvogel? Und die Muschel war auch zu sehen, Morsch, deine Muschel. Au, pass doch auf.«

»Halt dich ruhig, sonst falle ich«, zischte Mirsu.

»So, ihr zwei, hört mir genau zu«, sagte Morsch. »Ihr schleicht euch jetzt zurück durch den Geheimgang und berichtet Griesbert und Hainwart von den Bildern auf den Teppichen. Dann seht ihr unter dem runden Tisch nach. Dort steht meine Tasche. Ganz unten, in weiche Tücher eingewickelt, liegt die Muschel. Du musst sie nehmen, Tisal. Mit ihr kannst du den Gischtvogel rufen und beweisen, dass du der rechtmäßige König bist.«

»Aber wie, Morsch?«, sagte Mirsu. »Wir wissen doch gar nicht, was Tisal mit der Muschel machen muss. Was stand denn in der alten Schriftrolle?«

»Schwarzmoor hat mich erwischt, bevor ich sie finden konnte.«

»Ich probiere es einfach aus.« Tisal klang entschlossen. »Ich habe schon eine Idee.«

»Und was dann?«, fragte Mirsu.

»Dann verlangt ihr mit Griesbert und Hainwart auf der Baustelle die Freilassung des Prinzen.«

»Ja, aber ich bin doch frei«, sagte Tisal erstaunt.

»Genau deswegen wird Schwarzmoor darauf eingehen. Er weiß ja, dass ich in seinem Kerker sitze. Er kann mich als Hochstapler präsentieren und den Menschen von Barisia jegliche Hoffnung auf deine Rückkehr nehmen. Diese Chance wird er sich nicht entgehen lassen. Dann trittst du aus der Menge und forderst die Klärung des rechtmäßigen Thronerben durch das Muschelritual. Die Barisier werden wissen wollen, was dieses Ritual ist. Märe berichtet von der Legende. Und mit etwas Glück werden die Barisier darauf beharren, dass Schwarzmoor deine Herausforderung annimmt. Schwarzmoor wird sich nicht herausreden können, nicht wenn alle ihn drängen.«

»Ja, aber was, wenn Märe nicht freigelassen wird?«

»Das lasst mal unsere Sorge sein«, antwortete Morsch.

»Und wenn Schwarzmoor die Fremden auf uns hetzt?«, fragte Mirsu.

»Griesbert soll den Söldnern sagen, dass die Schatzkammer leer ist.«

»Warum?«, fragte Mirsu.

»Na, weil Schwarzmoor sie nicht mehr bezahlen kann«, sagte Tisal. »Vielleicht machen sie dann nicht mehr, was er befiehlt. Hoffen wir, dass der Plan aufgeht.« Tisal klang nervös.

»Das wird er.« Morsch war ebenfalls sehr angespannt. »Nun auf, und seid vorsichtig! Lasst euch nicht erwischen.«

»Gut«, flüsterte Mirsu. »Bis bald.« Und das Sichtfenster wurde zugeschoben.

Morsch legte sein Ohr an die Kerkertür. Die Schritte der beiden entfernten sich. Er hätte am liebsten die Kerkertür aus den Angeln gerissen und den beiden beigestanden. Stattdessen musste er zurückbleiben und konnte nur hoffen.

Die Muschel und der Prinz

Besorgt ging Griesbert in Märes Wohnstube auf und ab. Längst wurden die Schatten länger und der Abend nahte, aber Morsch und Mirsu waren nicht zurück. Und zu allem Unglück war Tisal verschwunden. Wütend auf sich selbst und sein morgendliches Nickerchen, schlug Griesbert mit der Faust in seine hohle Handfläche und trat durch den Vorhang hinaus. »Hainwart!«, rief er, dass die Hühner gackernd in alle vier Himmelsrichtungen stoben. »Hainwart, wo bist du?«

Der wandelnde Baum erschien zwischen Palmen und Büschen. »Kein Spross und auch kein Morsch«, knarzte er bedächtig. »Mirsu-Spross habe ich auch nicht gefunden.«

»Da muss etwas passiert sein«, schnaubte Griesbert. »Ich halte es nicht mehr aus. Wir gehen jetzt zur Baustelle. Ist mir egal, ob der feige Schwarzmolch etwas dagegen hat.«

Hainwart verschränkte die Astarme vor seinem Stamm und schüttelte seine Laubkrone. »Wir wurzeln. Morsch kommt zurück, so sicher wie der Winter das Laub nimmt.«

Griesbert stützte seine Hände in die Seiten. »Wenn Herr Baum tatenlos wurzeln will, soll Herr Baum tatenlos wurzeln! Ich bin ein Ritter, und Ritter bleiben nie tatenlos. Sie vollbringen Taten. Verstanden?«

»Du hast gewurzelt und die Augen geschlossen. Mir ist der Spross nicht fortgeweht worden«, stöhnte Hainwart und schloss demonstrativ die Astlochaugen.

Griesbert fiel die Kinnlade herunter. »W-wie? Was soll das heißen?«, polterte er los. »Tisal sagte, er wolle die Kuh versorgen. Und wer wäre ich, dem Wunsch eines Prinzen entgegenzustehen. Anstand, Herr Baum, Anstand!«

Hainwart riss die Astlochaugen auf und hielt sich einen Astfinger vor den Mund. »Leise. Sei eine Brise, kein Sturm.«

»Ach was, und wenn uns jemand hört. Die werden mich jetzt kennenlernen.« Griesbert packte den Knauf seines Säbels und wollte gerade Richtung Baustelle marschieren, als plötzlich Tisal und Mirsu ganz außer Atem auf den Hof stolperten. »Wo wart ihr so lange?«, schnaubte er aufgebracht, aber dennoch froh, dass den beiden nichts passiert war.

»Spross, du solltest nicht fortgehen«, knarzte Hainwart streng.

»Wir, wir …«, schnaufte Mirsu. »Wir haben Morsch gefunden, und Teppiche und Märe Mund und brauchen eine Muschel.«

»Genau, Teppiche und …«, Tisal rang nach Atem, »Muschel.«

»Wovon redet ihr?«, rief Griesbert.

Dann begannen Mirsu und Tisal zu erzählen, von der Verfolgungsjagd durch die Gassen, von Idris' Keller, dem geheimen Gang, von den Teppichen, dass sie Morsch und die alte Geschichtenerzählerin im Kerker gefunden hatten und vom Gischtvogel. Griesbert und Hainwart folgten aufmerksam und schüttelten hier und da ganz erstaunt Kopf oder Laubkrone.

»Und die Flussgabe ist Morschs Muschel?«, brummte Hainwart.

Mirsu nickte. »Das sagen die Teppiche. Morsch meinte, mit ihr können wir Schwarzmoor aufhalten.«

»Genau. Wir sollen ihn zum Muscheltest fordern, auf der Baustelle«, ergänzte Tisal und schilderte Morschs Plan.

»Muscheltest?«, knarzte Hainwart.

»Ja. Ich rufe den Gischtvogel, und der erkennt mich als wahren Thronerben an.«

»Und was passiert, wenn der feige Schwarzmolch diesen Vogel auch rufen kann?«, fragte Griesbert.

Mirsu und Tisal sahen sich einen Augenblick ratlos an. Dann sagte Tisal wie vom Geistesblitz getroffen: »Na, dazu brauchen wir die Muschel! Ich muss herausfinden, wie das Ritual geht.«

»Ritual?«, brummte Griesbert.

»Ja, das Rufen des Vogels. Dann wissen wir mehr als Schwarzmoor.«

»Richtig«, platzte Mirsu dazwischen. »Die Muschel. Morsch meinte: sie ist in seiner Tasche!« Sie lief durch den Vorhang, kehrte kurz drauf mit Morschs Tasche zurück und gab sie Tisal, der den Verschluss zurückklappte. Er zog ein Buch, einen Bleistift, einen weit heruntergebrannten Kerzenstumpen, ein kleines Messer, einen Haufen Juwelen eingewickelt in Morschs Unterwäsche und zu guter Letzt einen Gegenstand hervor, der in weiche Tücher eingeschlagen war. Gebannt blickten alle auf das Bündel. Tisal zögerte, dann schlug er behutsam die Tücher zurück. Zum Vorschein kam die glatte, silbrigweiße Muschel.

»Sie sieht aus, wie die auf den Teppichen«, murmelte Mirsu.

Tisal war mulmig zumute. Er ließ die Muschel aus den Tüchern in seine Hand gleiten. Sie fühlte sich wie eine Bürde an, keine Last, die er nicht tragen konnte. Vielmehr wie eine Aufgabe, eine Pflicht, die er erfüllen musste. Als er sie das letzte Mal an sein Ohr gehalten hatte, schwor er, dies nie wieder zu tun. Zu beängstigend waren die Bilder, die er gesehen hatte. Aber jetzt gab es keinen anderen Weg. Er fasste all seinen Mut zusammen und hielt sie sich an sein Ohr. Ein stetes Rauschen begleitet von Plätschern und Glucksen und eine warme Brise erfüllten ihn plötzlich auf wundersame Weise. Und Tisal sah auch wieder etwas! Der breite Strom lag direkt vor ihm, die Ufer verhangen vom morgendlichen Nebel. Eine tiefe

Ruhe ergriff ihn auf einmal. Und er war nicht allein! Sein Vater Runal stand neben ihm in seinem schlichten, aber edlen Gewand. Oh, wie sehr er ihn vermisst hatte! Die Krone hatte sein Vater nicht auf. Tisal bemerkte, dass er sie selbst in den Händen hielt. Jetzt stieg Runal in den Fluss. Es schien ihm egal, dass sein Gewand nass wurde. Tisal wollte ihn fragen, was er da mache, aber es hatte ihm die Sprache verschlagen. Sein Vater murmelte etwas, als spräche er mit dem Fluss. Dann bückte er sich, tauchte die Hände in das Wasser und wusch sein Gesicht. Tisal wollte einen Schritt auf ihn zugehen, aber seine Beine rührten sich nicht. Runal drehte sich um, und Tisal erschrak. Das war nicht sein Vater. Es war ein unbekanntes Gesicht, ein unbekannter Mann, und irgendwie doch nicht fremd. Tisal fühlte eine Verbindung zu ihm. Der Mann lächelte, während er seine Hände an seinem schlichten, aber edlen Gewand trocknete. »Der Fluss ist unsere Lebensader«, sprach er. »Behandle ihn und sein Land gut, und er wird dich gut behandeln.« Tisal erschrak ein zweites Mal. Hatte der Mann die Stimme seines Vaters? Lange hatte er diese Worte nicht mehr gehört. Sie bedeuteten Geborgenheit …

»Was ist mit dir?«, drang Mirsus Stimme plötzlich an sein Ohr.

»Was soll mit mir sein?« Tisal öffnete die Augen.

»Du hast die Augen geschlossen und bist getaumelt. Wir dachten, dir wäre schwindlig. Hainwart hat dich aufgefangen. Und dann, dann hast du geweint.«

»Geweint?«, fragte Tisal überrascht. Erst jetzt merkte er, dass seine Wangen nass waren und er an Hainwarts Stamm lehnte. Die Muschel hielt er immer noch in den Händen. Er betrachtete sie und strich über die Windungen. Dann richtete er sich auf und wischte sich die Tränen ab. »Das ist die Gabe. Ich weiß, was zu tun ist.«

»Dann lasst uns zum Fluss gehen, damit wir Sicherheit haben«, sagte Griesbert.

»In der Nacht, wenn die Sterne leuchten. Dann wandelt kein Zweibeiner«, knarzte Hainwart.

Tisal, Mirsu und Griesbert waren einverstanden.

Mond und Sterne funkelten am Firmament und tauchten die Felder in ein gespenstisches Licht. Hier und da zerriss ein lang gezogener, schriller Vogelschrei die Stille. Von Märes Hof zum Fluss war es nicht weit. Sacht schwappten die Wellen ans Ufer, und ein leichter Wind brachte das Schilf zum Wiegen. Tisal stieg die sanfte Böschung hinunter und blieb stehen, seine Freunde hinter ihm. Schwarz lag der Fluss da. Nur die Sterne ließen kleine helle Punkte auf der Wasseroberfläche tanzen.

Tisal reichte Hainwart die Muschel, streifte die Schuhe ab und krempelte seine Hose hoch. Dann nahm er die Muschel wieder und watete ein Stück hinein. Seine Füße versanken im warmen, schlammigen Grund und die leichte Strömung umspielte kühl seine Beine. Als ihm das Wasser bis zu den Knien reichte, blieb er stehen und sagte leise: »Lieber Gischtvogel, ich rufe dich.« Gespannt sah er auf den Fluss. Nichts geschah. Er ging noch einmal im Geiste die Vision durch, die ihm die Muschel am Nachmittag gewährt hatte. Sein Vater war in das Wasser gestiegen und hatte mit dem Fluss gesprochen.

»Gischtvogel, Herr des Flusses, ich bitte dich, erscheine!«, sagte er ein zweites Mal. Wieder geschah nichts.

»Lauter«, rief Griesbert in seinem Rücken.

»Gischtvogel, ich rufe dich!«, sagte Tisal diesmal lauter. Er sah zum Nachthimmel, dann zum anderen Ufer, suchte das Schilf ab. Wieder nichts.

»Ruf doch mal«, hörte er Mirsu.

»GISCHTVOGEL, ICH RUFE DICH, ERSCHEINE!« Aber es geschah nichts. Was konnte er noch tun? Was hatte er vergessen? Hatte er es nicht genauso gemacht, wie sein Vater in der Vision? Tisal fühlte sich mit einem Schlag klein und hilflos. In diesem entscheidenden Moment versagte er. Mit hängendem Kopf sah er sich zu den anderen um. Aber sie blickten ihn nur ratlos an. War die Muschel doch nicht die Gabe? Aber das konnte, das durfte nicht sein! Sie hatte ihm doch die Bilder seines Vater und dieses Fremden gezeigt. Tisal seufzte. Er blickte auf das Wasser, das seine Beine umspielte. Da kam ihm plötzlich eine Idee. Er bückte sich und tauchte seine Hände samt der Muschel in den Fluss. Mit einer Hand schöpfte er Wasser und wusch sich das Gesicht. Doch noch immer passierte nichts. Er betrachtete die Muschel, die unter Wasser in seinen Händen schimmerte, und flüsterte verzweifelt: »Was ist dein Geheimnis?« Plötzlich begann es um seine Hände und die Muschel herum silbrig-weiß zu leuchten, erst ganz schwach, dann immer stärker. Endlich! Mit neuem Mut betrachtete Tisal gebannt das Licht. Es brach sich im Wasser und einzelne Strahlen ließen es immer heller leuchten. Doch dann veränderte sich das Licht. Das Silbrig-Weiß wechselte plötzlich zu Abendrot, zu Himmelblau, zu Flussgrün, Gold und dazwischen immer wieder zu dem hellen, silbrigen Weiß, mal schneller mal langsamer. Und dann passierte noch etwas: Auf einmal wurde der Wind stärker. Er ergriff Tisals Mantel und Haar, blies durch das Schilf, wiegte es hin und her, und packte kurz darauf tosend die Kronen der Palmen. Der Fluss floss schneller und schlug kleine Wellen. Sie wuchsen, wurden zu Wogen. Gischt tanzte auf ihren Rücken. Die Strömung wurde immer stärker und zerrte an ihm. Die Wellen waren nun so hoch, dass sie ihn hätten umreißen müssen, aber sie verschonten ihn. Tisal hielt stand. Er bekam von alldem nichts mit.

Plötzlich tauchte in der Ferne etwas großes Dunkles auf, das sich schnell näherte. Eine riesige Woge, die alles andere vor sich herschob.

»Achtung! Tisal!«, versuchte Mirsus Stimme den Sturm zu durchdringen. Aber sie verlor sich im Tosen des Windes, der jetzt stark wie ein Orkan war. Die Palmen bogen sich und der breite Strom schäumte und gurgelte.

»TISAAAL! JUNGE«, klang fern Griesberts kräftige Stimme und vermischte sich mit dem Heulen des Sturms. Aber Tisal verharrte im Fluss. Gebannt betrachtete er das Farbenspiel im Wasser. Die schwarze Woge raste unaufhaltsam näher. »TIIISAAAL!«, heulte und johlte es. Tisal sah auf. Er erschrak. Er hatte gar nicht gemerkt, wie sehr sich alles um ihn herum verändert hatte. Und plötzlich wurde er samt Muschel aus dem Wasser gerissen.

»Genug, Spross!«, ächzte Hainwart. »Lass dem Fluss noch eine Zeit lang Ruhe.«

Völlig unvermittelt ließ der Wind nach. Die Wellen stürzten gurgelnd in sich zusammen und im nächsten Augenblick war der Fluss wieder so ruhig wie eh und je. Von der gewaltigen schwarzen Woge war nichts mehr zu sehen.

Tisal atmete schwer und zitterte. Sein Haar war zerzaust. Er hing in Hainwarts Astarmen, die ihn aus dem Fluss gehoben hatten, und blickte zu Mirsu und Griesbert, an denen der Sturm auch nicht spurlos vorbeigezogen war. Sie grinsten und begannen zu lachen, Griesbert aus vollem Herzen. Tisal konnte nicht anders, er musste auch lachen. Er fühlte sich leicht, beschwingt und voller Mut. Lachen tat gut. Hainwart setzte ihn in seine Krone und watete an Land. Der wandelnde Baum brummte, als würde er glücklich in sich hinein singen.

Als sie sich alle ein wenig beruhigt hatten, sagte Tisal: »Morgen früh gehen wir auf die Baustelle und setzen Morschs Plan in die Tat um!« Er lächelte und seine Augen glänzten.

»Und was machen wir mit den Söldnern?«, fragte Griesbert.

»Ach ja, das haben wir ganz vergessen«, sagte Mirsu. »Wir sollten dir sagen, dass die Schatzkammer leer ist.«

Griesbert runzelte die Stirn. »Aha. Und warum ...?« Doch dann hellte sich seine Miene auf. »Natürlich! Kein Sold, keine Söldner.«

Meister Pulverus

Der Morgen dämmerte. Tisal trat hinaus aus Märes Wohnhaus und atmete tief durch. Weiße Reiher flogen über ihn hinweg. Er hatte kaum geschlafen, hatte lange wach gelegen und an seinen Vater und den Tag gedacht, der nun vor ihm lag. Niemand hatte ihn auf all das vorbereitet. Er sah zur alten Kuh hinüber. Sie betrachtete ihn mit ihren müden Augen, schnaubte und wiegte den Kopf hin und her. Tisal ging in den Stall, nahm eine Heugabel und warf ihr frisches Stroh auf ihren Haufen. Glücklich begann die Kuh zu fressen. Er musste seine Rolle spielen. Das wusste Tisal tief im Herzen. Egal, wie allein er sich fühlte, egal, wie viel Angst er hatte, egal, wie gern er einem Passenderen seine Zukunft überlassen hätte, es war nun einmal an ihm, Schwarzmoor herauszufordern, um Barisia zu retten. Er sah zum Wohnhaus hinüber.

»Ruhst du in dir, Spross?«, riss ihn Hainwarts Knarzen aus seinen Gedanken. Wie aus dem Nichts war der wandelnde Baum hinter ihm aus den Feldern getreten.

Tisal drehte sich um und schüttelte den Kopf.

Hainwart verzog sein Astlochgesicht zu einem Grinsen. »Gut. Unruhe macht wach und die Sinne scharf.« Der wandelnde Baum sah zum Wohnhaus hinüber. »Geh hinein. Stärke deine Triebe.«

Tisal wusste nicht, was er sagen sollte, nickte, gab Hainwart die Heugabel und ging zurück ins Haus.

Mirsu strahlte ihn an: »Schau, damit kannst du dich verkleiden.« Sie zeigte auf einen Haufen alter Kleider, den sie auf einer der niedrigen Bänke ausgebreitet hatte. »Die rote Bauchbinde kannst du dir um den Kopf wickeln, als Turban. Und den Mantel schneiden wir einfach ab.«

»Euer Frühstück, Prinz«, sagte Griesbert, der gerade frischen Tee in die Becher goss und mit seinem Blick auf Brot und Käse deutete.

Tisal lächelte und erkannte etwas: Er war nicht allein. Das nahm ihm zwar nicht seine Angst, aber es tat gut, seine Freunde auf seiner Seite zu wissen.

Nachdem sie sich gestärkt, verkleidet und ihre Gesichter und Hände mit Erde dreckig gemacht hatten, begaben sich Tisal, Griesbert und Mirsu hinaus zu Hainwart.

»Was machen wir mit der Muschel?«, fragte Griesbert. »Wir sollten sie nicht mit auf die Baustelle nehmen.«

»Ich schlage vor, dass Hainwart sie nimmt«, sagte Mirsu und wandte sich an den wandelnden Baum. »Du kannst dich gut verstecken und bist stark.«

Hainwart betrachtete das Mädchen einen Augenblick, dann blickte er seine Astfinger an und knarzte: »Ich schließe sie in meine Hand, Mirsu-Spross. Da nimmt sie keiner raus.«

»Gute Idee«, nickte Tisal. Und auch Griesbert fiel keine bessere Lösung ein. Tisal gab dem wandelnden Baum die eingewickelte Muschel, der sie vorsichtig mit den Astfingern seiner rechten Hand umschloss. Die Hand legte er sorgsam an seinen Stamm. Und im nächsten Moment trieben rot-goldene Blätter aus seinen Astfingern. Die Muschel war kaum mehr zu sehen. Dann besprachen sie zu viert ein letztes Mal ihren Plan und Mirsu hatte noch für jeden ein Halstuch, außer für Hainwart natürlich. Ihn zu verkleiden war sinnlos – er hatte ja von Natur aus schon die beste Verkleidung, die es gab! Und dann war es so weit: Gemeinsam schlichen sie los zur Baustelle.

Bald waren das Hämmern der Schmieden und die Befehle der Söldner zu hören. Die Luft wurde von beißendem Rauch erfüllt, und zwischen den Bäumen und Büschen waren die Baracken zu erkennen. Mirsu, Tisal und Griesbert banden sich die Halstücher vor die Nase und verabschiedeten sich von Hainwart, der zwischen den Bäumen am Rand der Baustelle auf seinen Einsatz warten sollte. Kurz darauf standen die drei inmitten rauchender Öfen, stinkender schwarzer Geröllhalden und schuftender Arbeiter, grau von Rauch und Dreck, als sie einen Söldner bellen hörten: »He! Ihr da. Wollt wohl Pause machen.« Der Söldner zeigte mit einer eingerollten Peitsche auf einen Berg Eisensteine. »Ran an die Arbeit, und die Kinder suchen sich sofort Schubkarren!« Dann ließ er die Peitsche durch die Luft schnalzen.

Tisal erschrak. Sie durften nicht getrennt werden. Was, wenn der richtige Zeitpunkt käme, und sie nicht zusammen waren?

»Los, los, wir dürfen nicht auffallen«, flüsterte Griesbert und ging zu den Eisensteinen. »Wird schon gut gehen.«

»Nicht Quatschen! Arbeiten!«, rief der Söldner.

»Was jetzt?«, flüsterte Mirsu aufgeregt.

»Wir müssen ruhig bleiben«, raunte Tisal. »Da, komm.« Er zeigte auf eine herrenlose Schubkarre.

Die beiden schoben die Karre zum Eisensteinhaufen und weiter zu einem der Schmiedeöfen, wo sie entladen wurde. Es war eine schweißtreibende Arbeit, und es dauerte nicht lange, da verloren sie Griesbert aus den Augen. Und zu allem Unglück wurde kurz darauf auch noch Mirsu von einem Söldner gepackt. »Du wirst woanders gebraucht«, grunzte er und zerrte sie davon. Tisal biss sich vor Ärger auf die Unterlippe, aber es blieb nichts anderes übrig, als ihr hinterherzusehen, bis sie zwischen den Arbeitern und den rauchenden Öfen verschwand. Allein schleppte und schob, schaufelte und schuftete er, was und wo er nur konnte. Immer wieder schaute er sich nach seinen Freunden um, konnte sie aber nicht entdecken. Um sich herum sah er nur die hoffnungslosen, leeren Augen seiner Untertanen. Immer mehr packte ihn die Wut auf Schwarzmoor. Wie konnte der Baron Barisia das nur antun? Seine Hände schmerzten und die Glieder wurden müde, aber die Wut verlieh ihm Kraft. Tisal stellte seine mit schwarzer Schlacke gefüllte Schubkarre neben einem Fass ab. Er hatte Durst, schöpfte eine Kelle Wasser und zog sein Halstuch herunter. Als er gerade trinken wollte, wurde ihm die Kelle aus der Hand geschlagen. »Halt! Wer bist du?«

Tisal fuhr zusammen und sah in das grimmige Gesicht eines Söldners, der ihn am Arm packte. Er wollte sich losreißen, aber der Griff war fest. »Sag schon! Wer bist du? Ich habe dich hier noch nie gesehen.«

Fieberhaft suchte Tisal nach einer Antwort. Irgendein Name! Schnell! Er durfte nicht zögern. »Latis.«

»Latis, wie?«

»Äh, Teppichknüpfer«, stammelte Tisal. »Ich bin Latis, der Sohn des –« Tisal fiel nichts ein. Er starrte dem Söldner in die Augen, dann platzte es plötzlich aus ihm heraus: » – des Teppichknüpfers Ener, Latis, Sohn des Ener.«

»Ener? Hm«, sagte der Söldner. »Nie gehört. Du kommst mal mit.« Er packte Tisal noch fester am Arm und schob ihn vor sich her. »Und ihr«, rief er zu den Umstehenden, »hört auf zu glotzen! Zurück an die Arbeit!«

Tisal wurde zu zwei Zelten gebracht. Das eine war viereckig und größer, das andere rund. Der Söldner schob ihn in das runde Zelt. Hier war es düster. In der Mitte stand ein großer Schreibtisch, auf dem sich Papier türmte. Dahinter saß ein kleiner, untersetzter Mann, vertieft in einige Listen. Ein Kohlestift klemmte hinter seinem rechten Ohr. Tisal sank das Herz in die Knie, als er den Mann erkannte: Karfeik Pulverus, erster Schreiber des Königs und Tisals Hauslehrer – ein unangenehmer Kerl. Meister Pulverus würde ihn erkennen, ganz sicher.

»Was gibt es?«, krächzte Meister Pulverus trocken. »Ihr wisst doch, dass ich nur ungern gestört werde.« Langsam sah er von seinem Schreibtisch auf, rückte seine kleine Brille zurecht und musterte die Eindringlinge.

»Herr Pulverus, ich habe diesen Jungen auf der Baustelle erwischt, wie er Wasser trinken wollte, und dann fiel mir auf, dass ich ihn noch nie gesehen habe.«

»Und weil du jemanden nicht kennst, bringst du ihn zu mir?«, entgegnete Pulverus barsch und sah zu Tisal. »Wie heißt du?«

Tisal hustete und entgegnete mit heiserer Stimme: »Latis, Sohn des Ener.«

»Ener?«, wiederholte Pulverus langsam. »Nie gehört.«

»Sag ich doch«, brach es aus dem Söldner hervor. »Er meinte, sein Vater wäre Teppichknüpfer.«

Pulverus' Blick ruhte auf Tisal: »Von deinem Vater habe ich noch nie gehört, aber du kommst mir bekannt vor.«

Tisal wurde starr vor Angst. Plötzlich wandte sich Pulverus an den Söldner. »Dafür habe ich jetzt keine Zeit. Bewache ihn. Ich kümmere mich später darum.«

Schneller als erwartet wurde Tisal wieder nach draußen gezerrt und in das andere Zelt geschoben. »Setz dich dort hin und sei still!« Der Söldner zeigte auf die hintere Ecke des Zeltes und nahm selbst an einem Tisch Platz, auf dem Brot, Käse und Wein standen, goss sich einen Becher ein und legte die Füße hoch. Tisal kauerte sich in die Ecke. Was konnte er nur tun? Er saß fest, und seine Freunde wussten nichts von seinem Schicksal. Es war nur eine Frage der Zeit, bis seine Tarnung auffliegen würde.

Lasst den Prinzen frei!

Endlich ertönte das Mittagshorn, und alle suchten einen schattigen Ort, um zu verschnaufen. Mirsus Hände waren wund, ihr ganzer Körper schwer und müde. Aber das zählte jetzt nicht. Sie musste Tisal und Griesbert finden. Die Menschen um sie herum waren dreckig und staubig, hatten schwer atmend die Köpfe zurückgelegt und die Augen geschlossen oder kauten müde auf einem Kanten Brot. Mirsu kannte viele Gesichter. Aber Griesbert oder Tisal waren nicht darunter. Sie lief über die Baustelle, vorbei an zwei Söldnern, die sich vor einem großen Zelt unterhielten, und konnte gerade noch Meister Pulverus ausweichen, der aus einem zweiten runden Zelt gekommen war. »Pass doch auf!«, schnauzte er sie mit seiner krächzenden Stimme an. Mirsu verbarg ihr Gesicht und lief weiter, froh, dass er sie nicht erkannt hatte. Endlich konnte sie Griesbert erspähen. Im Schatten einer Baracke ragte sein Kopf zwischen denen der anderen Arbeiter heraus.

»Da bist du ja«, raunte der Ritter. »Wo ist Tisal?«

»Wir wurden getrennt. Ich hatte gehofft, er ist bei dir.«

»Komm.« Griesbert hob sie auf seine Schultern, damit sie besser über die Menschenmenge blicken konnte. Aber Tisal war nirgends zu entdecken. »Wir können nicht warten«, sagte er. »Der Zeitpunkt ist günstig. Jetzt wird man uns zuhören. Tisal wird uns finden, ganz sicher.«

Mirsu schlug das Herz bis zum Hals. Sie nickte.

Griesbert nahm sein Halstuch ab, trat aus dem Schatten der Baracke und rief: »Hört her, Bürger von Barisia, hört her!« Sofort wurden viele Arbeiter aufmerksam und blickten in Richtung des Ritters. Auch die zwei Söldner bei den Zelten sahen herüber. Ein dritter trat aus dem großen Zelt zu ihnen. Pulverus blieb stehen und drehte sich überrascht um. »Bürger von Barisia! Der rechtmäßige Thronerbe, Prinz Tisal Baris, ist zurück!«, rief Griesbert.

Jetzt erhoben sich die Leute, kamen näher und musterten den Fremden mit dem Mädchen auf den Schultern. »Ja! Ihr habt richtig gehört«, fuhr Griesbert fort. »Prinz Tisal ist zurück, und er wird von diesem schändlichen Thronräuber Schwarzmoor im Kerker gefangen gehalten!«

Die Söldner griffen zu ihren Säbeln und blickten zu Pulverus. Mirsu konnte sehen, wie er hektisch zu ihnen sprach.

»Tisal ist zurück und ich fordere in seinem Namen, dass Schwarzmoor abdankt und sich für seine Untaten entschuldigt«, rief Griesbert laut. »Lasst es den Baron hören!«

Mittlerweile hatten Griesberts Rufe die ganze Baustelle aufgerüttelt. Die Menge um ihn und Mirsu wurde immer größer. Sie fing an zu murmeln und zu gestikulieren.

»Der Baron hat gesagt, der Prinz wäre verschollen, für immer«, ertönte es aus der Menge.

»Er behauptet auch, die Tochter des Palastgärtners wäre in Gefangenschaft«, antwortete Griesbert. »Aber er lügt. Sie sitzt auf meinen Schultern.«

Mirsu zog ihr Halstuch herunter.

»Ja, das ist sie. Ich kenne sie«, rief einer. Viele pflichteten ihm bei.

»Und der Prinz darbt im Verlies unter dem Palast«, fuhr Griesbert fort.

»Woher weißt du das?«, ertönte es aus der Menge.

Griesbert sah um sich, holte tief Luft und sagte: »Weil ich an seiner Seite nach Barisia gereist bin. Schwarzmoor hat ihn gefangen genommen, damit ihr niemals erfahrt, dass der rechtmäßige Thronerbe noch lebt.« Dann wandte er sich an Pulverus und rief: »Lasst den Prinzen frei!«

Die Menschen unterhielten sich, blickten immer wieder zu Mirsu, dann stimmten ein paar Barisier mit ein. »Lasst den Prinzen frei!« Schnell wurden es mehr. Sie hoben die Fäuste und drehten sich zu Pulverus, der nervös hin und her blickte. Da konnte Mirsu erkennen, wie aus dem Schatten des großen Zeltes jemand hervorsprang und in der Menge untertauchte. Tisal? So plötzlich wie Mirsu den Schatten entdeckt hatte, so plötzlich hatte sie ihn wieder aus den Augen verloren.

»Lasst den Prinzen frei!«, rief nun die Menge und blickte zur Klippe und zum Palast.

Die drei Söldner hielten sich unschlüssig zurück. Pulverus kletterte auf ein Fass und hob beschwichtigend die Hände. »Liebe Barisier. Ich weiß zwar nicht, was dieser Fremde von uns will, aber –«

»Lasst den Prinzen frei!«

»Hört zu!«, schnarrte Pulverus. »Hört zu! Ich bin mir sicher, dass der Prinz verschollen ist, aber ich will den Baron holen und dieses Missverständnis aufklären.«

Mirsu sah, wie er den Söldnern zunickte und die sich in Bewegung setzten. »Durchlassen! Weg da, im Namen des Barons«, riefen sie und bahnten sich mühsam einen Weg durch die Menschen Richtung Griesbert. Mirsu wurde ganz anders. »Drei Söldner«, sagte sie mit zittriger Stimme.

»Ruf Hainwart«, nickte Griesbert.

Mirsu drehte sich zum Rand der Felder und winkte mit beiden Armen. »Hainwart«, schrie sie. »Hainwart.«

Die Menge um sie und Griesbert blickte in die Richtung, in die Mirsu winkte, und nur einen Augenblick später stapfte der wandelnde Baum knarzend und ächzend aus dem Felddickicht auf die Menge zu. Er ruderte mit dem linken Astarm, was fürchterilch bedrohlich wirkte. Die Barisier schrien auf und drückten sich hinter Griesbert, sodass die Söldner es immer schwerer hatten, sich einen Weg zu bahnen.

»Keine Angst«, rief Mirsu. »Das ist unser Freund, Hainwart.«

Die Menschen sahen sie ungläubig an, und Mirsu bemerkte zufrieden, dass auch die Söldner mit Blick auf den wandelnden Baum erst mal innehielten.

»Was ist nun?«, rief Griesbert an Pulverus gewandt. »Holt endlich diesen Thronräuber und bringt den Prinzen gleich mit!«

Pulverus gab sich geschlagen. Er nickte, kletterte vom Fass und bestieg den Lastenaufzug. Nach einem kurzen Handzeichen wurde er langsam nach oben gezogen, begleitet von den fordernden Blicken der Menschen.

Die Menge begann wieder durcheinanderzumurmeln. Zweifel wurden laut. Was würde passieren, wenn da gar kein Prinz war? Und warum sollte man dem Fremden Glauben schenken? Warum saß er nicht mit dem Prinzen im Kerker? Und trotzdem: Es müsse sich endlich etwas ändern! Alle sehnten die alte Zeit zurück. Keiner hatte die Kraft, noch länger auf der Baustelle zu schuften. Mirsu sah es in ihren Augen: Die Hoffnung auf den rechtmäßigen Thronerben gab neuen Mut. Sie wollten Griesbert glauben, koste es, was es wolle.

Nach einer ganzen Weile erschien der Baron, höchstpersönlich, am oberen Rand der Klippe. Bedrohlich schimmerte seine schwarze Rüstung in der Sonne, als er gefolgt von Pulverus breitbeinig den Aufzug betrat, der sich langsam senkte und ein gutes Stück über den Köpfen der Arbeiter stehen blieb. Finster blickte er über die Menge. Alle hielten den Atem an, gespannt, was nun folgen würde.

Schwarzmoor

»Barisier! Warum arbeitet ihr nicht?« Wie ein Donner grollte Schwarzmoors Stimme in die Stille.

»Wir wollen nicht mehr für Euch schuften«, rief einer mit zitternder Stimme. »Wir fordern die Freilassung des rechtmäßigen Thronerben!«

»Mirsu und der Fremde sagen, Ihr würdet ihn gefangen halten«, rief jetzt eine Frau.

»Wenn das stimmt, dann haltet Euer Versprechen und gebt den Thron frei«, folgte ein hagerer Arbeiter mit mutigem Blick.

»Genau«, schallte es aus mehreren Kehlen. »Lasst den Prinzen frei!«

Die Angst der Menschen wich neuem Mut. Das gefiel Schwarzmoor nicht. Streng blickte er auf die Menge herab. »Ich habe keinen Prinzen in meinem Kerker. Wer ist überhaupt der, der es wagt, unser

Leben im schönen Barisia so durcheinanderzubringen?« Grimmig musterte er den großen Fremden.

»Ich bin Ritter Griesbert vom Berg und komme aus einem Land, das fern im Norden, weit hinter der Glitzersee, liegt«, erwiderte der Ritter genauso grimmig. »Und ich bin mit dem Prinzen hierhergereist, um das Land von dir zu befreien, schändlicher Thronräuber!«

»Hört, hört«, warf Schwarzmoor lächelnd zurück. »Der Ritter aus dem Norden. Hat Euch Euer Gefährte wirklich erzählt, er wäre der Prinz von Barisia?« Schwarzmoors Lächeln fror ein. »Na, dann will ich ihn euch allen gerne vorführen, euren Prinzen.« Er gab ein schnelles Zeichen, und der Aufzug setzte sich in Bewegung. Pulverus sah ihn besorgt an. »Was sollen wir nun machen, Herr?«

»Wir führen ihnen den Dieb vor«, sagte Schwarzmoor ruhig. »Sollen sie glauben, dass Tisal zurück ist. Wenn sie den Dieb sehen, ist ihre Hoffnung für alle Zeit dahin.« Er trat näher an Pulverus heran und raunte: »Informiere den Oberst. Er soll die restlichen Söldner über die Stadt hinter den langen Hügel führen und dem Ganzen ein Ende machen. Wie, ist mir egal.«

Pulverus wurde bleich. »Seid Ihr Euch sicher, Herr?«

»Pulverus«, antwortete Schwarzmoor mit einem bedrohlichen Unterton, »wenn du weiter oberster Staatssekretär von Schwarz-Barisia bleiben möchtest, dann mach, was ich dir sage! Geben wir ihnen, was sie wollen. Die Überraschung, dass ihr Prinz kein Prinz ist, wird sie hart treffen. Da wird es für den Oberst ein Leichtes sein, der Unruhestifter habhaft zu werden.«

Pulverus nickte. Als der Aufzug oben angekommen war, begab er sich zum Palast.

Schwarzmoor sah sich diesen groß gewachsenen Fremden genauer an. Was wollte er hier? Glaubte er wirklich, sein Gefährte sei der Prinz? Und dieser Baum neben ihm. Die Tauben hatten ja von drei Menschen und einem Baum berichtet. War die freche Mirsu womöglich über die Glitzersee gereist und hatte Hilfe geholt? Ein kleines Mädchen? Allein? Das konnte er sich kaum vorstellen, auch wenn sie so lange verschwunden war. Und sie müsste doch wissen, dass der Dieb im Kerker nicht der Prinz ist. Die Tochter des Palastgärtners, ein Dieb, ein Ritter und ein Baum, was führten sie im Schilde? Bildeten die sich wirklich ein, sie könnten ihn, Zornhelm Schwarzmoor, herausfordern und seine Regentschaft anfechten? Er verschränkte die Arme vor der Brust. Wie auch immer, die Söldner würden das schon richten.

Nach einiger Zeit kam Pulverus mit dem Gefangenen zurück, der sich auf Märe Mund stützte.

»Was macht sie hier?«, schnaubte Schwarzmoor.

»D-der Gefangene war zu schwach, Herr«, stammelte Pulverus. »Da dachte ich …«

»Na schön«, schnitt Schwarzmoor ihm das Wort ab. »Und die Söldner?«

»Der Oberst ist mit seinen Männern unterwegs. Sie warten hinter den Schmelzöfen auf Euer Zeichen, Herr.«

Schwarzmoor lächelte und bedeutete Märe Mund und dem Gefangenen, auf den Aufzug zu steigen. Dann folgten er selbst und Pulverus. Während der Aufzug wieder langsam, knarrend hinabgelassen wurde, sagte er leise zu dem Gefangenen: »Sie halten dich für ihren Prinzen.«

»Aber, aber, ich bin doch nur Leopold Morsch, ein armer Reisender«, mimte Morsch den Ängstlichen.

Schwarzmoor lachte laut und klopfte Morsch auf die Schulter. »Bald bist du wieder im ruhigen Kerker, armer Reisender.« Siegessicher rieb er sich die Hände.

Mit einem Ruck kam der Aufzug wieder über den Köpfen der Menge zum Stehen. Schwarzmoor zog Morsch an seine Seite und ließ seinen Blick langsam über die Menge schweifen. Es dauerte nur einen Wimpernschlag, bis die ersten enttäuscht vor sich hin murmelten.

»Das ist nicht der Sohn von König Runal. Das ist nicht unser Prinz«, brach es plötzlich hervor.

Schwarzmoor nickte und genoss, wie die neu aufgekeimte Hoffnung aus den Gesichtern der Menschen fiel, schwand und Ungewissheit Platz machte. »Da habt ihr euren Prinzen!«, schallte seine Stimme höhnisch über die Baustelle. »Ein wirklich königlicher Kerl.« Dann wandte er sich für alle hörbar mit triumphierendem Lächeln an Morsch: »Verrate ihnen, wer du wirklich bist.«

Aber Morsch wirkte plötzlich gar nicht mehr ängstlich. Er richtete sich auf, lächelte und sagte mit fester Stimme: »Liebes Volk von Barisia. Ich bin Leopold Morsch und komme aus einem kleinen Tal im Finsterforst. Natürlich bin ich nicht euer Prinz, euer Prinz ist …«

»Hier«, erklang eine Stimme in der Menge.

Schwarzmoors Lächeln schwand. Er spürte, wie sich seine Kehle zuzog. Mitten in der Menge wickelte ein Junge den Turban ab und zog das Halstuch herunter. Schwarzmoor erkannte ihn sofort.

Die Herausforderung

»Der soll unser Prinz sein?«, hörte Tisal einige Leute in der Menge murmeln und: »Den habe ich anders in Erinnerung.«

»Doch, doch, das könnte er schon sein«, raunten andere.

Tisal blickte zu Schwarzmoor hinauf, der bleich geworden war. »Du erkennst mich, nicht wahr?«, rief er.

Schwarzmoor starrte ihn für einen Moment fassungslos an. Dann blickte er zu den Schmelzöfen, riss seinen Arm hoch und schrie: »Packt den Hochstapler. Er tritt das Andenken unseres geliebten Königs mit Füßen!«

Aus dem Schatten der Öfen trat plötzlich ein Söldnertrupp und marschierte mit gezogenen Waffen Richtung Tisal. Mirsu und die Menge schrien entsetzt auf. Da donnerte Griesberts Stimme über den Tumult: »Halt! Wollt ihr wirklich Befehle eines Mannes befolgen, der nicht zahlen kann?«

Die Söldner blieben abrupt stehen. »Was meinst du damit?«, fragte einer, der wie ein Anführer aussah. »Rede, Fremder.«

»Die Schatzkammer ist vollkommen leer. Nicht eine kleine Kupfermünze versteckt sich noch in den Mauerritzen«, rief Griesbert. »Ihr wisst, was das bedeutet: kein Gold, kein Sold.«

»Woher willst du das wissen?«, entgegnete der Anführer.

»Ich habe es mit eigenen Augen gesehen«, rief Mirsu.

»Macht dem Spuk endlich ein Ende«, fuhr Schwarzmoor dazwischen.

Ein paar der Söldner wollten sich wieder in Bewegung setzen, aber der Anführer senkte seinen Säbel und hielt sie zurück. Dann wandte er sich an den Baron: »Seit Wochen haben wir keinen Sold mehr gesehen. Was ist hier los? Haltet Ihr uns hin? Sprecht!«

Schwarzmoors Blick durchbohrte den Söldner. Er schien verzweifelt um eine Antwort zu ringen. Als plötzlich Meister Pulverus von der Aufzugplattform rief: »Wir haben bald wieder Gold. Glaubt uns. Es ist nur noch eine Frage der Zeit, bis die geforderten Tribute eintreffen.« Schwarzmoor drehte sich zu seinem Gehilfen und sah ihn wütend an.

»Dann hat der Fremde also recht, Schwarzmoor?«, fragte wieder der Anführer der Söldner. »Wenn das so ist, machen wir keinen Finger mehr krumm. Solange kein Gold fließt, könnt Ihr Eure Probleme schön alleine lösen.«

Tisal fiel ein Stein vom Herzen. Schnell lief er zu Mirsu, Hainwart und Griesbert.

»Hoch mit dir, Spross«, knarzte der wandelnde Baum und hob ihn mit einem Astarm aus der Menge in seine Laubkrone.

Tisal hielt sich in den Ästen fest, richtete sich auf und rief über die Menschen hinweg: »Barisier, ich bin Tisal, Sohn von Runal und Erbe des Thrones. Und ich kann es beweisen!« Jetzt blickte er dem Baron direkt in die Augen. »Ich fordere dich heraus, Schwarzmoor!«

»Wie? Ein Duell?«, antwortete Schwarzmoor nervös. »Du willst mich zum Zweikampf fordern? Etwa mit dem Schwert?«

»Nein«, entgegnete Tisal ernst. »Wir rufen den Gischtvogel.«

»Den Gischtvogel?«

Tisal nickte. »Frag Märe Mund. Sie weiß, was es mit dem Gischtvogel auf sich hat.«

»Wieso sollte ich?«, fragte Schwarzmoor.

»Weil auch du dich vor diesem Land, seinen Bewohnern und dem Fluss rechfertigen musst«, entgegnete Tisal streng. »Du hast einst versprochen, den Thron nur zu verwalten, bis ich wieder heimkehre. Nun halte dein Wort!«

»Ja, haltet Euer Wort«, schallte es vereinzelt aus der Menschenmenge.

Schwarzmoor lächelte gequält und sah zur Geschichtenerzählerin, die an den Rand der Plattform trat und auf die Menge herabblickte.

»Erzähl, Märe. Wer ist der Gischtvogel?«, rief eine Frau.

»Ihr alle kennt das Flusslied«, begann Märe Mund und erzählte die Geschichte des Bauern, des breiten Stromes und des Vogels, der aus der Gischtkrone einer riesigen Welle entstieg. Sie erzählte vom Pakt zwischen Baris und dem Gischtvogel, vom Flusslied und der alten Bande, die Wohlstand sicherte. Sie erzählte, dass nie jemand Hunger leiden musste, solange die Könige selbstlos regierten und das Andenken an den Fluss und die Bande wahrten.

Einige der älteren Barisier nickten. Die Menge murmelte durcheinander.

»Humbug!«, rief Schwarzmoor dazwischen. »Märchen, nichts als Märchen! Es gibt keinen Vogel, der auf einer Welle steht. Und keine Muschel. Wo ist sie? Die wäre doch da, wenn dieser Humbug einen Funken Wahrheit in sich trüge.«

»Wenn das so ist, wovor hast du dann Angst?«, rief Tisal.

»Angst?« Finster blickte der Baron auf den Prinzen hinab. »Die Menschen von Barisia werden gleich sehen, dass du ein Hochstapler bist! Ich nehme die Herausforderung an. Lass uns den Gischtvogel rufen.«

»Na dann, Thronräuber«, donnerte Griesbert, »auf zum breiten Strom! Ganz Barisia soll Zeuge sein!«

Der Aufzug senkte sich. Tisal sah zu Morsch, der ihm ein ermutigendes Lächeln zurücksandte, und rief: »Auf zum Fluss!« Dabei blickte er zu Schwarzmoor, der finster nickte.

»Zum Fluss, Spross«, knarzte der wandelnde Baum und führte mit Tisal in seiner Krone und der Muschel in seiner rechten Hand die Menge zum Ufer des breiten Stroms.

Bald hatten sie das Ufer erreicht. Tisal stieg die Böschung hinab, zog seine Sandalen aus, krempelte die Hose hoch und ging ein paar Schritte in den Fluss hinein. Auf dem Ufer scharten sich die Barisier in einem Halbkreis um die Stelle, wo er stand. Morsch, Mirsu, Märe, Hainwart und Griesbert traten bis ans Wasser heran. Pulverus blieb in der Menge und versuchte, nicht aufzufallen. Schwarzmoor zögerte. »Besagt das Märchen nicht, dass zum Rufen dieses Fabelvogels seine Gabe notwendig ist? Eine Muschel, wenn man der alten Mund Glauben schenken will. Wo ist sie?«, höhnte er. »Ich kann sie nirgends sehen.«

»Nein, natürlich nicht, Schwarzmoor«, antwortete Tisal ruhig, ging einen Schritt auf Hainwart zu und streckte seine Hand aus.

Schwarzmoor wollte gerade kontern, aber es schien ihm die Sprache zu verschlagen, als sich Hainwarts Asthand vom Stamm löste, der wandelnde Baum sie dem Jungen entgegenstreckte, seine Astfinger öffnete und ihm ein Bündel reichte. Tisal nahm es, wickelte es auf und hielt die Muschel hoch. »Hier ist sie, die Gabe des Gischtvogels.«

Ein Raunen ging durch die Menge.

»Wenn das die Gabe ist, sollte sie der Regent von Barisia bekommen!«, rief Schwarzmoor und trat auf Tisal zu.

Aber Griesbert versperrte ihm den Weg. »Nicht so schnell. Lasst uns erst prüfen, wer der rechtmäßige Regent ist. So lange gehört die Muschel dem Jungen.«

»Du wagst es, mich aufzuhalten?«, fuhr Schwarzmoor Griesbert an und legte die Hand an sein Schwert.

»Selbstverständlich, du Lump«, schnaubte Griesbert zurück, ebenfalls mit der Hand am Säbel.

»Beruhigt euch, und lasst uns den Gischtvogel rufen«, sagte Tisal und watete mit der Muschel zurück in den Fluss.

»Ihr werdet bald alle im Kerker schmoren«, zischte Schwarzmoor und folgte Tisal. Groß und bedrohlich stand er jetzt neben dem schmächtigen Jungen.

Aber Tisal fühlte sich sicher. Er wusste, dass er den Vogel rufen konnte. Die erwartungsvollen Blicke der Menge ruhten auf ihm. »Fangt an, Schwarzmoor. Ihr seid immerhin der amtierende Regent«, sagte er und reichte dem Baron die Muschel.

Der Baron starrte den Jungen überrascht an. Dann nahm er die Muschel und raunte: »Das wirst du noch bereuen, wenn ich den Baum in Brand stecke und dich und deine Freunde in das tiefste Loch sperre.« Er hielt die Muschel hoch und rief: »Komm schon, Gischtvogel!« Aber nichts passierte. Nur eine leichte Brise strich über den Fluss.

»Lauter!«, forderte die Menge.

»Von mir aus«, zischte Schwarzmoor entnervt, bevor er rief: »GISCHTVOGEL! Wo bist du? Komm raus!« Nichts regte sich.

»Lasst es den Jungen probieren!«, forderte die Menge.

Schwarzmoor musterte Tisal einen Augenblick, dann grinste er grimmig. »Ich sagte doch: ein Märchen, kein Funken Wahrheit. Und nun Schluss mit dem Humbug!« Er drehte sich zum Ufer und schleuderte die Muschel auf einen Stein in der Böschung.

Ein entsetzter Aufschrei ging durch die Menge.

Tisal sah, wie die Muschel in tausend Stücke zerschellte. Er hechtete auf die Scherben zu, griff nach ihnen, aber die Muschel war verloren. Alles war dahin. Er spürte eine plötzliche Leere. Wie gelähmt starrte er auf die Reste der Muschel, die im Wasser davontrieben.

Morschs Moment

Die Menge war aufgebracht. Griesbert und Mirsu schimpften. Hainwart ächzte und stöhnte. Märe hatte Tränen in den Augen. Und Schwarzmoor lachte lauthals.

Morsch spürte Tisals Verzweiflung. Es tat ihm weh, den Jungen so hilflos zu sehen, wie er im Fluss nach den Scherben fischte. »Diese Ungerechtigkeit«, dachte er. »Es kann nicht sein, dass immer das Schlechte triumphiert.« Entschlossen trat er an Tisals Seite und half ihm, die Reste der Muschel aufzusammeln, aber mit einem Mal wurde alles um ihn herum dumpfer und leiser. Die Geräusche entfernten sich und eine angenehme Stille umfing ihn. Morsch betrachtete eine Muschelscherbe in seiner Hand, als er einen fernen Gesang hörte. Es war die Stimme des Vogels, die Stimme, die Morsch aus der Muschel kannte.

Einst gab ich mein, als Not war groß,
in seinen Dienst, das war mein Los,
und sein Los ward der Dienst an mir.
Zusammen garantieren wir das Wohl von Land und Mann.
Und kennt ein jeder seine Pflicht, das Glück auch währen kann.

Doch längst vergessen ist die Pflicht,
und nun ersticke ich am Gift,
das langsam in die Ader dringt,
und alles Leben niederringt, es faulen meine Glieder.
Mit Unverständnis und mit Gier, ein Falscher streckt mich nieder.

Ein junges, reines Herz brauch ich.
Du reifes Herz, ich bitte dich,
komm, führ's in meine Lande, zu Gunsten alter Bande.
Und wenn das junge Herz zerbricht,

dann sei ihm neue Zuversicht,
damit die Ader weiterfließt,
damit das Leben wieder sprießt.

Ich bitte dich, komm mit mir heim.
Ich kann es nicht, so ganz allein.
Und wenn ich nicht nach Hause kann,
vergehen sehr bald Land und Mann.

Langsam wurde der Gesang leiser, entfernte sich und wiederholte dabei den immergleichen Satz: *Und wenn das junge Herz zerbricht, dann sei ihm neue Zuversicht.* Morsch starrte auf die Muschelscherbe in seiner Hand, die in allen Farben schillerte. *Sei ihm neue Zuversicht.*

Plötzlich kehrten alle Geräusche zurück, die schimpfende Menge, Griesberts Poltern und Schwarzmoors Lachen.

Morsch schloss seine Hand um die Scherbe und rief: »Ihr hattet Eure Chance, Schwarzmoor. Ihr habt den Vogel nicht gerufen. Jetzt ist Tisal dran!«

Die Menge, Griesbert und Hainwart verstummten. Nur Mirsu schickte ein »So ist es« hinterher.

Morsch spürte die fragenden Blicke seiner Freunde, aber er ließ sich nicht beirren. Er half Tisal hoch. »Du brauchst die Muschel nicht«, sagte er ruhig und gab ihm die Scherbe.

»Aber, Morsch, ich, ich …«

»Du brauchst keine Gabe. Dein Urahn hatte sie auch nicht. Vertrau auf deine Wurzeln.«

Tisal sah ihn einen Moment lang aus großen Augen an. Dann nahm er die Scherbe und sank auf die Knie. Das Wasser reichte ihm bis zur Hüfte. Er schob seine Ärmel zurück, tauchte die Hände ins Wasser und flüsterte ganz leise, sodass es nur Morsch hören konnte: »Gischtvogel, Herr des Stromes. Ich weiß nicht mehr weiter. Barisia braucht dich. Bitte erscheine. Bitte hilf uns!«

Alle blickten gebannt auf den schmächtigen Jungen, aber das Wasser blieb ruhig.

»So, dann wäre das wohl abgehakt«, hörte Morsch den Baron rufen. »Packt den Hochstapler und seine Freunde und zurück auf die Baustelle.«

»Seht!«, rief Mirsu plötzlich dazwischen.

Rund um Tisals Hände begann das Wasser zu leuchten, erst schwach, dann immer stärker. Das Leuchten wechselte von Silbrig-Weiß zu Abendrot, zu Himmelblau, zu Flussgrün, Gold und dazwischen immer wieder zu Silbrig-Weiß, mal schneller, mal langsamer. Die leichte Brise wurde stärker, ergriff Morschs Haare und Kleider und auch die der Umstehenden. Sie wurde zum Wind, ergriff die Bäume und Büsche und wiegte sie hin und her. Der Fluss floss immer schneller. Die Wasseroberfläche kräuselte sich. Morsch spürte die Strömung, wie sie an seinen Beinen zog. Kleine Wellen schwappten an die Ufer und wuchsen. Gischtkronen entstanden und brachen sich. Ganz langsam, aber unaufhörlich wurden die Wellen größer und größer und türmten sich zu Wogen auf. Die Menschen wichen vom Ufer zurück, klammerten sich an Bäume oder aneinander. Der Wind wurde zum Sturm, heulte und toste und trieb dichte Wolken über den Himmel. Immer mehr schwappte der Fluss über die Ufer. Morsch sah, wie sich Schwarzmoor zurück an Land kämpfte. Er spürte, dass auch er nicht mehr länger standhalten konnte. Aber er wollte Tisal nicht allein lassen, der immer noch im Wasser kniete. Die Wellen waren nun schon so hoch, dass sie ihn hätten umreißen müssen. Aber der Fluss schien den jungen Prinzen zu verschonen. Morsch konnte nicht länger standhalten. Die Strömung war zu stark, die Wellen zu hoch, als er plötzlich aus dem Wasser gerissen und an Land getragen wurde. Hainwart setzte ihn bei Mirsu, Märe und Griesbert ab. Um sie herum riefen die Menschen um Hilfe. Aber das Heulen und Tosen des Sturmes verschluckte die Rufe. Plötzlich sahen alle gebannt nach Süden und deuteten auf einen riesigen Schatten in der Ferne. Eine hausgroße, dunkle Welle schwappte näher und näher. Panik brach aus. Manche blickten der Woge starr entgegen, andere suchten Schutz und liefen vom Ufer weg. Morsch sah zu Tisal, dann zu seinen Freunden, die entschlossen der Woge entgegenblickten. Schwarzmoor kauerte starr am Ufer und Pulverus schrie aus Leibeskräften, dass der Junge damit aufhören solle.

Der Sturm war jetzt so gewaltig geworden, dass sich die Umstehenden nur noch mit größter Mühe halten konnten. Griesbert, tief geduckt, hielt Mirsu fest im Arm. Märe Mund saß auf dem Boden. Morsch duckte sich zu ihr und die beiden hielten sich gegenseitig fest. Pulverus kroch auf allen vieren weg vom Fluss. Schwarzmoor starrte regungslos die Welle an, und Hainwart lehnte fest im Wind. Morsch schirmte mit dem Arm sein Gesicht ab. Die schwarze Woge war jetzt zum Greifen nah. Ihr Rauschen und Gurgeln war so laut, dass ihm ganz schwindelig wurde. Gischtfontänen spritzten, und die Woge schäumte und rollte unaufhaltsam auf Tisal zu.

Plötzlich zog Tisal die Hände aus dem Wasser und die Woge blieb stehen. Schäumend, gurgelnd, rauschend hielt sie direkt vor dem jungen Prinzen an. Schlagartig ließ der Wind nach. Alle Augen blickten jetzt auf Tisal, den Jungen, der vor einer schäumenden Wasserwand stand.

Die Gischtkrone glitzerte in der Sonne und ganz langsam stieg etwas aus ihr empor. Erst ein spitzer, langer Schnabel gefolgt von einem runden Kopf auf einem schlanken Hals, dann ein Körper mit länglichen Schwanzfedern und dünne Beine. Es war unverkennbar ein Reiher. Er sah aus, als wäre er aus fließendem Eis oder Kristall, und das Gefieder trug die glitzernde Gischt. Die Sonne brach sich in seinem Körper und ließ ihn von innen heraus silbrig-weiß strahlen. Der Gischtvogel war nicht groß, aber sehr majestätisch. Er breitete die Flügel aus, schlug ein paar Mal mit ihnen, senkte dann den Kopf und betrachtete die Menge, die langsam zum Ufer zurückkroch. Dann reckte er den Hals und stieß einen lang gezogenen Schrei aus, dem eine sanfte, tiefe Stimme folgte: »Ich spüre, dass die Pflanzen leiden. Ich spüre, dass das Holz der Bäume stirbt und von Feuer gefressen wird, dass der Strom Gift schluckt und nicht mehr atmen kann. Ihr habt den Geist des Landes vergessen. Und nun kommst du, junger Baris, und rufst mich. Sprich! Ich höre.«

»Verehrter Gischtvogel, Herr des breiten Stromes, der Lebensader von Barisia«, begann Tisal, »ich habe dich gerufen, um mich bei dir zu entschuldigen! Ich war lange weg von deinen Ufern und habe nicht bemerkt, wie das Land leidet. Als ich zurückkam, musste ich feststellen, dass die Felder verwahrlost sind und die Fischerboote fest vertäut an den Stegen ruhen. Ich habe gesehen, wie die alten Bäume des langen Hügels geschlagen wurden, um in Schmiedeöfen verheizt zu werden. Und ich musste spüren, wie die Menschen, die einst glücklich und zufrieden an deinen Ufern lebten, ohne Hoffnung sind. Ich bin gekommen, um meinem toten Vater auf den Thron zu folgen und deinen Ufern die alte Fröhlichkeit zurückzugeben! Dazu erbitte ich deine Anerkennung und Nachsicht gegenüber meinen Fehlern, und hoffe auf deine Hilfe.« Tisal sah zu den Scherben der Muschel hinüber. Dann wandte er sich wieder an den Reiher. »Verehrter Gischtvogel, leider ist mir die Muschel zerbrochen, als ich dich rufen wollte. Ich war unvorsichtig.«

Morsch verspürte unendlichen Stolz auf Tisal.

Der Gischtvogel sah den Jungen lange an. Dann sprach er: »Was versprichst du mir, junger Baris?«

»Deinem Land und den Menschen werde ich mit Respekt begegnen. Mein Handeln soll das bewahren, was du uns gewährst. Damit unser Bund und das Glück der Menschen dauern«, antwortete Tisal.

»Dann tue dies und vergiss es nicht mehr.« Der Gischtvogel machte eine majestätische Verbeugung und aus der Welle glitt eine Muschel vor Tisals Füße. Sie sah wie ein Fächer aus, ein weißes Halbrund mit einer silbernen Maserung. Der Gischtreiher stieß wieder einen Schrei aus und die Welle stürzte in sich zusammen. Mit einem

Mal war wieder alles ganz normal. Der Fluss floss ruhig, die Sonne schien und eine leichte Brise wehte über Barisia, als der junge König die neue Muschel aufhob.

Der Ritter und der Schurke

Griesbert wollte Tisal gerade entgegengehen und ihm aus dem Fluss helfen, als sich Mirsu vorbeischob und verärgert rief: »Warum hast du gesagt, dass du die Muschel kaputt gemacht hast?«

Der junge König blieb stehen und sah sie an. »Ich bin der König«, entgegnete er ruhig. »Ich habe die Verantwortung. Schwarzmoor wird sich für seine Vergehen rechtfertigen, aber nicht vor dem Gischtvogel, sondern vor mir und meinem Volk.«

Griesbert wollte salutieren, da sah er im Augenwinkel, wie Schwarzmoor plötzlich aufsprang.

Der Baron riss sein Schwert heraus und stürzte auf Tisal zu. »Du scheußlicher Bengel. Dafür wirst du zahlen!«

Die Menge war starr vor Schreck, Mirsu wich zurück, aber durch Griesbert ging ein Ruck, ein ritterlicher Reflex. Geistesgegenwärtig sprang er Schwarzmoor in den Weg, zog Kapitän Kucks Säbel und – klirr – wehrte den Hieb des Barons ab. »Halt, Halunke!«, rief er grimmig. »Wage es ja nicht.« Er richtete den Säbel gegen Schwarzmoor.

Der hielt inne und belauerte seinen neuen Gegner. »Du schon

wieder«, zischte Schwarzmoor. »Der Ritter aus dem Norden.« Er riss sein Schwert hoch. »Dann musst du eben zuerst fallen.« Ein schneller Schritt nach vorne, und er ließ sein Schwert auf Griesbert niedersausen. Stahl krachte auf Stahl, dass die Funken flogen. Ein heftiger Kampf entbrannte. Griesbert wehrte Schwertstreich um Schwertstreich ab. Er wurde von Schwarzmoor zurück in den Fluss gedrängt, versuchte, nicht zu stolpern. Noch ein wuchtiger Streich, aber er tauchte im richtigen Moment zur Seite weg. Schwarzmoor schlug ins Wasser. Jetzt war Griesbert an der Reihe. Er hieb auf den wütenden Baron ein, führte Schlag um Schlag, aber sein Gegner war schnell und wehrte die Angriffe ab. Die Menge rief wild durcheinander, man müsse dem Baron Einhalt gebieten, aber niemand griff ein. Griesbert hatte keine Zeit, der Menge zuzuhören. Der Baron lenkte seinen Schlag zur Seite, fuhr herum und schlug zu. Griesbert sprang zurück, wich aus und musste schon den nächsten Hieb abwehren. Wie ein waidwundes Wildschwein drosch der Baron auf ihn ein.

»Warte auf den Fehler«, schoss es Griesbert durch den Kopf. »Warte auf den Fehler.«

Und da war er. Schwarzmoor hatte seine Wucht unterschätzt. Er strauchelte. Griesbert nutzte den Moment, schlug zu und traf den Baron hart an der Schulter. Schwarzmoor wirbelte herum. Griesbert gab ihm einen Tritt, und der Baron stürzte ins Wasser.

Prustend tauchte Schwarzmoor auf, ruderte mit den Armen, als hätte er den Boden unter den Füßen verloren. Dabei war das Wasser nicht tief. Er schnaubte vor Wut, wurde vom Fluss gepackt und trotz sanfter Strömung einfach weggespült. Staunend und schwer atmend blickte Griesbert dem hilflosen flussabwärts treibenden Baron hinterher.

»Was für ein tapferer Ritter! Ein Hoch auf den Helden!«, jubelte die Menge in seinem Rücken.

»Menschen von Barisia«, hörte Griesbert jetzt Tisal hinter sich rufen, »ich bin euer rechtmäßiger König und ich entschuldige mich, dass es so lange gedauert hat, bis ich wieder heimkehren und die Herrschaft von Baron Zornhelm Schwarzmoor beenden konnte. Ohne die Hilfe meiner treuen Freunde wäre das nicht möglich gewesen.«

Griesbert drehte sich um. Die Menge blickte auf ihren neuen König. Viele lächelten, seit Langem zum ersten Mal. Dann hob Tisal die Muschel in die Höhe und rief: »Ich erkläre die Baustelle für beendet!«

Jubel und Applaus brandeten auf. »Ein Hoch auf Tisal Baris«, riefen die einen, »lang lebe der König« die anderen.

Als sich der Beifall legte, fuhr Tisal fort: »Ihr habt den Fluss gehört. Lasst uns zu unserem alten Leben zurückkehren. Lasst uns die Felder bestellen, lasst uns ernten und fischen, so viel wir brauchen, lasst uns Teppiche knüpfen, die schönsten, die Barisia je gesehen hat, und lasst uns endlich wieder tanzen und feiern!« Erneut brach Jubel los.

Griesbert folgte Tisal ans Ufer, wo Mirsu auf sie zustürzte. »Ich muss zu Vater«, sagte sie. »Er weiß ja noch gar nicht, dass ich noch lebe und Schwarzmoors Tage vorbei sind.« Sie umarmte beide und schob sich durch die Menge davon.

Morsch und Märe waren die Ersten, die Griesbert auf die Schulter klopften und ihn für seinen Mut und sein Kampfesgeschick beglückwünschten. »Du kannst ja doch kämpfen«, fügte Morsch mit einem Grinsen hinzu.

Griesbert nickte. Er war selbst überrascht, dass er als unversehrter Sieger aus dem Zweikampf hervorgegangen war. »Wenn es darauf ankommt«, entgegnete er knapp und musste husten, weil ihm Hainwart mit Baumeskraft ebenfalls die Schulter klopfte.

»Ich habe dir doch gesagt«, knarzte der wandelnde Baum, »dass Wasser dir Kraft gibt, damit du nicht brichst.«

Viele Barisier folgten dem Ritter und beglückwünschten ihn, der sich seltsam fühlte. Da hatte er seit einer Ewigkeit nach dem Tag gesucht, der seine Ehre wiederherstellen würde, und jetzt fühlte es sich einfach wie seine ritterliche Pflicht an. Nichts, um das man großes Aufsehen machen müsste.

Dann verneigten sich alle vor Tisal. Der junge König blickte seine Freunde an und flüsterte: »Jetzt kommt der schwierige Teil. Steht ihr mir noch ein paar Tage bei?«

»Ihr könnt immer auf mich zählen, Majestät«, antwortete Griesbert feierlich. Und selbstverständlich stimmten ihm Morsch und Hainwart zu.

»Nun dann, auf in die Stadt, auf zum Palast!«, rief der junge König und schritt der jubelnden Menge, gefolgt von Morsch, Hainwart, Griesbert und Märe Mund voran.

Ein neuer Anfang

Es wartete viel Arbeit. Die Ernte musste eingeholt, die Fischerboote wieder flusstauglich gemacht, die Baustelle aufgeräumt, die Baracken abgerissen und die Schmelzöfen abgebaut werden. Ein Ofen sollte stehen bleiben, als Mahnmal für die dunklen Tage Schwarzmoors.

Morsch war zusammen mit Griesbert und Märe Mund an Tisals Seite. Der junge König brauchte ihren Rat, wenn er die Barisier empfing und die vielen Aufgaben verteilte, damit bald wieder alles seinen gewohnten Gang gehen konnte.

Alle unterstützten ihren König, wo sie nur konnten. Die Teppichknüpfer nahmen ihre Arbeit wieder auf. Die besten unter ihnen reparierten die alten Wandteppiche mit der Geschichte des Gischtvogels und fügten ein paar neue Bilder hinzu. Für die Schneiderei wurde schnell eine Eigentümerin gefunden. Auch das Lokal am Marktplatz war bald wieder geöffnet. Der ehemals sehr beleibte Wirt war durch die Baustelle nur noch ein Schatten seiner selbst. Als er aber wieder hinter seinem Tresen stand und die Gäste bewirten konnte, kehrte sein freundliches Lachen zurück.

Mirsu und ihr Vater, Meister Pintilu, kümmerten sich um den Palastgarten. Hainwart half ihnen. Die kahl geschlagenen Stellen ließen ihm das Harz stocken. Aber er, Mirsu und Meister Pintilu pflanzten neue Bäume, die dank Hainwart schneller wuchsen als üblich. Sie entfernten die abgestorbenen Äste der Büsche, räumten das viele welke Laub weg und befreiten die zugewachsenen Wege vom Gestrüpp. Das gefiel Hainwart sehr, lange hatte er sich nicht mehr um Verwurzelte gekümmert. Oft wandelte er im Garten und beobachtete, wie wieder bunte Vögel in den Baumkronen nisteten und die Menschen durch den Palastgarten spazierten oder im Schatten der Bäume schlummerten. Und er gewöhnte sich immer mehr an die freundlichen Zweibeiner.

Bald konnten auch die Barisier, die Schwarzmoor aus dem Norden oder Süden des Landes zum langen Hügel verschleppt hatte, zu ihren Höfen und Weilern zurückkehren.

Schwarzmoors Armee wurde aufgelöst, bevor sie überhaupt eine richtige Armee geworden war. Und die fremden Söldner zogen sehr bald weiter nach Osten. Wohin genau, das wusste keiner.

Eines Abends bat Tisal Morsch, am nächsten Morgen mit Griesbert auf den Marktplatz zu gehen, denn auf den Ritter wartete eine besondere Ehre. Beim Frühstück also überredete Morsch Griesbert, der eigentlich neue Männer für die Palastwache auswählen wollte, zu einem Tee am Marktplatz, der alten Zeiten wegen. Griesbert willigte ein und kurz darauf schlenderten die beiden den Brunnenweg hinab. Als sie sich dem Palastgartentor näherten, hörten sie plötzlich Jubel. Der ganze Platz war voll von festlich gekleideten Barisiern. Hainwart stand unter ihnen und war mit bunten Schleifen geschmückt worden. Diesmal schien es ihm nichts auszumachen. Alle klatschten Griesbert Beifall, der gar nicht wusste, wie ihm geschah. Dann mischte sich plötzlich Musik in den Jubel. Eine Kapelle, angeführt von Mirsu, kam vom Palast herunter. Auf dem Marktplatz machten sie halt, und Mirsu rief: »Fremder Ritter Griesbert.

Der König wartet auf Euch. Kommt!« Dann machte die Kapelle kehrt und marschierte wieder spielend zum Palast zurück.

Morsch gab Griesbert einen Schubs und die beiden folgten mitsamt den Barisiern Richtung Palast. Am Palasttor sollte Griesbert seine Kleider ablegen und feine, extra für ihn angefertigte Leinengewänder und eine tiefblaue Schärpe anlegen. Dann zog der Tross feierlich in den festlich geschmückten Thronsaal ein. Hier saß der junge König. Ernst sah er Griesbert an.

»Was soll das alles?«, flüsterte Griesbert Morsch zu.

»Warte es ab, alter Freund.«

Die Musik hörte auf zu spielen und der Jubel wurde leiser. Tisal erhob sich und sprach feierlich: »Ritter Griesbert vom Berg, ich heiße dich am breiten Strom willkommen. Mögest du dich hier immer zu Hause fühlen, Ritter Griesbert vom langen Hügel.« Dann überreichte er Griesbert eine schillernde Rüstung, einen Helm mit Federbusch und einen schön verzierten Stab aus dunklem Holz und fuhr fort: »Nun bist du Barisier, Griesbert, und ich ernenne dich zum Oberst der Palastwache.«

Griesbert war gerührt und Morsch freute sich für seinen Freund, der endlich seine lang ersehnte Ritterehre wiedererlangte. Kucks Säbel legte Griesbert nicht ab, auch wenn man in Barisia keine Waffen trug. Der Säbel wurde zum Symbol seiner Heldentat.

So vergingen die ersten Tage und Wochen nach Tisals Krönung. Bald zeugten nur noch der letzte Schmelzofen und die jungen Bäume im Palastgarten von Schwarzmoors Herrschaft.

Eines schönen Sommerabends betrat Morsch den Palast. Fast alle Barisier waren jetzt auf dem Marktplatz und genossen die warme Abendsonne. Er schlenderte in den leeren Thronsaal. Durch die geöffneten Läden wehte eine angenehme Brise. Er ging geradewegs auf die Vitrine mit der Muschel zu, die Tisal hier hatte aufstellen lassen und in der die neue Gabe des Gischtvogels für alle sichtbar ruhte, und betrachtete sie. Er dachte an all das, was er in den letzten Monaten erlebt hatte, und auch an sein kleines Tal. Er griff in die linke Tasche seiner Hose. Da war er, der Schlüssel zu seinem Häuschen. Ein Lächeln huschte über Morschs Gesicht.

»Morsch?«, hörte er Tisals Stimme. Der junge König stand oben auf dem umlaufenden Balkon, vor dem königlichen Arbeitszimmer. »Hast du einen Moment für mich?«

Morsch nickte, ging nach oben und folgte Tisal in das Arbeitszimmer. Tisal deutete stumm auf ein kleines Buch und eine Schriftrolle, die neben einer alten Holzschatulle auf dem Schreibtisch lagen. »Das habe ich im Nachtkästchen gefunden. Die Schublade hat einen doppelten Boden.« Tisal wirkte unnatürlich ruhig.

»Ein Geheimfach?«, fragte Morsch und griff nach der Schriftrolle. »Ist es das, was ich vermute?«

»Die Beschreibung des Gischtvogelrituals«, bestätigte Tisal. »Eine sehr altertümliche Sprache und an manchen Stellen ist die Schriftrolle zerfressen. Sie muss aus den Tagen des ersten Baris stammen. Ich werde sie neu verfassen, damit das Wissen um den Herrn des Flusses bestehen bleibt.«

Morsch nickte, legte die Schriftrolle wieder vorsichtig auf den

Schreibtisch und griff nach dem in dunkles Leder gebundenen Buch. Auf dem Deckel war ein Wappen, das eine schwarze Taube zeigte. Morsch blätterte. Bis an die Ränder waren die Seiten mit krakeliger Handschrift beschrieben. Zwischen den Zeilen und dort, wo Platz war, fanden sich immer wieder ungelenke Skizzen und Zeichnungen. Morsch überflog die Zeilen, las wie der Baron vor langer Zeit aus dem hohen Norden nach Barisia gekommen war. Wie er zum Anführer der Palastgarde wurde. Wie er sich immer gewundert hatte, dass es in Barisia keine Waffen gab, und sich fragte, wie man König und Königreich ohne eine Armee schützen solle. Wie er im Auftrag des Königs fremde, reiche Länder bereiste, voll von Gold und Edelsteinen. Immer wieder schrieb er, dass ein Staatsschatz nicht ewig halten würde und man mit einer starken Armee diese Länder nur zu plündern brauchte. Und er schrieb, wie der König seine Pläne stets zurückwies. Immer öfter hatte er Schwarzmoor nicht mehr zugehört, ihn einfach freundlich lächelnd ignoriert, als wäre der Baron und Oberst der Palastwache ein kleines Kind. Dabei musste Barisia nur zugreifen. Die Länder im Süden waren schwach. Eine Armee, gute Waffen – er wusste, was zu tun war. Aber der König entgegnete stets: Barisia habe bereits alles und müsse nach nichts greifen. Vielleicht musste Schwarzmoor Einfluss auf den Thronfolger nehmen, ihm das Fechten, Taktik und Strategie für das Schlachtfeld beibringen. Aber auch das verbot der König. Morsch las, wie in Schwarzmoor der Plan reifte, den Thron selbst zu übernehmen. Er wollte eine Armee aufbauen. Macht und Reichtum würden ihm und Barisia zu Füßen liegen. Dann hatte der Baron im Detail notiert, wie er vorgegangen war, dass niemand Verdacht schöpfte. Meister Pulverus war der Einzige, der von seinem Plan wusste, Tisal zu entführen und zu den großen Sklavenmärkten im Osten bringen zu lassen. Der Prinz sollte in die Salzminen von Rukk-Kurr verkauft werden. Von da gab es kein Zurück. Dann las Morsch von der Hilflosigkeit des Königs, von dessen Trauer über den Verlust des Sohnes. Er las, wie Schwarzmoor der Einzige war, der zum König durfte, wie er ihm mit dem Essen Gifte verabreichte, die langsam ihre Wirkung taten. Immer müder und tatenloser wurde der König, und als Schwarzmoor der Zeitpunkt richtig erschien, mischte er ein giftiges Pflanzenextrakt in den königlichen Nachttrunk.

Morsch klappte das Buch zu. Wie konnte jemand so niederträchtig sein? Morsch wollte Tisal in den Arm nehmen. Aber er war so in Schwarzmoors Ausführungen vertieft gewesen, dass er gar nicht bemerkt hatte, wie der junge König an eines der hohen Fenster getreten war und hinausblickte. Er legte das Buch wieder neben die Holzschatulle und schloss für einen Moment die Augen. Was sollte er Tisal jetzt sagen? Vorsichtig begann er: »Sein Plan ist nicht aufgegangen ...«

»Sonst wäre ich jetzt in den Minen«, vervollständigte Tisal Morschs Satz mit zitternder Stimme. Er dreht sich um. »Weißt du, Morsch, womöglich hätte Vater Schwarzmoor gewähren lassen sollen. Dann wäre alles anders gekommen und Vater wäre noch hier.« Er kam zum Schreibtisch und stützte sich, den Blick gesenkt, auf seine Fäuste. Tisal atmete tief, bevor er mit bitterer Stimme fortfuhr: »Barisia war nie reich. Und jetzt haben wir keinen Staatsschatz mehr. Kucks

Juwelen reichen kaum, um alles in Ordnung zu bringen. Was soll danach kommen? Vielleicht hatte Schwarzmoor recht. Vielleicht brauchen wir Stärke, um bestehen zu können?«

Morsch sah den Jungen prüfend an und sagte dann: »Was ist Stärke? Eine kriegstüchtige Armee? Der Schrecken, den eine große Armee hinterlässt?« Morsch schüttelte den Kopf. »Stärke ist, wenn man Frieden wahrt, wenn man die anderen respektiert und nicht bedroht, wenn man zuhören kann. Denke an den Gischtvogel! Trage dein Land und deine Untertanen im Herzen. Höre ihnen zu. Dann respektieren und unterstützen sie dich. Dann bist du reich, auch ohne Juwelen.«

Tisal nickte langsam.

»Dieses Buch solltest du aufbewahren, als Erinnerung daran, wohin die Gier nach Macht und Reichtum führen kann.« Dann ging Morsch um den Schreibtisch herum zu Tisal und nahm dessen Hand. »Du weißt, was richtig ist, und du wirst gut regieren. Hör auf dein Herz.«

»Wirst du hierbleiben und mir mit Rat zur Seite stehen?«, fragte Tisal leise.

Morsch schwieg einen Moment lang. Dann sagte er: »Du hast Märe, Mirsu und Griesbert. Und solange ich hier bin, werde ich dir zur Seite stehen. Wir sehen uns später am Marktplatz.« Er ließ Tisals Hand los, verneigte sich und verließ das königliche Arbeitszimmer.

Als er den Brunnenweg hinab vom Palast durch die Gärten schlenderte, trat Hainwart auf den Weg.

»Morsch«, knarzte der wandelnde Baum.

Morsch sah seinen Freund an und wusste, was er von ihm wollte. Er selbst hatte es auch gespürt, als er im Thronsaal die Vitrine mit der Muschel betrachtet hatte: Heimweh.

»Morsch. Die Erde hier ist gut und saftig, die Verwurzelten gedeihen und die Zweibeiner sind gute Zweibeiner. Aber ich möchte wieder unsere Erde schmecken, unseren Wind spüren und unsere Vögel zwitschern hören.«

»Du denkst also auch an das kleine Tal?«

Hainwart brummte zustimmend.

»Mir geht es ganz genauso, Hainwart. So schön das Leben in Barisia ist, so sehr vermisse ich das kleine Tal.«

»Dann sollten wir wieder zurückwandeln«, knarzte Hainwart und Morsch nickte.

An einem der folgenden Abende suchte Morsch das Gespräch mit Tisal. Er traf ihn in der kleinen Audienz, wo der junge König die neuen Wandteppiche betrachtete.

»Wir haben viel erlebt«, begann Morsch. »Und ich bin sehr glücklich, dass alles so gut ausgegangen ist.«

Tisal ließ von den Teppichen ab und blickte zu Morsch.

»Aber jetzt zieht es mich und Hainwart zurück nach Hause. Ich vermisse mein Tal und er seine Erde. Wir haben beschlossen, morgen früh aufzubrechen, und hoffen, dass du uns das nicht übel nimmst.«

»Lieber Morsch, nie könnte ich euch beiden etwas übel nehmen. Ich bin zwar traurig, wenn ihr heimkehrt, aber ich habe das Gefühl, dass mir die Schuhe meines Vaters immer besser passen. Ich bin dir sehr dankbar für alles, was du und Hainwart für mich getan habt, und ich werde euch vermissen, aber dass der Abschied kommen würde, das wurde mir an dem Tag klar, als wir über Schwarzmoors Tagebuch sprachen.«

Morsch lächelte. »Ich werde dir schreiben, sobald ich daheim bin. Versprochen.« Dann umarmten sich beide.

Früh am nächsten Morgen verstaute Morsch sein Notizbuch dort, wo vorher die Muschel war, tief unten in seiner Tasche, legte zwei Kerzen, seine Wasserflasche, seine Wäsche und ein paar Butterbrote darauf. Dann nahm er seine Weste und ging hinab in den Hof. Dort warteten bereits Hainwart und seine Freunde, Tisal, Griesbert, Mirsu und Märe Mund. Alle waren traurig. Griesbert klopfte Morsch sehr lange auf die Schulter. Er hatte Tränen in den Augen. Tisal überreichte Morsch zur Erinnerung einen kleinen Teppich, der eigens für ihn angefertigt worden war. Fein gewoben zeigte er Morschs Muschel, die erste Gabe, mit der alles seinen Anfang genommen hatte. Mirsu gab Hainwart ein Samenkorn, das er großziehen konnte und das ihn immer an die gute Erde von Barisia erinnern sollte. Dann brachen Morsch und Hainwart auf. Ihre Freunde begleiteten sie zum Ufer des breiten Stroms, wo ein eigens angefertigtes Segelboot vor Anker lag, das auch Hainwart besteigen konnte und das beide zur Glitzersee bringen sollte. Morsch umarmte noch einmal jeden einzelnen, dann bestiegen er und Hainwart das Boot. »Kommt mich besuchen, wann immer es euch passt!«, rief er, setzte das Segel und sah zurück, bis seine Freunde und der lange Hügel im Morgendunst verschwunden waren.

Zu Hause

»Wer hätte das gedacht?«, schüttelte Landrich den Kopf und blies Pfeifenrauch in die Luft.

Morsch schwieg. Er sah zu seinem Freund, der neben ihm auf seiner Bank saß. Die Vögel zwitscherten, die Blätter begannen sich zu färben und es war angenehm warm. Landrichs Wagen stand auf dem alten Weg, der durch das kleine Tal führte.

»Jetzt bist du wieder hier, und alles ist wie immer.« Landrich zog an seiner Pfeife. »Und du? Bist du auch wie immer?«

»Ich? Wer weiß? Vermutlich nicht.« Morsch blickte auf Langohr, der ein Stück weit entfernt graste. »Danke, dass du mir die Muschel mitgebracht hast. Jetzt weiß ich, dass es da draußen gute Freunde gibt und, wie es sich anfühlt, heimzukommen.«

»Wer hätte das gedacht?«, sagte Landrich erneut und kaute auf seiner Pfeife. »Wie wäre es mit Tee?« Er stand auf, bedeutete Morsch mit einem Kopfnicken, ihm zu folgen, und ging ins Haus.

»Ich komme gleich«, antwortete Morsch, blieb aber noch einen Augenblick sitzen und lauschte dem Bach, der durch das Tal floss. Dann stand auch er auf, ging durch seinen wilden Garten voller Apfelbäume, Rosenbüsche, Himbeersträucher und Lavendel bis zu der von Moosen und Flechten bewachsenen Steinmauer, blickte hinüber zu den Bienenstöcken am Waldrand, wo ein stämmiger Baum mit rot-goldener Laubkrone wurzelte, und schloss das Gartentor.

FINSTER-
FORST
MORSCHS
TAL
WURZEL DES
WALDES
RÄUBERLAGER
HÜGEL
GAUKLER-
LAGER
BRIMM
BRA
EINSAMPASS
BLAUBERGE
GLITZ
BARISIA
BARISIA A. D.
LANGEN HÜGEL

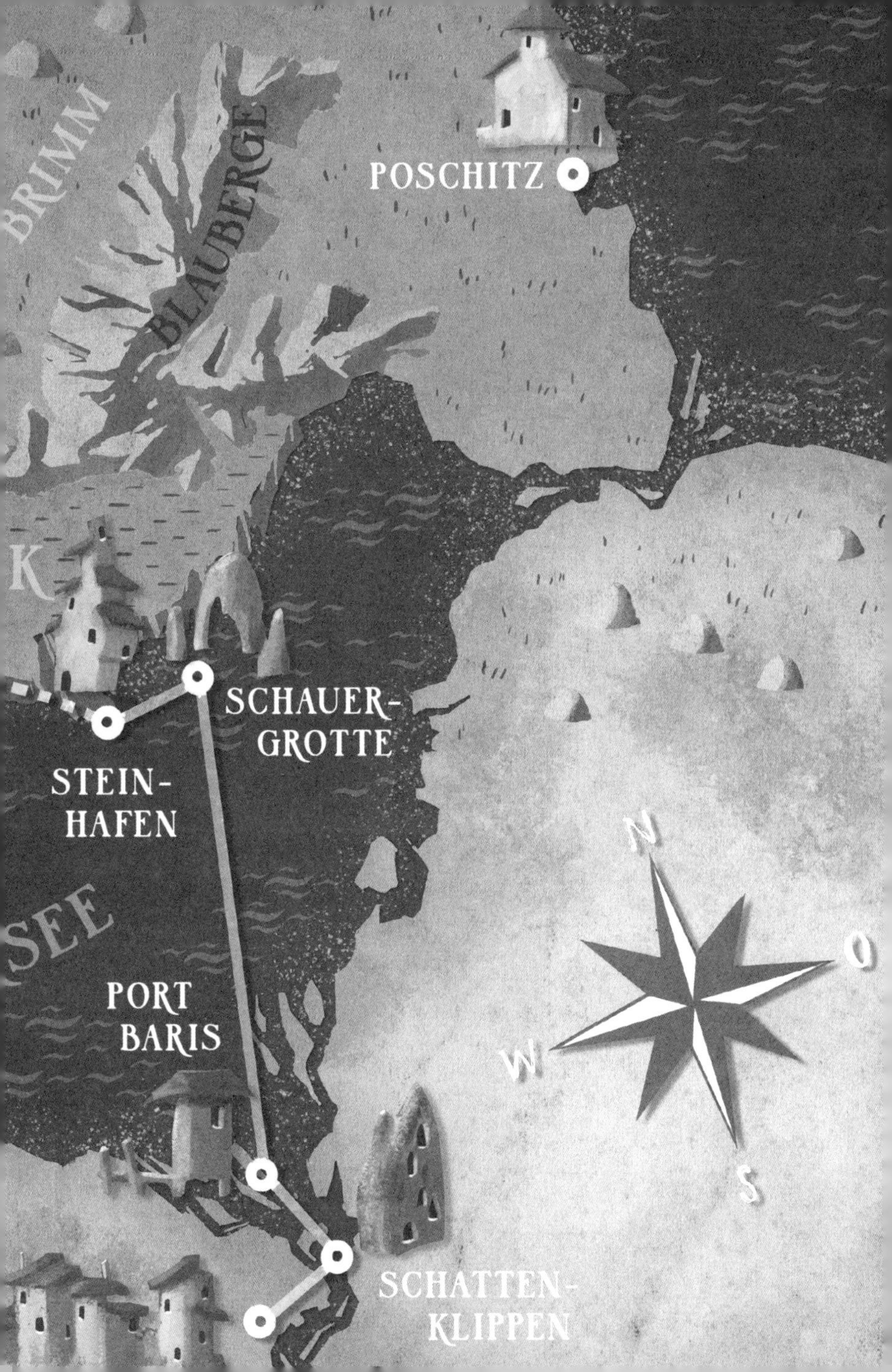

BRIMM
BLAUBERGE
POSCHITZ
K
SCHAUER-
GROTTE
STEIN-
HAFEN
SEE
PORT
BARIS
N
O
W
S
SCHATTEN-
KLIPPEN

Gregor Wolf, 1977 geboren, hat Ägyptologie studiert und über das Reich der Pharaonen geforscht und geschrieben. Jetzt schreibt er fantastische Geschichten für Kinder und Jugendliche. Er lebt mit seiner Familie zwischen Lavendel und Himbeersträuchern in der Nähe von München.